さあ、文学で戦争を止めよう

猫キッチン荒神

笙野頼子

講談社

口上

「さあ、文学で戦争を止めよう」という小説を書きました。特に顰蹙した方もおられぬようでした。本にいたしました。

誰もまだ不謹慎とさえも怒っておられません、むしろ。

雑誌掲載時の評判は上々、炎上もしていません。でも、ならば、ネット、ツイッター方面は？　例えば？　ふん、だったら実際に戦車を止めてみろ等おっしゃってたお方？　自称？　文学者様？　結局少しも、燃えませんでしたよ？　その上その後流れたデマ（しかも私の家族についてですが）さえもボヤで終わりました。よね？　「親米派」の、みなさん？

ま、元より、……。

私ほど炎上狙いを嫌う人間もおりませんのやに（とここから急に故郷の伊勢志摩弁になります）。

また、その一方で、「真面目なおかたやわな、ほいでも、ほれは、無謀ですに」という親身なご心配ならばいただきました（恐れ入ります）。逆に「ほうやとも（そうですとも）、戦争て文学で止められるに、あんたさん、ようやってんのやなあ」というお励ましもいただきました。あと、まるでアントナン・アルトーや、小説はここにある、とも喜ばれました、つまり。それらこそは、いわゆる冷笑派、「やれやれナイーブな、文学に政治や怒りを持ち込むのか」とせせら笑う「頭のいい方々」には望んでも得られないタイプの絶賛ですのやろなあ、なにせドゥルーズも影響受けたあのアルトーのようやなんて、また、その他にも。

まるで野党共闘のよう？　つまりこの「文学を使ってするタブー報道」への賛同を、なぜか論敵からさえも、受けたという……そら、まあどんな敵でも、教え子を殺されたくない気持ちは同じ、という事ですんやろ。で？　さて、「文学に政治を持ちこむべきか」ですて？　はっはー。なああんたさん、ほんなもの、どだい、もともとからおかしな話では、ありませんの？　森鷗外さんさえも、自由に書け、と言いなさったもんを。

そもそも持ち込むやの持ち込まないやのて、ほれは（それは）、本来文学に言うことではありませんやろうに。中でも私は全身性混合性の小説書き、ともかく目の前の事全部書くのが私の文学で、まず、野良猫が見えたら野良猫を書く、そして難病になったらそれも書いてしまう、結果、目の前に戦前の兆候が見えたらその戦前を書く、要するになんでもかんでも作中に持ち込み持ち込み、そもそもデビュー十年間は持ち込み作家でやってましたんやわー。というより何より……。

要は、見えないもの、小さいもの、内なるものに戦争が宿る。それ程のひどい時代になってしもたということかもしれへんのや。或いは、もともと小さいものを描く行為に、もっとも大きい世界が捕えられる、という事かもしれへんのや。

そもそも、どだい、戦前は見えにくい。でも、むしろ……普段はなかった事にされて踏みつぶされ、こんな時代にはことに顧みられん、そういう身辺雑記の中にならば、不思議と見えますのやに。戦争の芽、というのがな、ぽつぽつと、みつかりますんやわー。そして。

「あのなあ、みなさん、もしかしたら今は、今が、戦前やろか」と私がお尋ねしたとき、「そうですとも」と答えてくださったのは、前の戦争をご存じな親世代の女性でした。また七〇年代を覚えている同世代や、少し下の方々でした。さらには、ネットで物事を注視していて、私に勉強させてくださる、お若い読者の、方々でした。そやから、私もここでまた言わしてもらいます。

あのなあ、あんたさんら、たかが時代を恐れて、黙っていて、どうするんさ。は？「何もこわくない」て？「タブーに挑戦」て？　しかし最近のタブーとやらは、やり易い弱いもの苛めだけなんやろ？　だったらいっぺんくらい、本気でなんか言うてみたら、どうなんやろ。

今の、この報道規制下、それでもまだ……「文学は何もできないんだからさ、ね、面白ければいいの、みんないい人、みんないい人みんなホームドラマ、さあ、この政府批判、取ってハ？この実名取ってハ、この内部事情取ってハ、悪口も取ってハ」て誰？　何様？　だったら、報道させなかった人らからまず、戦死してくれますか？　無駄と言うた方から無駄死にしてくれますか。戦争しよう、と言うていた方から志願してくれますか（そして反戦自衛官は戦争行かんでもええと思う）。

文を良くする基本は取る事やと私は知っています。しかし本質をとってしもうたら、文学ではなくなります（で、本質とは何か、それは細部のアレンジメント！）。

だってな、戦争を止める、ていうより「危ないで」てただ言うこと、それ、ほんまに無理ですかん？　けしてけして、まだ、ほんなことはありませんに。だってあのボブ・ディランさんも、去年からもう文学ですんやに。9・11後のブルース・スプリングスティーンさんは、曲のアレンジとコードを使うて差別を止めようとしましたんで。今は沢田研二さんが、歌で戦争を止めようとしておられますのやに。

ほれに（それに）あんたさんら、なんぼほど、今まで政府に騙されてきましたかん？　ていうか地球六百社、世界企業に嘘吐かれてきましたかん？　その間マスコミは何していましたのや？

むろん、世界中の全部の戦争は止められん。でも、自分の教え子に自分のお子に、「行くな」という事はできますやん「あのなあ、あんたら、戦争に行くよりも選挙に行かへんか？　政治的とはなんやろう？　たったのその一票で時には敵と結び、自在にコントロール出来る、もしそれで平和が戻るのなら、それを嫌いとかくだらんとかいうていたらそれこそ単細胞、あきらめる暇にちょっとだけやってみたらどうですかん、はは、ご本人頭良いおつもりなら」と。

覚えてはりますか、インチキ計画停電から、原発なしの時間、いろいろあっても結構、続きましたに。なんちゅうてもここは世界有数の災害国、それにお派手な経済成長はもう無理ですやろ、後はヨーロッパ型、ゆっくりと内需拡大しかないのと違うやろか？

郵政民営化は日本を貧乏にした。またこれ以上外資に略奪されたら、そら大変ですけど、それでも自由貿易という名の、とことんな外資略奪さえさせなかったら、なんとかいけるのと違いますか。あれからまだ大きい地震次々に起こって、それでもまだ原発稼働したい？　選挙で勝った反対派の知事さんを強制してでも？　は？　「家電の電気は足りているがしかし」、「産業ガー」、「産業ガー」って、でもその産業ってどんな、……。

なんとリニアモーターカーを拵えるそうですなあ、しかしあれこそ原発の数に響きますで？

もしも本当に電気足らないのやったら、まず、リニアと五輪をやめるしかないですやろ。

だいたい国防で武器買うても、日本の農業、兵糧を潰したら、何の意味もないやんか。北朝鮮のミサイルさえ、沖縄から米軍が撤退したら、飛んでこなくなるていう（少数派の）一説もありますのやに。その上明日にも北朝鮮のミサイルで日本が滅ぶと言うていたお方らは、今もまだ私服でネット三昧、別に今志願兵になってもおられません、まあ米国の軍艦にのっても行かれませんし、ていうか。

何が真実かという話以前に、怖いのは、「もう、決まったで」というマスコミの論調。ほんで（それで）何が国防？　ＴＰＰ流れても三月の国会は日本の種子法を廃止、海外企業に売り飛ばすつもり（水道も閣議決定で危篤状態やに）。その後は漁業権、……は？

「ああ？　ＴＰＰ、あんなの流れたからもういいの、巨大なるトランプの前には、笙野の警告小説ごときまったくの、無効」ですて？

しかし、前の本、『植民人喰い条約――ひょうすべの国』の後書きに「もし運良く流れても」、また「来ます」と私は書いてますで？　そして次のやつは既に束になって襲いに来ています。そもそもまだ発効していない条約のために、国内だけでも世界企業支配の体制にする制度が次々と出来て、そして本来破れたはずのＴＰＰを、無理やりに批准したつけ、日米ＦＴＡが来たら払わされます。

雑誌掲載時に「来るぞ」と思ったこの二国間ＦＴＡ、現時点で米国はもうやろう、と言ってきてた。その他、作中にあります、ＲＣＥＰ《アールセップ》、ＴｉＳＡ、また日欧ＥＰＡ、米国抜きでもやろかという十一国間ＴＰＰだの、すべて人喰いです。行き着く先は同じ。なのに政府は教えない。マスコミは黙っている。全て人喰いの手先。ていうか、もしかしたらミサイル危機かて日米FTAのつけあわせかもしれん。つまり日本だけがあおられて（考えすぎ?）。

あのなあ、例えて言うなら、世間知らずなひとりの女性を、毒殺しようとした金目当てのだんな、この男が、なんと、薬を盛り損ねた、たまたま命拾いをした奥さん、さあ次はどう来る？事故を装って殺されるの待ってるおつもりですか？「何が警告やもう終わったで」てか？

まったくSF映画の中でサイレンに呼ばれて、喰われていく未来人のように愚かな人々やて。ていうかそもそも、「流れました」って今言うているマスコミ、ちょっと前にはずーっと「決まったで」と言い続けていたのではないのやろか。トランプが勝つ可能性も、黙っていたのではないのやろか。

昔、「もう決まったで」、と言われて娘は遊廓に売られた。人柱は殺された。二十一世紀でも？それで、それで？　よろしかったですか？

私が思うたのは単純な事でした。「戦前」、それを大新聞政治部は報道せず、テレビは隠蔽した。この国難、民の危機を、紙媒体しか読まぬ多くの方々に、小説という「生けるがごとき」心にひびく方法により、本や雑誌で知らせ、怖がって貰い、新聞の時評書評にして貰えば良いと、或いはせめて題名だけでも新聞に載せようと。怒りが伝わらんかと（必死で載せてくださった少数の方々、ほんまに、拝みます）。

そしてくどいけど、でも、全部の戦争を止められるはずはない。しかし今、まだ来ていない目の前の戦争、それを選挙制度のある国が、なんとかできへんのか？　これは副作用の少ない治療、あるものを使う。すぐに完全には治らぬからと言うて、或いはたったひとつの病に効かないからと言うて、病気全部の薬を捨ててしまえというような大馬鹿者こそが、戦犯ですやん。この国全体を覆っている無気力、どうですやろ。

「さあ遊廓に行くんだよ、食えないんだよ、だってお父さんの組への上納金と競馬に大金が」って、それほんまに？　ほんまに？　「現実的」ですのん？

「騒いでも、無理」の地獄。そこ抜けませんか、私も「商売のついで」にやってみましたで。震災の年からたった五年だけ、大学院に招かれてにわか教授になり、文学部で教えてみて（猫に死なれて、さみしくて遊びに出ていて）、それでも学生らを戦争で殺されとうはないと思いました。どうせ文学部から真先に殺されるんやろて。しかもその前に働けない人や、心臓の悪い赤ちゃん、私のような難病のアラ還も死なされるはず。家の大切な猫や犬も。

戦後七十年、ここまで売国した政府はないのと違いますか。

選挙の結果までも、まるで行っても無駄なような報道の仕方やね。

は？　サルトル先生が？　「飢えた子の前に文学は」無効と言いはったて？　これ、ちょっと伊勢志摩弁に直訳しますわな。

「あんた、だまっとり、おかみの言うこと聞いて、頭隠して、押し入れはいっとったらええのやろ、な、な（さるとる）」、ていう、ただそれだけですやんか。結果？

サルトル大先生は他人の飢えをレトリックにして、自分はハレムをこしらえ、ボーボワールが自由に恋愛しようとすると邪魔をしていた。要するに「することはしています」。

さあ「飢えた子供」で文学を黙らせよう？　さあ「本当に困っている人」で生活保護を叩こう？　何ひとつ出来んように、声も出んように。叫び声さえも仲間に届かんようにってか？

とどめ、「飢えた童貞の前で文学は何が出来るのか」って言われ「恵まれた」幼女を強姦してしまうやつの、国になるわけや。深刻ぶりながらの、無責任発言。ちゃかしたふりをした（実は）本音での人喰い発言。かつて尊敬した好きな作家も、今はネットずれでひどい事になっている。いや元からなのか（迷う、でも二十代は神だった、ただすでにもう読んでいない）？ネットに出すぎると、時に文字と現実の計測が狂いますに。

そんな中、私の五年お勤めした大学では多くの先生らががんばって反対を続けている。だって、「飢えた子」をだしにされ、「恵まれた」文学部の予算をなくされた後は、「兵器開発認めるなら学術にもいくらでも金を回しますで」と脅かされて、そして真先に殺されるのはどうせ文学部……。

何が出来るのかって、出来る事はしましょうで、出来ない事はでけへん、それだけやろ？

別に私はツイッター読んでその場しのぎの小説を書いているわけやありません。冷笑派批判なら二十年越えてます。自己責任批判や少女商品化、イカフェミ、ロリフェミ（どちらも十年前の造語です！）批判、ＩＭＦの批判も十年近いです。その結果の今、がここにありますんや。ただ、表現の自由に対する見解が二十年程前とはやや違ってきました。それは恐らく、インターネットにおける「声」のあり方に気付いたからですわ。

というわけで、……さて、システム、構造だけ見ていては見えない恐怖を、ここに書きましたでな、どうぞお読みになってくださいませみなさま方、つまりは、この「平穏」の中に隠された「細部」の有り様を。

口上終わり

さあ、文学で戦争を止めよう　猫キッチン荒神

1 TPP「前夜」、千葉の台所で世界銀行と戦う

場所はS倉市の高台、三十坪の建て売り築十数年、昼はトカゲバッタ夜はヤモリナメクジ、実にお賑やかな二階建てのおうちの中、その細長いお台所の、コンロ真下。

ソースメリケン粉がぱらついたままの木張りの床の上、ほんのりとすりガラス越しも同然な小さい影、それは中世童子の水干をすっかりと着込んで、その脇に猫用サイズらしき、語り物用の小さい琵琶まで連れた、……。

おとなというにはまだまだ、お小さい猫さん。え、猫さんにそんなしんどいものきせる？　それって虐待じゃないの？　え？　生きた猫さんじゃないから大丈夫って？　でもそもそもそういう「生きてない猫さん」を、たちまち、猫さんと断定していいわけなの？　は？　根拠？　そうですね、……。

お髭がふくふくして毛色が白黒で伏せ耳、であるあたり、まさに猫さんです。ただね、穏やかなれど大変変わったお目の色と、すぐ上の天窓から出でて、天にも届く御尻尾？　果たしてこれは、実際？　猫なのか？　と心もとなくはあるが。でもまあ、仮に、猫、としましょうよ？

水干姿のさまになる、その小さい御方は、しかし特に香箱とかやっていない。今は顔も洗ってない、ただ台所の壁に背を付けてもたれている。その上に「んー」てニンマリし？　じっと、こっちを見ている。そして、それは？　スコ座りですか？　要は、関節の特に柔らかい猫にしか出来ない、足を投げ出した姿勢をして、また、その前足はおや！　子猫ながらにがっしりしっかりした肉球をこっちに向け、両方ぱーと開いて、なんだか「おいで、おいで」または「さぁーけんかするでぇ」と言っているようでは、あぁりませんか。そしてこの猫さんは今からここで、「口をきいてみる」、とおっしゃりまっする。するとさきほどまで満足気に「んー」としていたはずのお化粧《つくり》はもう変わっていて、それは猫だからね、それは、すぐに、気が変わるので。

で、……今？　保護して元気になった野良子猫風の顔に、なりきっている。目を大きく見開いて、野性を残したきつーい眼光、余裕の甘えをぴかぴかさせながら、さらには口をどこか潰れたまんじゅうのように、ぐにゅーうとおもいっきり開いておねだりしている。なんとまあその、迫力ある可愛さ、ふーん、それであんた？　その顔で、何を、世に？　訴えるというの？

じゃあ、まあ、どうぞ、ご自由にへはははははは。

しかし、なんかこうけっこう、いそいそした口調だね。

あ、はじめまして、……或いはお久しぶり？　ええと、僕、名前は若宮にに と言います。そしてご覧の通りの外見、白黒の垂れ耳の子猫さんです。でもスコティッシュの猫ではありませんね。つまり、ていうかそもそもその本性は神様です。僕は猫神、は？　証拠？　うーん、……。まあ仕方ないか、信じようと信じまいと、僕は……、今からここでちょっと、口を利きますよ。

え「ここ」ってどこか、それはあなたの脳内です。つまり今こうしてこの、「群像（初出誌）」って雑誌を開いているそんなあなたの脳内。ほら、だって僕の言葉があなたの心に次々と入っていくでしょう？　というのもこの雑誌の中には文字が一杯詰まっていて、あっ、……。か、勝手に？　……ページめくる（飛ばす）んじゃないよっ！　ここどこ、あっ、棚にもどしやがったっ？

てことは今の客は本屋とか図書館だなあ、すると？　お代貰ってないのか？　そして、逃げちゃったね。お、だけど次の読者来たね！

ええと、……やあ、初めまして。は？

「え？　君誰？　それに僕は定期購読者だから、この雑誌はけして初めてじゃないよ（えっ！）」。

ははーっ！

それは、ソレハお見逸れいたしました。失礼いたしましたっ！　つまり、僕は今あなた様の素晴らしい書斎に招かれているというわけですな、すると、書店ではたちまち完売して、なかなか手にはいらなくなってしまったという、例の、この前の記念号さえも、お客様はらくらくと入手していられた、いやー、まったくっ！　玄人さんですね。ならばむしろ僕の方からひとつ、いろいろと教えて頂かないと。は？　状況が？　摑めない？　「なんで小説の登場者がいちいち読者に、話し掛けるのか」って？

え？　だってこれ文学ですもの、ね？　そして、ここ「群像」ですもの。故に、お約束はなし。すると？　自分だけ安全なところから冷笑、なんてとてもやっていられないよ？　つまり「群像」っていうほら、この「場所」では、ね？　え？　だから？　どうなんだって？

要するにここは、……まず、出来たのがほぼ、七十年前、平和憲法と双子の雑誌なんだって事。版元は戦前の翼賛会社、ところが敗戦とともに、再生をかけて今まで手を染めなかった純文学専門誌を手掛けようとした。それが結局、こうしてまた戦前に出会ったんだよ？　そこで？

つまり……。

じゃ、けっこう煽るか今から。

さーてお立ち会い、あ……。

ちょっと待って、なんか迷いが出て来たよ、これ結構「ひどいかもしれないんだ」。でもね、ここへ出てきてしまった以上はやっぱり言うべきだね。つまり僕、ここに出演して話すのは初めてなんだけど。ほんと、すごく来たかった。ことに今という今はもうね、さあ、「群像」で話すのだなーんて、まともな文学者がけっこう嫌うらしい「今こそ」モードでね、しかしまあ、僕んちの作者は、これ、けしてまともじゃない方の立派な文学者だからね、だから平気で「今こそ」なんか？　言うんでね？　そこで、言うね？　お？　決心ついた！

さあ、今こそ文学で戦争を止めよう、この、売国内閣の下の植民地化を止めよう（お、たちまち批判来たね）。

へ？「ほら見ろやっぱりこいつの飼い主って、まともじゃない（方の立派な文学者な）んだなー」って？「まるで愛国婦人会とかさーなんか例の戦争中の声高みたい」って？「既に目がつり上がって意見を言っているよキモチワルイ」って？　いーや、それとはまだ状況において全然違うよね？　つまり第二次大戦中の「贅沢は敵だ」とかとは温度違うでしょ。それに戦時はそれでもセックスは推奨だったんじゃないの？　ほら「産めよ増やせよたくさん殺すから」って。うん、ほら、ここにも、そのような、温度差は、あるね？

そもそもが「この、非常時に」と表現すれば、それは戦中、例えばモンペ以外は不謹慎とかそういう不謹慎。だけれどもね、僕の「今こそ」って要するに「この非常時前に」つまり戦前に放つ不謹慎言語だよ？　そうなると、不謹慎とは何か、要するにこの戦前マスコミで禁じられている事のひとつとは、つまりは「冷笑中立以外の意見表明」てやつ。例えば「大広告主様への、外資様への、投資家様への、告発行為」等。で？　そう、マジにほんこにしりやすに、僕の雇い主様、棚主様、神棚所有者様は怒っていらっさる。ええ、そこで雇われ神様の僕はハッスル。

さて、何に怒っている？　それはお題の通り、そうＴＰＰってもの。これ日本の、植民地化。例えば、「もしもし」、「はい参議院です」、「あのー、一般のものですが」なーんて電話を最近では、あの、お外の嫌いな人間がとろとろとかけている。それも本名で、一般で、……。

　そう、そう、文芸誌一歩でたら文学者は一般だよふざけんじゃねえ、ていうかほら芥川賞作家って一般だよ？　だって、――沖縄では芥川賞川端賞作家の目取真俊さんが警官三人から道に引き倒され、ベルトのバックル飛ばされたなんてツイッターにあった。無論最初逮捕された時は報道されたけど。その後はどこもほぼばっくれ？　芸能スポーツ紙と化していました。だから言うのです！　今こそ今こそこの「非常時前に」。

　さあ止まれ、今止まれ！　文学の前にこの戦前止まれ。そしてついに文学は売国を報道する。だって新聞がろくに報道しないからね。それに今なら別に文学でなくっても例えば羊羹で止めたってなんとか止まるかもね。或いはフリーセルで止めようでも構わないけど。そして昔は拷問とかされたらしいからされる前に、ちゃんと止めといて、ちゃっと逃げようで。戦前を止めてね、ええ、ええ、……。

　そういうわけで皆様、只今政府は売国と戦争の準備中、さらには日本を外資の略奪場と化し国民保険を壊滅させ、さてみなさんの、貯金も賃金も根こそぎタックスヘイブンの肥やしという、非常時が来ます。しかもその非常時は付け合わせで戦争を連れてきます。ですのでその前に。ともかく、この、戦前、を止めようじゃないか。って言っていてもああ、伝えにくいていうか本当にね。

　最近の日本は危険な戦前です。厄介な日々よ。でも一見穏やかです。それは既に安全装置も電話線も切れた自宅。しかし大本営は視聴者様に何も知らせない。そしてまた、今は何も「でかいの」が起こっていない以上、例えば今この目の前の「危機感ビンビンでテロとかしかねない還暦女性」のお台所でさえも、ああ一見平和。それはシャトルシェフからおだしの匂い。洗い忘れたフライパンからは、ドレッシングの混じったオリーブオイルの匂い。でも戦争来たら、死ぬよ？それ以前にほらＴＰＰでうちら奴隷だよ？　おあとはゆーっくりと原発、空襲。

はいはいそういう事でお伝えいたします。これだけで判る時間もお金も節約。うん本屋には告発あるけど、でもここ（群像）なら定期購読のおついでに？新書十冊分の情報とネット徹夜検索がコンパクトにゲット可だよ！　とどめ知識では買えない文学による危機の実感。さあ、さあ、寄ってらっしゃい見てらっしゃい。

さて、この戦前、週刊誌や機関誌、一部新聞なら、書くところは書くけどさ。でも放送局とかが黙っている。新聞の多くもロシアのジャーナリストなら拷問されぬ限りここまでにはならぬ、というレベルで（ｂｙ堤未果）、要するに日本のマスコミは「中立」をやっている。は？　この国？

それは、臭いものに蓋、弱いものに重し、取り囲んで黙らせる、声上げれば針の筵。責任だけ女に来る基地は沖縄に押しつけるっ、と。とどめこの先はオリンピックと称し、東京が福島を喰ってしまう、うん、そして今回の植民地化もね、県では人間が干乾しになる。日本語？　無論滅亡。一握りの金持ちを残して全員が窮乏して滅ぶんだよ。弱いものを喰うために知らん顔をする、共喰いの国、それがついに今から……。

その共喰い国家日本がさあ、今からまるごと喰われます、あなたも作者も皆殺し、しかもこの件で罪無き沖縄はまっさきにやられ、でも「騙された」本土もあっという間。そしてそれは社会性もなくって被害妄想だけきつい、大マスコミのジャーナリストの方の意図的怠慢です「ああ、わたし、こんなこと書いたらデスクに責められるう、社内でわるうい、噂を流されるう、年収千二百万が、一千万になるう」、だまーって、虫歯の痛いようなにこにこ顔、「わたしー、被害者ー」って……まあそんなに言われても困るんでしょうがごく一部は真面目にやっちょるかもですが、でも一応はここでお知らせするよ？

また作者はここ二年ばかし「群像」に書いていなかったけどね、でもなんとかお知らせしようとせっせとやっていた、ことにこの一年ほどは、……まあそれを黙殺するのが大本営様のお仕事だよ？　そういうわけで、僕＠群像なう、つまり、ここは自由でしょ？　だから僕はここで口を利くね。だって、ほーら「書いてはいけない」ことを書くのが文学だ。え？　じゃあロリコン書く？

でもそれはこの国では天下公認の「表現の自由」でしょ、日本中そればっかの権力追随でしょ。そもそも現代のマスコミにはね、差別広告の表現の自由しかないからねえ、それは、ちかんごうかんろりぺどせくはら、その一方、もしもタブロイド版でせっせと「報道」をやっていたって、そこの収入源が風俗情報の広告ならばそこにはそこなりのスポンサーのご意向が？

そういうわけで僕は今から、手を付けてはならぬお真面目な話題を、真面目にからかっちゃう。

さあてお立ち会い！　只今より、放送禁止条項の報道だよ。だけれどもそれはほんのちょっぴりさ、後はお馴染みの退屈で素敵な、身辺雑記！　故に、今日は琵琶は、持ってきただけ。ストーリー抜き音楽なし、要するに今はちまちま私小説が一番ジャーナリスティックな真実に迫るわけでね。そういうわけで、実はこの琵琶も語り物用なんです。ほら、こうやって、（と肉球で楽器をぺんぺん）反響板がついているでしょう、宮廷琵琶と違って、音がうるさいんですよ、でもまあまだまだいらないよ、だってこれからの僕の語りの中には、親子の別れも合戦シーンも今のところはないし、そりゃ、自衛隊は派遣されているからもうそろそろ日本だって平家物語「おごれるものはひさしからず」になってしまうのかもしれないけど。しかしひどいねこの敗戦国、なんかずーっと勘違いしているね、というわけで僕は今からそしてそしてええと僕は、僕は……。

誰だっけ？　ああ、そうそう。僕の名前、若宮にに。職業猫神様。

むろん、僕、ことこの若宮ににとは、この作者の随分前からの、登場神物です。一番上に猫ってついた題名の本には全部出てきます。そしてこの場で語るために僕はこの家の二階にある書斎の神棚から下りてきました。

ええとここんちは一軒家、いわゆる四ＬＤＫ、二階には子供用みたいな小さい部屋がみっつあって。それ今はどれも物置兼で、それぞれがパソ部屋、寝室、書斎、その本棚だらけの書斎の奥にある縦長の小さい棚が僕の部屋ってわけ。それが荒神棚っていう形式の簡易な神棚なのですね、そうです、そしてそこから下りてこの一階の台所に僕、今度という今度は、「お告げ」しにきたよ？　また神棚の真下が丁度この台所の竈の煙出しで。

あ？　なに？　神って、嫌い、威張るから？　えーと、でもね、だいじょぶ、ですよ？　だって僕主人公の脳内にいる神様にすぎないの、神社庁とかとまったく無関係、つまり普通の神社のように改憲署名集めとかとか絶対してないから、そして日本会議とかにもお金あげていないし、まあ中には反戦的でそういう組織抜けた神社だってあるのだけれどね、それは、八王子の浅川神社（金比羅様）だとか、でも僕は、もっと、小さいかもなー、そもそも、第一、僕の御神体なんて飼い主、もとい棚主が熊野で拾ってきた石ころだしね、え？　何が言いたい？　偉そうにしないって言いたいのよ、だからお話聞いてよね？　丁度場所も台所だし。で？　そういう猫神は何の神だって、そりゃあ荒神棚にいるのだから荒神様なんでしょう、は？「あなた猫神？　もし本当に猫神だったらその役目は蚕の神ではないの、だって猫神でしょ、猫は蚕を守る」って？「民俗学で読んだよ」って？

いやー、「よっくご存じですなー、まるでスペシャリストですなーあなた様は」、ええ、ええ、蚕、はい、蚕も、得意ですよ、しかし僕動物関係だったら殆どなんでも出来るから、牛も守りますし、馬も、なんでも、まあ、そうは言っても元々は言語神ですけれども、しかしそんな気難しい事も言ってられなくって、え？

「はあはあ要するに判りやすく纏めれば荒神って台所の火の神様でしょ」ってか？

「いやー、よっくお勉強ですなー、どんな資料も疑わず熱心に、ねえ……」うーん、……、まあそれも、あり、ですけど、基本はね、言語神です。あ、今時の教科書にあるレベルの事はね、全部、うたがって下さいよ。荒神、その出身は言語の神だけれども、でも台所も似合う、ていうか、台所って言語に匹敵する大事な場所ですから。そのうえ最近の僕は台所で語る事が得意科目なんで。ていうかもともとから古代の火の神なわけだし、昔は料理から製鉄までやってのけてたわけで、本来御告げ神なんで出来ないことは、ほぼ、ない、から。

ただね、覚えといてください。無理なのはおトイレの管理と天の火の管理。ええ、トイレは天の神の管轄なんですよ原子炉もね。その他はなんでも、ご相談を。そもそも託宣ったってお固くはしていません。

は？　そんなの？　昔っから、ですよ？　御告げ聞いてもらうのにホラ話やったり、ストーリー入れたりね。だからいわゆる神話を決まったやり方で語るとか僕はしません。即興も好きだし、冗談も言うし、実は論争の神でもあるんですね、昔は宗教論争がメインだったけど、どっちにしろ語り物担当です。託宣は岡山で生き残って昭和四十年代までやってました。で？

齢？　うん、まあ千年くらいかな、気が付いたら日本の神の中では古手の方ですね。

仕事？　いや、いやー、……、仕事、欲しかったですねえ、ここ千年、これがまた、ないん、ですわ。神ってもね、僕別にデウスとかでは、ないですから、むしろあの方は翻訳のいたずらで「神」になっている、それで、まあ僕等島国のは神ってもせいぜいひとつの部族を守る小さいタイプで。そりゃあ、小さいから大切なんですよ？　だってその人達には僕しかいないからね。だけどそれじゃあ仕事が少ないから、それ以外の殆どは派遣、契約要員。

そもそもスタートの古代から、僕らは、負けた部族を励ます御仕事だったんです、捕虜になって海神の生贄にされた人の鎮魂がメインという、……つまり最初っから担当部族が壊滅しちゃってるという状態でそれも僕達の親の代にやっつけられちゃって、親は本当はけっこう偉い女神なんですけど、ともかく数にも暴力にも負けてしまったので、えええいつだって多数決は横車の勝ちで……。

なにしろ僕のママって、東大寺の記録に残っている青衣の美女なんですよね、そんな経歴のひとで、シルクロードから来て、神様だけど、公式よりも早く、華厳経を日本に持ってきた神なんです。文殊菩薩の化身だったって説もあるくらいで、それで東大寺も正史には入れないけど、ちょっとトピック的に記したのかなあ。まあそれだけの人でさえ権力はない。しかしともかく、多産でパワフルで旅が好きなママでしたから、私生活の方も充実していてね、僕の兄弟は何万柱もいる、けどおそらく正社員になったのは僕ひとりだけ。つまりここに来てね、僕はついに就職出来たんだね。作家の家ってもね、ひとり社長だから。こんな歩き神をね、歓迎してくれた。

僕？　そりゃ否も応もないよ、だってずーっとずーっと下降の歴史です、放浪の旅ですよ、定住がしたかった！

例えば、古代がそんなのでしょ、それで中世まで下るともうもっと、なんでもやっていましたね、そりゃあ、おしらさまの御告げ代行から、疱瘡神《ほうそうしん》の遣い走りから、田の神の下請けまでも派遣されていたり、でもそんなのでも僕らだと一年契約でしょ、稲刈り終わるともう旅に出るしかないの、ちっ、家ないのかよ僕って、……それでも江戸期まで継続確保してたのは結局琵琶法師のアテンドだけでして、まあそれも有名弁天様に取られちゃって、そして、追われ追われて草履もないのに、餅なんか三年みたこともないのに、餅合戦というといろんなお餅が出て来る曲を歌いながら、ああきなこ餅と餡餅と豆餅くいたーいって、それからは無職漂流で三百年、……。

ほんの十数年前ここに来て居ついたのが、実は生まれて初めての正社員でね。だから神ってもそんなに威張っていられないから。ひどい時は「妖怪でしょ」、「まあブラウニーね」って言われたりして。

え、自己語りうるさい？　何いってんの、文学読むんだから努力くらいしてよ。ていうか、この僕がどういう神様かつまり外資何パーかスポンサー誰かを、確かめてからまず、それからこの、「報道」正しいか間違っているかを判断したら、どうだよ？　だって金払っただけでわかるんなら書物はいらないよ、金だけ置いて帰れよ。あ、逃げようとしているな！　おっ、ちょっ、ちょっと待った！　これこれこれこれ！

さてお立ち会い！　しかし今ね、この集まった読者の中から、逃げるお方にはスリ、がいるね、またそれだけじゃないね、レイシストがいるよ？　ほーらその持っているスマホにヘイトデマ打ち込んでたろう、さあさあ、タイーホだよタイーホだよ。ほーらやっぱり逃げちゃった？　ひどいね、皆さん、今ここから逃げるやつは、悪いやつですよーん、てことでねえ？

さあ御用の方、お急ぎの方、そんな御用はほっといて、お急ぎまたせたって死にゃーしないよ？　え？　死ぬ？　じゃあ行ってあげて、そうしてお別れしてからまたすぐ来てよね、さてお立ち会い、ただ今から文学で戦争を止めるんだよっ？

は？　ガマの油売りの、真剣白刃取りと何ら変わらないって？　ただの客寄せだって？　あぁ、そりゃ確かに僕、明治維新で山伏ユタ禁止令出たあたりかなあ、そうそうガマの油売りの守護神もやっていたけれど。いやーもうなんでもやるんですよ、しかし悪いことはしない。

でね、さあ、止めようじゃないか、この戦争ってものを、せめて、止めるって事を前提になんとかしようじゃないか。多分ね、黙ってるよりはましだから一言言おうじゃないか。

要はまず、まず、人喰いＴＰＰを止めるんだよ、え？　戦争以前にだよ、ていうか、この人喰い条約がやって来るからね、「戦争はつけあわせ原発は召使」それくらいの大物だ。え、お前やっぱりただの香具師だろうって？

うん？　沖縄問題、そりゃとても心配だ。しかしこの人喰い沖縄からまず丸飲みにしてしまうやつだからね、南西諸島のいくつかは無人島になるとまで言われている。だから速攻でこれをなんとかしないと。

でもまだ今なら危機一髪で止まるかも、或いは今後は他国だのみになるのかもだけど（二〇一五年初秋時点）、それでもまだまだ反対理由を「報道」する価値はあるよ。それに止まったら戦争政権もうまく止まるかもね。

だから言おうよ、言うだけでもさ、だって「群像」は、本来、文学で戦争を止めるためにあるんだから。ね、戦後戦犯になりかねなかった、ここの版元が、平和憲法下で再出発するために作った雑誌なんだ。そこへ体に拷問の跡がある左翼が純文学のために協力したんだよ、書いて貰うまでは大変でしたって初代の編集長は言っていたはずで。そしてあれから七十年、ついに戦前、だったらこれ止めるためにずーっとここにあったんじゃないの？　ならばここで何を言ったっていい、……お？

なんだよ、てめっ？　「内輪話するな」だと、「媒体いじるな」だと？

ふん、何言ってんだ、そういうの、ウォール街の規則に過ぎないだろ。

そもそも、どこの放送局の外資が何パーセントか、そういう事も言わせないで、そこの放送を果して本当に視聴している、と言えるのであろうか。ていうかそういうの全部、投資家が物書きを黙らせるための「フェア」なお約束だろう。なんだったら、え？　いっそ画面に表示しろよ？　さあ、さあ、おたくは外資何パーなの？　え？　ここの版元、社員八百人程度で上場もしないよ。外に口を出させない。子会社なんてパナマ文書の企業名出しちゃった！　いやむろんこんなとこにだって自主規制好きのやつが不思議といるかもだけど……。

だけど、そもそも、ねえ、ウォール街ってどこの壁？　そこ、ヤモリナメクジ生きている？　数字だけしか湧いてこない？　二次元のところ？　でもここは素敵なお洒落な千葉の建て売りだよ、ローン金利に翻弄されても、たかがお金様のご都合様なんか聞く義理はない！

その上にね、これ、台所話なんだ、台所ではなんだって語れるのだ、なぜかこの国ではここに偉いやつは入って来ないしね、ここなら戦争を止められるさ。つまり、「大きい」語りこそ語り場所に触れないから、載っている雑誌に言及しないから、戦争になるんだよ、ていうかそんなレベルじゃない！　要は、編集が地球を殺すんだよ？　ほーら原稿に入れたアカ、スポンサー様への過大服従？　忠義面の言論統制？　しかも直接には言わず、ただ「整理のため」。で？

「この一文、取ってハ？　取ってハ?.」って、子供の未来を取るなよ！　そして「省略？　省略?.」で沖縄省略すんな！　とどめ「マトメテハ？　マトメテハ?.」で巨大農業に小農家まとめんなよ、そんなのだとたちまち、世界収奪バイオ農業会社の奴隷にされるぞ！　それも地球が終わるまでな、人類が滅びるまでな。はぁ？「あなたの事を心配してあげたんですよ取ってハ？取ってハ？」、ひぇ？

「そういう関係ない説明は判りにくい？　取ってハ？」やれやれ、……だったらひとことで言っちゃおうか。説明させないお前こそが、次の戦争の原因だ。人喰いの呼び込み屋だ。

こうなったらもう、報道より文学の方がよっぽど迅速だよ。ていうか僕の「飼い主」の命取るな。

そうだよ！　日本に人喰いが来るかもだよ！　ＴＰＰは地球の人口の九割超を召し上がろうという、世界銀行のお使い様。ずーっと前から、本当に「群像」が出来たときから、あるいはそんな人喰いの親玉は、日本を狙っていたかもしれないんだよねえ、そして小さい生活の全ては丸飲みにされる。国民は知らない、でも、来てから、思い知る。まあね、でもひとつ逃げても次が来るね。例えばＴＰＰの他には二国間日米ＦＴＡ、ＲＣＥＰ。その他ＴｉＳＡ、ＴＴＩＰ、日欧ＥＰＡ、は？　どれが怖いかって？　全部だよ、ぜんぶ。

そう、双子で三つ子の六つ子さん、あのＴＰＰとね。「じゃあＴＰＰがまだしも？」とーんでもない。殴り殺されるか叩き殺されるか、どう違うのさ？　ほら？「自由貿易協定」とは名乗っているけれど？　そして？　地球レベルの巨大な経済圏を作るだって？　加入するのは十二国だけどＧＤＰ凄いって？　え？　知っている？　そりゃあ、お珍しい。え？

「うん、あの買い物とか、牛肉が安くなる？」ひぇ？　とほほほほ、……違うよ！　安く買いたたかれるのは、あなた方人間です！「なるほど、エロ週刊誌にはそう書いてあるね、だからお前いかさま」。えっ？　いいの？　そんなの言っちゃって、「よくお勉強ですねー」ばーか。

だ、か、ら、TPPだの二国間FTAだのRCEPだので、安い肉にされて、赤子までも煮て食べられてしまうのは民、特に県民の方ですよ。ウォール街、世界収奪農業会社、日本侵略民間保険、そして株価と偏差値以外の数字を知らない投資家気取りの東京こがねもち、そういうものたちの「悲願」が入っている怖い怖い悪魔契約。え？　悪魔の証拠？　どれにも企業支配の印ISDS条項（ISD条項）が付いているからかもね（後述二十八ページ）。

もし通れば？　学校給食から郵便貯金まで、喰われてしまうのさ、共済年金、漁業に農業、そして放送局も外資百パーセントとなればもう直轄の言論統制だ。国民は投資家の家畜になりただ減っていく、後へ騙された移民が来て奴隷化する、スラップ訴訟の多発でネットの言論まで統制される、ていうか、もし公用語を英語とスペイン語にされてしまえば、日本語はどうなるか。まあ、植民地になるんだよ。しかし中でもことに分かりやすく恐ろしいのは医薬関係で、薬が買えなくなる……。

というのも困った事だよね、てのもこの小さい千葉の一軒家、ここに暮らす家族は全員が薬の必要な状況なのさ、またもし彼らが人喰いに喰われてしまったら、僕も仕事がなくなる、お供えがなくなる、小さい神棚も捨てられてしまう。は？　真実？　要するに世界収奪医薬品会社が儲かるようにしたい、これこそが政府及び全ての人喰い関係の悲願なのであって、……。

今までこの国はいろいろあったけれど薬の値段だけは、つい最近までは、割りとうまく下げていた。それが出来なくなる。そうなると、巨大企業の御都合だけで、病人はことに難病は殺される。でもそれだけじゃない。たとえ健康であったって、お産も白内障もインフルエンザも、ほら、人間まるごと、お金や数字と見なされて数え上げられ、毟られて喰われるんだよ。しかもそうして喰ったお金は人喰いの金庫、タックスヘイブンで固まって冷えるだけなんだね。格差は広がり、景気は一層悪くなって、つまりは「下方から」、死んでいく流れ。

え？「国民保険」に手を付けないって政府が言っていた。しかし連中その一方でサイドレターって言うのを拵えていてね、それはもし国際間の訴訟になったらとても重要な証拠に使われるのさ、つまり敏腕弁護士の使いようで悪魔への血判状に化けるしろもの。ていうか、相手方はやるに決まっているだろ？　そもそも訴訟で金取ろうと思って判子押させているよ！　ＩＳＤ訴訟またはＩＳＤＳ訴訟って言うんだけれどね（ほら先述）。この裁判、今、世界週一で起ってるよ、しかもそれはほぼ企業の全勝。結果？　巨額の金をむしり取り国を傾ける。その上で晴れて公害をたれ流す、原発を止めさせない、賃金を上げさせない、食物に毒を入れる、これが勝訴のてんまつだよ。

ていうか、もし、国民保険に手を付けなくても、保険料を凄く値上がりさせて、なおかつ、民間の保険に入るしかないようにして、でもどっちもちっとも面倒見ないって事態にする。薬価は最低でも二、三倍と聞いたけど、金持ちが気まぐれ起こしたら痛風の薬とかン十倍にされる、そういう世界になる。という話の中で。で？　ここの家族？

猫一、人間一という構成のこの家だが、本当に薬がなかったら壊滅するという事情持ちなんだ。また、今いったように神っても僕は家族じゃないけれど、せっかく放浪積年の体を休めているのにまた追われるだろ？

だって生まれて一千年、やっと就職した正社員だよ？　幼いころから箸のような御幣一本にしがみついて、冬枯れの木の下や川原の石に眠った長い歳月、それがここにはなんと自分の神棚があるんだもの。ホームセンター千二百円の棚だけれどさ、そうそう、人間で言えば机にロッカー研究室、何よりも屋根の下、棚にはお供えの蓬餅がある。むろん白餅に色餅、丸餅に角餅、酒、キットカット、野菜ジュースも常備、何より、ににさん、ににさん、と頼られている、ともかく就職は人間関係の円満なところをね、ていうかいろいろあったけど今は僕のひとり天下だし、電気つくし水も出るし、雪の日も屋根の下、もうぜーったい一億年でも出ていかないって、思ったもの。

ところがやばいんだよ。この快適な職住接近がね。

だってこの人喰い、まさに喰い残しのないやつでね、こんな小さい老猫とアラ還の家さえも見逃さない。「平等」にクルんだな、つまりこの平等のカギカッコ取れば、一切おかまいなしのみなごろしってやつなわけで。

ほら、世の中って何だろう？　そもそもひとりひとりの事情が違う。そこに？　大きいものはやって来て「平等に」まき散らす、相手の都合を一切考えずにただやらかす、上からね、天からね、そして下では？　弱いものから死んでいく。その上ここはひどい国、人喰いの国、そしてこの家、そんな人喰いから見ると、「努力してない」家、「役に立ってない」家、だから罰を食らうかも。つまり市場経済のするあこぎな「努力をせず」、しかも、世界企業の奴隷としてまったく「役に立っていない」、そういう真に幸福で楽しくてお得な家って事、でも、それだけに人喰いの餌食に、まっさきになるかもね。というのもね。

2　千葉の片隅元猫屋敷、上から見たらただの二次元？　住めば立派に三次元！

それは、千葉の片隅の小さい生命、要するに天の上から「平等に」見たら、単なるぼやけた地図の上の、二個の点でしかない無力なもの。つまりは厚みもないし輪郭もない。でも、ここに下りてみ？　このふたりの？　病名？　猫は甲状腺機能亢進症、人は混合性結合組織病、そしてまあかい摘んで言えば、猫は老猫、人は難病、老猫難病。生きてきたよ！

ただ、そんな厚みも体温もここにいる三次元本人しか判らないよね？　この、小ささ故に、丸ごと潰される？　僕の長い歴史をついに受け入れてくれたふたつの命がね。しかしどちらにもそれなりの来歴と事情がある。そして生きている限りこの家からは、欲望と喜びが湧いてくるんだね。なのに巨大な天の刺客から見れば、それは、うん、蟻以下だよ。でも「特徴」はある。まあしかし天からならばきっとさぞかしつまんない特徴だよ？　要するにこれを、身辺雑記という、……ね。

まず、猫から、――それは元野良茶虎のおじいちゃん、名前はギドウ。老猫お約束の持病持ちである。またこの甲状腺機能亢進症というのは厄介な慢性病で、十一歳の発病。彼に必要なお薬

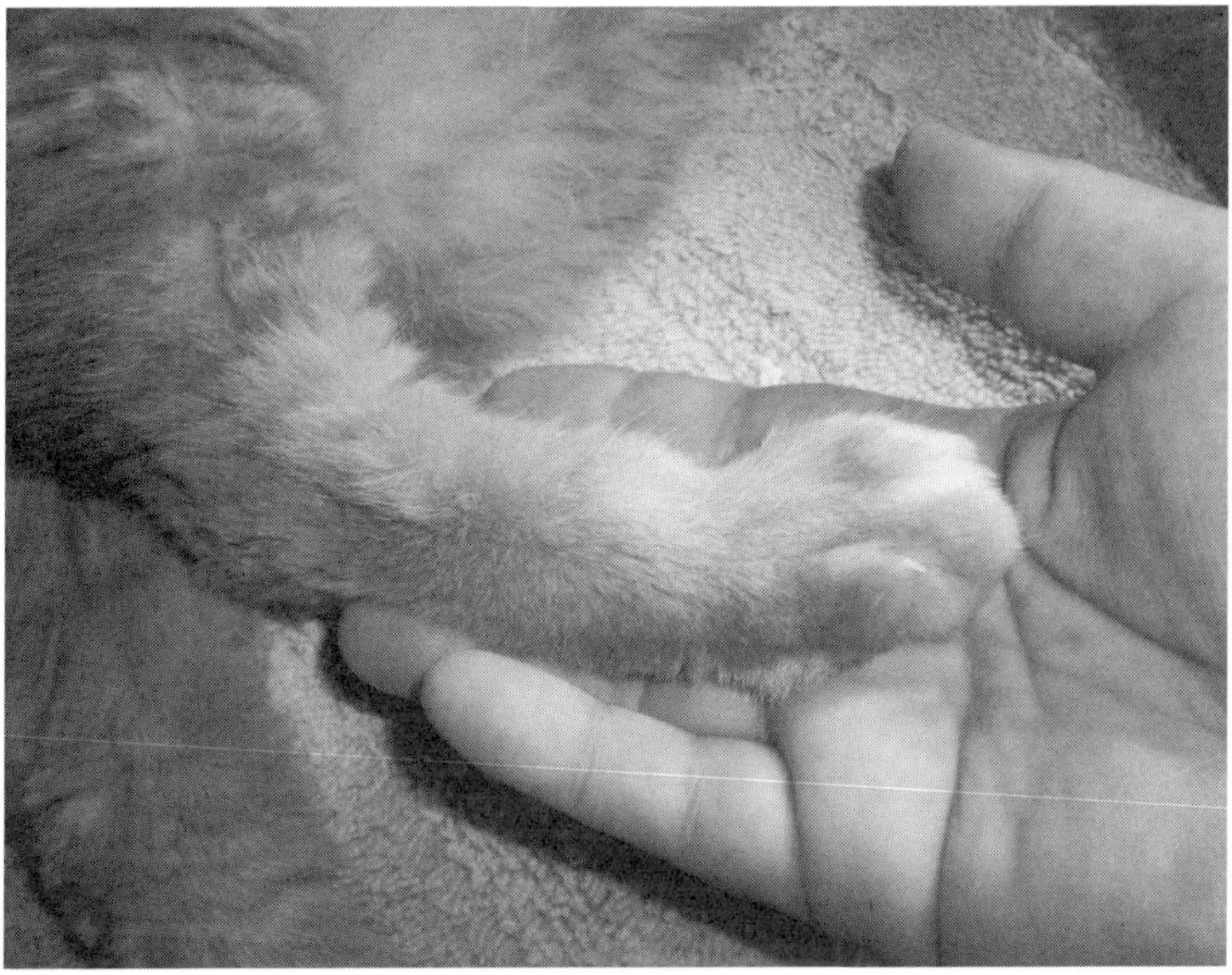

はメルカゾール、ステロイド、そこに最近また腎臓用のセミントラと腸のためのガスモチン、他には関節サプリで猫用グルコサミン、その他漢方のサプリメントと西洋のサプリも。むろんこれらは保険の利かない診療投薬（まあ西洋サプリだけ実はもらいものだけどでもその他は）家計の多くを占めている状態……、なんとか払えている。そりゃ国民保険とは関係もないけど、でもね、人喰いが来たら薬価自体上がるから。ならばさらに人間の方は心配な事だけれどね、で、その人間？　これも上から見たらただの二次元、天の神なら踏んづけて終わり。

ご存じ飼い主は現在、お地味な作家教授、文学賞八冠の小額年金者、アラ還で独身、私小説にありがちな？　この人の難病？　この混合性結合組織病というのは特定疾患の膠原病に類する、希少な病。十万人に数人。

え、いつの間に先生をって？　震災の年からね、でもそんなの特任で五年だけだから、終わってしまえば別になんでもない。ていうか所詮教えたって趣味なんだよ、は？　書く方では食えるのかって？　うん！　がんばっているよ。でもそもそも病人だから上から見たら、そんなのどっちにしろ目立たない、根本、ただの一般。権力が無視しがちな体弱い人。ちなみに病名が判ったのはけっこう悪化してしまってからの三年ほど前、だけど四十年以上も前から症状は出ていた。そして急に悪くなったそれは重症ではないものの、既に中等症、薬で寛解させても、診察と採血採尿、ステロイド、ネキシウム、に週一のフォサマック、でもまあ合わせて今なら一ヵ月五千円で、他に一年一度の検査が九千円、これなら彼女の場合なんとかいける。しかし、生涯検査その他の厄介事や重症化可能性、とどめ、万が一の突然死等が付いて回るので、結局、先行きは不明だけど。さて、でもね……。

　お互い不治の自己免疫疾患、お互いステロイド服用者というこのふたりは、まだローンの残る、小さいレンガタイルの建て売り住宅で、実にひっそりと楽しく暮らしている。要するにずーっと仲良く、ずーっと「一緒に」治療中でいられるはずだったんだ。毎日？　うん、意味あるよ充実している、よ。だってその飼い主は車なし旅行なし固定電話のみ、案外に衣裳持ちだが中には二十二年着てるものもありで、……それで一日一合の玄米またはマンナンライスと、ステロイド十二ミリとおから麺と、そして毎日三食のおかずやお菓子、コーヒーを摂取、また読む聴く量を越えて買う本にＣＤ、生協の名物取り寄せやマルセイユ石鹸、魚屋さんの持ち帰り寿司だの、あちこちに飾る千葉の安い花等が普段の贅沢、お正月はドゥルーズのアベセデールとか見て、望みは執筆の自由と猫の長生き。しかしどうせ何をのぞんだって、結局はいつも足を引きずってばたばたひいひい、そしてこの人間様は一軒家にひとりっきり、なので、一階と二階のトイレを独占し、使っている。それも贅沢？　まあ一個で平気かも、だけどリウマチ膀胱炎の身にはありがたいね。最初ピンクのトイレが気に入って買ったんだよこの家をね。猫四匹と共に住むためにね。

　そして飼い猫だってなかなかいい暮らしさ。一日に四回、薬やサプリをも仕込んだおやつを貰い、やきかつおにプチマグロ、但し基本のドライフードや夕食は腎臓に良い療法食だが。大きい猫トイレ三個を、ひとり使っているし。あはは、でもそれって結構不運なのかな両方とも病気、しかし、ね、……。

このような災難不運の中にあっても、なお希望を失わずむしろ「わがままな」、ふたり？　ただ、……。

お、そうそう、ね、飼い主さん、なんか、そろそろ、ひとことある（そうだよ、つい忘れてたよ、僕）？

ていうか、……。

ねえこれあなたが主人公の小説でしょ一応。なのに？

語れないのまだ。（今隣にいるんだよ）そもそも君が……。

こんな時に、声を、出さないって、どう？

だって普段から「こいついつも自分の話しか書かない」って言われていた癖に、最近まったく肉声が出ないだろ？　またそこで助けようにも、僕は昔の神なんで、つまり、こういう、現代社会の語りなんてちょっと最後までは持ち切れないから、その上にねえ、ねえ、小説書きはじめたの君なんだからね？

そりゃあ、……。

嫌ならやめとけよって僕が突き放してやってもいいけれど、実はこの作家への指導も僕の、仕事なんだよね、なんたって僕の唯一のお客様ですよ。

しかしこのプロへの創作指導ってまた、きついんだってば……、それに大震災以後は作者難病も悪化してくるし、唾液腺やられて、リンパも腫れているし、まあ一応大きい声はちゃんと出るけれど、長電話とか苦痛、用事全部メールでそれも関節痛み痛みぽつぽつ打っている。人には会わない、たちまち筋肉が痛む病なので。だから僕は時々説明に出てしまう。まあしかし丸投げはさせないよ、指導上ね。そもそも一番古い猫が死んでからなんか語りにくいらしいのだし。

こういう状況でここ数年特に、僕は原稿も教師としての対応も見てあげている、学校でやってる事も小説の書き方なんで、ていうか後少しで終わるんだよね、後何ヵ月かな。でも、……。「書けない時はどうするか」、なんて教えている先生本人が、声も出ないなんて本来駄目じゃない？

ほらなんか言ってっ？　ああ、……。

例えばそうそう、君任期満了でしょ、例えばね、学校引き上げの予定はいつですか、君？「書けなければ目の前のものをまず、書いてみるがいい」って、学生には始終言ってたじゃない？（あ、なんかこそこそと答え始めたよ。でもまあ、ついに登場）。

ああ、ええ、……、うーん、と、まあ、そうですよね、目の前、はい？　学校？　は、……最後に、修士論文の審査とかやって、それで、研究室引き払って、しかし荷物とか最初から実に殆ど何も置かなかったから、それは宅配便で軽く……この五年間？

時に室を見て本があまり置いてないって笑う人がいたね。いや、先生や学生じゃないです、でも身軽でいたかった。引っ越し、手伝われるのも嫌だったし、そりゃ調子良ければ、重いものでもがんがん運ぶけれど、悪いとなれば数冊でも持てなくってぱたぱた落とすんで。だからずっと、何もない研究室にしておきましたよ。昔から家の家具も小さい目のものしか買わない程で。

それは、いきなり激痛になるから、持てない、運べない、そして人前では健康以上でも、玄関で倒れ込んで外出不可数日という楽しいお勤め。しかしそれも後少しで終わりですよ、ああ、痛くても満員電車乗っても、楽しかった。私は教えるって事が。

ほっ、……やっと声でたね、それで猫の調子はどうなの？（インタビュアーかよ僕）。

うん、ええっとね、……老猫よ、……老猫よ！ なんて可愛いの！ わたしが買った中綿上着はみんなお前の敷物になる！ 今羽織るための濃灰も！ 前世紀に着た水色も！ そんな二枚の上着の上に……。

ふーん、なんかいまいちだねまだ……。
つまり、ここで「のろけ話」という猫好きには受け入れられやすい事を、そっぽを向きつつもふとウタってみたわけだ？ 要するに実に、最近、「地声」が聞けないんだよね、は？ 書けないわけじゃなくって、纏まらない？
こんな時代だから？ だけれどもね、今の商業的猫ブームの中、のろけだけでいいの？ 何かは、言うべきだね？ ていうかまず、戦争止めようって言ったのあんたでしょう。その責任は？
その責任は？

……は？　え？　責任？　責任って？　みなさんへの？　ああ、そう、そう言えばそうそう……。

みなさん、今は猫ブームというけれど、もし、子猫が生まれたらどうするんですか、責任が取れますか？　猫は飼いやすいって、本当ですか？　そして文京区では避妊手術を奨励して、ついに不幸な猫が激減しました。ポイントは飼い猫にも手術費用を援助する事です！　私が東京にいた前世紀は増えてたのにねえ、ていうか、かつてこれに甘やかしだと反対した議員は、……。

一体、どれ程の加害を猫と人にしたか、それ、単に何人か、という人数だけの問題じゃないんですよ？　そのひとりひとりの人生に心に、深い傷と苦しみが。この一文惜しみのなまけもの共！　実にはた迷惑なネオリベの勘定……。

で？　とどめに、「戦争だ」だって？

ほうほう、まったく何も聞いていなくてもなんだか会話が進みますねー、ていうか適当に会話を繋ぐのが僕というインタビュアーの仕事ってやつ？　ねえそうだよねえ……、ていうかこの家だってそういう議員の悪政で増えた猫のために買ったわけだから。だって君のいたのは豊島区でも、そもそも境目に住んでいたわけで、拾ったのは文京区から流れてきた猫ばかりだったし。

……ちなみにこの最初に出てきた茶虎の雑種猫、ギドウ、実はそのあたりで生き延びた一匹だが、また、この猫屋敷全体の最後の、生き残りって事になった。しかしなんだろう？　肥満した雄は、一番早死にしそうって作者は思ってたらしいけど、長生きだったのね？　まあわがままだと長生きって聞いたことあるし、マイペースで長生きとも言われるけれども。

ただね、ギドウの性格って言うの、わがままって言うより、自己主張がきついのだ。声も無駄鳴きばっかりで具体的内容がない。要するに「無口」な猫なんです。例えば小説の中だってセリフっていうものが今ひとつない。しかしその割に実にうるさい。つまり鳴き数だけ凄い、「無口」でもうるさい（ほら矛盾はないね）？　その本音ですか？　うーん？　実体無き不満？　つまり甘えなのかもね。しかし飼い主はその無数の無駄鳴きの中から彼の意図を汲もうとし続けるから。そこでまたこの僕の、屋敷神当家の守護担当の、翻訳と指導が必要になってくる。え、そりゃあ僕は、猫語得意ですよ？

だってじゃあ、僕の、来歴を追加で、言いますよ、……シルクロードから来たママと一緒に華厳経も守ってきたし蚕の世話もしていたし、要するにお経を齧られまいと、鼠を捕らなくてはと、そういう役割を求められてたから。実際一時、猫の統括をしていた事もあったりして、でもそれでも自分が猫に化けるのは大変だったけど。なんたって僕昔は狼神だったから。それで今でもちょっと、顔が縦長でね。でもだからって、「今は猫」なんですから。

てことで？　ギドウの飼い方相談、それは当然僕の役目です。そして他の猫よりは彼は楽、ていうのも医者にかけやすい。いつも食欲がある。持病はあってもね、ていうか特に病気とも思えない状態だよ、この歳でも。そしてけして、飼い主が不親切だったり、お世話が不適切だったわけでもないから、だって。

猫は室内で温度もチェックして飼われている。タクシーに乗せられて定期検査に行く。主食は体にいい療法食だし。え？　そうそう、だから不満で鳴くのかもね、ただ年とともに小声になって来た。でもやっぱり相当にうるさいんだよ？　ていうか飼い主は必死でその不満の小声をすべて聞き取る。そこでギドウは薬もよく飲んで飼い猫の平均よりも長く生きてくれ、年齢にしては元気でもある。じゃ？　いいじゃん、それでギドウ本人は、何が不満なの？　つまり、「そこが不満」なのかもね。人間と同じ、気は若い、でも、寄る年波に勝てぬ体の不具合。そこで？　飼い主に頼りきるよ？　ああそうそう、ねえ、ギドウ君？　君も何かひとこと、言いたまえよ。といいつつ既に僕は辟易してるけど。

おかあさん、にゃっ、おかあさん、にゃっ、おかあさん、にゃっ、にゃっ、にゃっ、にゃっ……。

ははははは、そうですそうです、これ、が無口にしてうるさい、の一例って事。は？　この小説は？　「猫が口をきく類の小説なんですか」って？　だったらモノローグの政治批判モノなんですかって？

別に、……まあ生活応援物だね、生は楽し、欲望は大切。「何の役に立つ」とか言わせない世界。なにせここはかつて通行人から猫屋敷と呼ばれ、四匹もの猫がいたんだから、そりゃあ「無用」でも賑やかだった。ねえ、ギドウ君？　それが今は君だけなんて……。

ああ？　その四匹？　それは

3　長老猫の今は亡きドーラ、白鯖の雌、そこに十六年前、加わったのがギドウ、モイラ、ルウルウ、の茶虎軍団で

茶虎ばかり三匹、ていう後発部隊、「しかしなんでまた四匹も」って？

後ろ三匹は一度に拾ったんだよね、て言ってもよくあるように子猫をボール箱ごと拾ったのとかではない。当時ドーラといた雑司が谷のマンションのゴミ置き場で、増えていた猫集団、結局は八匹いたのだけれどその中の成猫兄弟である。しかもすでにそのギドウ達からは子猫が生まれていた。で、まずそういう子猫三匹（カノコ、フミコ、リュウノスケ）を良い人に貰ってもらって、それでもおとなの引取先はないし、なんのかんので……それで、一軒家を買うしかなかった。

ね？　今は平穏、だけど……、ギドウって普通じゃない育ち方をしているよ。今の彼を見て「ああ猫の癖にいいご身分だね」なんて言う人は、まあ、戦争を呼んでしまうタイプなんだろうね。何見たって目の前しか見えないし外見が全てだと思っているからね。それに「拾われてよかったねえ一生安泰」？　てのも、ちょっと言い過ぎじゃない？　だって不幸時代を引きずって若く死ぬのがいるから。その中でたまたま、ギドウとドーラは強運だったから、十七を越えられた。でもそれも運というよりはシビアな因果の絡まりや、マクロファージレベルの医学事情でね、で？　当時のギドウ？　池袋の底地の「高級マンション」、そのゴミ置き場にいた。

今だって随分と可愛い猫だけれど当時は推定一歳、それは雌顔にバンビ尻尾、愛嬌全開で黒目

'01年 9月

きらきら。ただ難点は虎模様の微妙さや厳寒の目脂、そして若い割に目立つ体毛のやつれ、だって野良だものワクチンもまだだったし、しかし夜街灯の下ならば、さして目立たない。とはいえ黒目のきらきらだって後から見たら、右目の瞬膜切れてて、涙腺に何かあって濡れて光ってただけ。

作家の当時いたマンションの隣人はこう振り返る。「そう、そう言えば昔、ご飯をあげていたら、すーっと物陰から、小さい、彼そっくりの猫が二匹も出てきて、そして途中でさらに、子猫が三匹も生まれてしまったので大変困って、その上に途中から別の猫まで」って、……これは無論、複数の人間があげていて、その中でこういう軍団に責任とろうとしたのはごく一部（ことにこの人）だけ、という意味の発言。

今の飼い主はって？　餌は上げてなかった。ただ、子猫が生まれてからやっと気付いたんだね。しかも「お、お前の子なの……生きていたの……そうか」って。ギドウの顔だけは何度か見て知ってたんだよね。当時から作者は病気がちで、外へ出なかった、しかしここで、カラスに狙われる子猫と、その子猫よりもっと熱心にご飯をいただくわがままな子育て雄に、まあ釣られたってこと。毎日外へ出てお世話を始めてしまった。都会の底地の陰で。

……その時軍団の一番後ろにいて、痩せていて、糞にビニール片混じっていたのが実は母親のルウルウ。産んだ子の兄弟と間違えられるほど、小柄で若かった。「雄で気の強い弟」と思われていたのがギドウを小さくしたようなそっくりのモイラ。でも実はモイラは兄ちゃんリスペクトの喧嘩強い雌、集団でいるときは兄ちゃんより威張っていた。ルウルウはなんというか、ギドウのパートナー。そう、痩せた幼い母親。子猫三匹。その他に雄の白茶、これが野性がきつくてギドウと組になって縄張りを守っていた。でも彼は、失踪したんだね。そこにまた途中参加の別猫、これは性格が良くて顔も可愛いから稲葉真弓さんに貰ってもらった。

……ギドウという名前は飼い主が医者に連れていって、ワクチンする時に咄嗟に付けたもので、当時のギドウはまだギドウとは呼ばれていなかった。役割にふさわしく何人かの人から「ボス君」って呼ばれて、短期でも池袋近辺の激戦地のボスを務めていた。子猫三匹と姉妹二匹、弟一匹とマブダチ一匹、こういう軍団を従えてさ、底地のストリートのゴミ置き場がねぐら、リーダーとして「狩猟」に出てたわけで、つまり餌やりさんの勧誘と声かけとそして……危険？　まあもっとも大事なのは縄張りを守る事で喧嘩は始終。でもそれ以外に。

定期的に撒かれる毒、熱湯、刃物、仲間が殺されることは日常だった。すぐ近くの不妊手術してくれる人がいるところでは虐待はなかったが、軍団は危険地帯にいて、全員の飯がかかっていた、ご飯をもらわないと、まあ、それだって人間に気に入られて若さとか器量、度胸、あっての話。たまたまその時は貰えても明日は判らない。通行人に向かって、好かれてなんぼの御仕事。次の日からばいばい？　もし殺されても、当時なら警察が来るわけでもないって事。

猫の中には人の顔を覚えたり危険な場所を学習する能力を持った個体が結構いるらしい。頭のいいギドウだから前に何かくれた人を割りと覚えていた。貰いに近寄っていく時はなにげに飼い猫歩きをした、普通にくてくてくてっと行って、そしてにゃーっ、にゃーっ、にゃー……。

しかし真夜中は違うんだよ、完全な野良猫走り、つかず、離れず、とびすさって鳴き、足元に寄り、一瞬で逃げる。つまり「友達」に混じって、虐オタが来るからね。他、やはり飼い猫とは違うかもね、だって歩きはどうでもきゃーっ、きゃーっ、きゃーっ、というこの大声必死すぎ、相手する方は引いてたかも、でも顔は随分可愛いから。それに外猫は声が大きいほうが結局目立つから、まあ当然嫌いな人には憎まれるよ。しかもそういう声かけは時には子猫も一緒。ていうか、子猫有利。そして当時は、ボス以外の名前もあって、ギドウはいくつも、使い分けて。

「おっ、おっ、兄貴？　うん、おれ、銀次だよ、あっ、あっ、俺？　タローかなっ？　きゃーっ、きゃーっ、きゃーっ、おっとご隠居さんっ！　お久しぶりっ！　僕、お馴染みのボス君さ！　あっ、お嬢さんも、お久しぶりっ？　ですねー、あたし？　ミミちゃんでーす、三匹の子持ちの若いお母さんなのよ！　ほら子猫をこうして嘗めてあげてお世話をしているの、ともかくこの子猫達にね、ご飯、ちょうだい、あーら頂いたっ、ではちょっとお味見を、きゃーっ、きゃーっ、きゃーっ」ってまず自分がぱくぱく、でもその一方、子猫については警戒してすぐに隠す。無論喧嘩は前に出る。おとなは子供をかこんで保護して寝る。しかし当時と今ではほらキャラが違うでしょ。猫だって環境変わればねえ。ていうか歳くったからかも、しかし、……。

普通外猫はね、スポンサー待ちして、ずーっと隠れているものだろうに、なぜかこのギドウ一家、怖いもの知らず。増えれば毒殺待っている。朝起きると新聞紙の掛かった何かがあるって世界なのに。そこで？

今の飼い主は雌つかまえて手術、子猫捕まえて良い人に託す、ただね、実を言うと「子猫が可愛い」ってのこの人判らない、「友人助けないと」ってひたすらそれだけ。ほんの短期間だし、数も少しだけど、それで彼らを地域猫にするつもりだった、ところが不動産屋が保健所にやると言った。それで次々と捕まえて預け、この騒動のストレスで弱った元猫、つまりドーラを宥め、通帳からお札を全部出して、人一猫四の一家大移動。

作者はそんな猫騒動で一応本一冊書いたけれど、結局？「本一冊で半生変えました」とか笑ってるしかなかった。子猫の可愛さも判らない心の冷たいものが虚栄でやっているだけだ、てなカキコいただいてね。職業図書館職員って言う方のね。しかしそこで借りた本なのかね悪口書くのにねえ。

そしてなんか引っ越し当初は全員時代劇ネームまであったんだけど、それでキャラをいじって遊ぶどころじゃない状況だったので結局、そのまま……ギドウ儀助、モイラ茂助、ルウルウ留々之進というのがそれ、ドーラはお百々《どど》です。

そもそも？　彼女日本の時代劇も連ドラも見ないもの。モイラにはチビふくろうって言うあだ名も飼い主は付けていたが。

ともかく十六年前、作者がここに越してきたときはなんか、てんやわんやだった。中でもギドウときたら叫び続け、むろん、普通に言い分あってこその「きゃーーーー」もあったろうけど。

さて、野良から拾われ「猫シンデレラ（これ動物愛護用語かも）」、でも上等でもつまんないご飯、トイレは竹藪じゃないから「心配」、体に悪いチーズをくれるブクロの「兄貴」とはもうあえない。いやそれより何よりね。「お外、お外に出る、お外、きゃー、ぎゃー」。

室内飼の不満は床に敷物をしたり、庭に出られるようフェンスを切ったりする度に減っていった、だがそれでも狂的な鳴きはなくならない。他、チーズよりうまい銚子の初鰹が、十三歳の食事制限が来るまでは食べ放題であったはず。それなのに。

きゃーーーーーーーー。きゃーーーーーーーー。にゃーーーーーーー、ぎゃーーーーーーー、うーーーーー、にゃっぎゃーう、わっぎゃーう、あっぎゃーう、……ばぶばぶばぶばぶばぶ。

これはどうも今も、翻訳不可能でね。まあギドウが独占欲の強い猫だったから元猫のドーラに対抗したのかね。しかしドーラの独占欲だって凄かったからね。

拾った猫と先住猫とを、平和に飼うために家を買ったんだが、だからってそんなうまくいくものか。ていうか双方全開の日々。

こうして二階にはドーラ、一階に茶虎、いわゆる分け飼い、すると一階は喧嘩で二階はブチ切れ、人間はリウマチの体で手すりに摑まっていちいち昇り降り、両方に謝ってね、そして一番声のでかい雄は？　彼の不満をじゃあ、敢えて訳するかなあ、自信？　ない……。

「ドーラ？　ダレー？　イヤーー！」きゃーっきゃーっきゃーっ「ねえ！　ねえ！　ねえ！　いてよ！　いて！　いて！」、「お！　お、お！　来た！　来た？　来た！　俺？　だよ？　ねっ！　ねっねっ！　ねっ！　ねっ！　ねったらねっ！」きゃーっ、「ダメー！　ルウルウ？　なし！　俺！　俺！」、「ちがうーっ！　モイラ？　ジャマー！　俺っ！　俺っ！」、「ルウルウ！　トイレダメ！　きゃーっ、俺！　俺！」、「来んかい！　俺！　来んかい！　俺」、……災難？　まあそうかも、だけど気がつくとそこで、ふいに……。

ある日飼い主は悟ったんだねえ、「子供の頃に望んだものを全部手に入れた」と。夫と子供と健康のない、自営の人間が平気でそう言う程に、田舎で猫といて幸福だったわけ。しかしまったく予想外というか「これが望みだった」と感じる不思議。

家は気に入ってた、そして不思議なのは台所への「愛」だった。凝った料理なんてまったくしない。だけど、料理してて、皿洗ってて、「ああ結婚しなくて良かったこのお台所は幸福」って。うん？　片づけられないけど、ていうか片づけたくても出来ない、ほとんど体動かない日もあったからね、だけれども、ジャガイモを潰してタマネギ抜きのおじゃが団子、あるものなんでも入れてグリルで焼いてみる。どーっさり作って一番楽しいのが保存する時。すると三匹の茶虎が悠々と横切る「王侯貴族の贅沢」、だけど。

そこからの十六年って次々と仕事干されながら論争やる日々で、猫は一番辛いポイントで死んで行くし。でも不思議だね、それでも立ち直れば、幸福だったんだね。ずーっと、死んだ猫にももう、別れて十年超になるのもいるけど、お供えして。未だに名を呼んでね。

猫が死ぬたびに死にかけるのだけれど、別の猫がいるからなんとか戻ってくる。

大学の先生についなってしまったのは、長老猫のドーラが死んだ時だった。なんというか、別の人間になろうとしたのだねえ。そして大震災後坂下の公園が除染されて、いろいろ腹立つし心配な日々だったけれど、……。

それでも、無事ではあったんだ。ともかくギドウがいるのだし、彼はドーラと入れ代わりに病気になったので、看病して、そして本人もついに難病と判ったから通院して。「無事」だったのさ。
夫や子供がいない事はむしろ良かったと思っているようだね。女性が生きるにはひどい国なんだよ、そもそも理性もないような共喰い国家だし。教師をした事も本人的には、良かったらしい。彼女の母親も一時高校で教えてたから、これで母親の一面が理解出来たって。

五年教えに出たことで気がまぎれた、ていうか、ドーラが死んだから別人格になって、ギドウは留守番猫で。でも、……。

その五年を通して彼は、ギドウは跡取りになったんだね、ドーラの跡を取る伴侶猫になれた。彼の看病をしながら、生まれて初めてのお勤めをしながら、そしてやっと、ていうかそろそろ、ギドウのところに帰る時期が来たと思ったんだって。「ギドウただいま、私はいろんな勉強が出来たよ」って。するとその間たまたま戦争はなかった。植民地でもなかった。でもそんな平凡な日常、もうなくなるかもしれない。個人の不幸を匿うための壁が屋根が？

薬、食べ物、言葉、命、一体どうなる。TPPはアメリカでは難航しているというけれど、だけど人喰いは、ずーっと前から、大災害があるたび、経済不況があるたび日本を狙ってた。

この地球で一番強く残忍で無残な力が、人間を汚染したいミイラにしたい家族をばらばらにしたい、子供が育つ前に潰して使って喰ってしまいたいという最悪の欲望に取りつかれながら、何もかもを数字にするためにだけ押し寄せてくる。経・済・暴・力。え？　総理？　そりゃあ嬉しいだろ、「まだまだ余裕ある」日本の貧乏人が世界基準にそろえば、「モラルが正しくなり」、「ムダが省ける」からねえ。

でもまだ何も来ていない？　故に今？　かりそめの幸福かね。人喰いが来る前だから静かなのか、戦争の前夜だから景色が澄んでいるのか。「ねえ、荒神様、うちら平和憲法があったから平気だったのかね」。「ねえ、もし野坂昭如が生きていたら怒ったかねＴＰＰ」。

文学はウォール街にとって有害なものを一杯含んでいる。だけど気付いて使ってくれなければ宝の持ち腐れ、ていうか、地球は滅んでいくしかないものなのかも。

ただね、救いと言うべきなの？　猫にとっては、そんなの、まったく判らない、故に、この猫の欲しいものだけは叶えてやりたい。幸福な時間を、なんとかして維持したい。だってここだけは誰にも今取り敢えず殺されず、平和だからって、飼い主は思う。ていうとなんか静寂？　うん？

ただ最近のギドウ、けっこう、そんな静かな気分に浸っていられるようなタマではないからね、もう絶叫はしないけど、なんというかこうるさい猫。

……ここのところ彼、やたら小さくにゃーにゃー鳴いている。「無駄鳴き」というよりこれは頼り鳴きですね、カギカッコ外せば。そしてこの「にゃっ」を「おかあさん」と僕は訳しています、が、しかし。

これ、母を呼ぶ子猫という若いころの心情とは少し違うかも。つまりいまや、介護してくれる子持ちの娘を呼ぶ、おじいちゃんみたいに変わっているのかも。猫は人間よりも早く年取るからね、その一方。でもやはり猫は猫だからね。子供なんだよね。

するとは飼い主は結局振り回されるだけなの？　動物相手の投薬を一日四回。左腕の上がらぬ日も猫トイレ三個掃除、一日最低三回。しかもそれは時に一回三十分。つまり、このギドウ少し腎臓も悪くって、そのせいで多尿。しかも飼い主はなにせ難病なんでその作業中にいきなりへばって、その場でしゃがんで休んでしまったり。でもその掃除が終わると猫は喜んで。

おかあさん、にゃっ、おかあさん、にゃーっ、僕、今からおトイレよ、ね、にゃっにゃっ。あ、僕、足をあげるのもかったるいよっ、にゃっ、にゃっ、にゃっ、にゃーっ。

で？　幸福だ、とても幸福だ、と飼い主は思ってまた掃除するのさ。

そもそも、猫の腎臓はもともと弱いものと決まっているんだよね。さらに年取れば一層に……。

ただ、まあ若いころからギドウのトイレ掃除って、なんというか「ちょっとしたものでしたよ」って飼い主は「威張る」。

また最近はこの雄猫、膝も悪いもんだからそんな多尿を始終立ったまますする。当然飛び散る。後始末も「潔癖」でおトイレの木の砂をずーっとかき回してそこら中に飛ばす。砂用トイレの回りにしくペットシーツだけでも、一日にワイドサイズ七枚以上は汚れる。買いにいくたびに、「何匹いるんですか」って聞かれる程だけど、でも答えはいつも同じ。

「それが、たったの一匹……、ああ、わたし、……あんまり外に出ないもんだから、なんでも買い溜めておくの」ってね。事実だけれど。これがまた幸福自慢なんで。

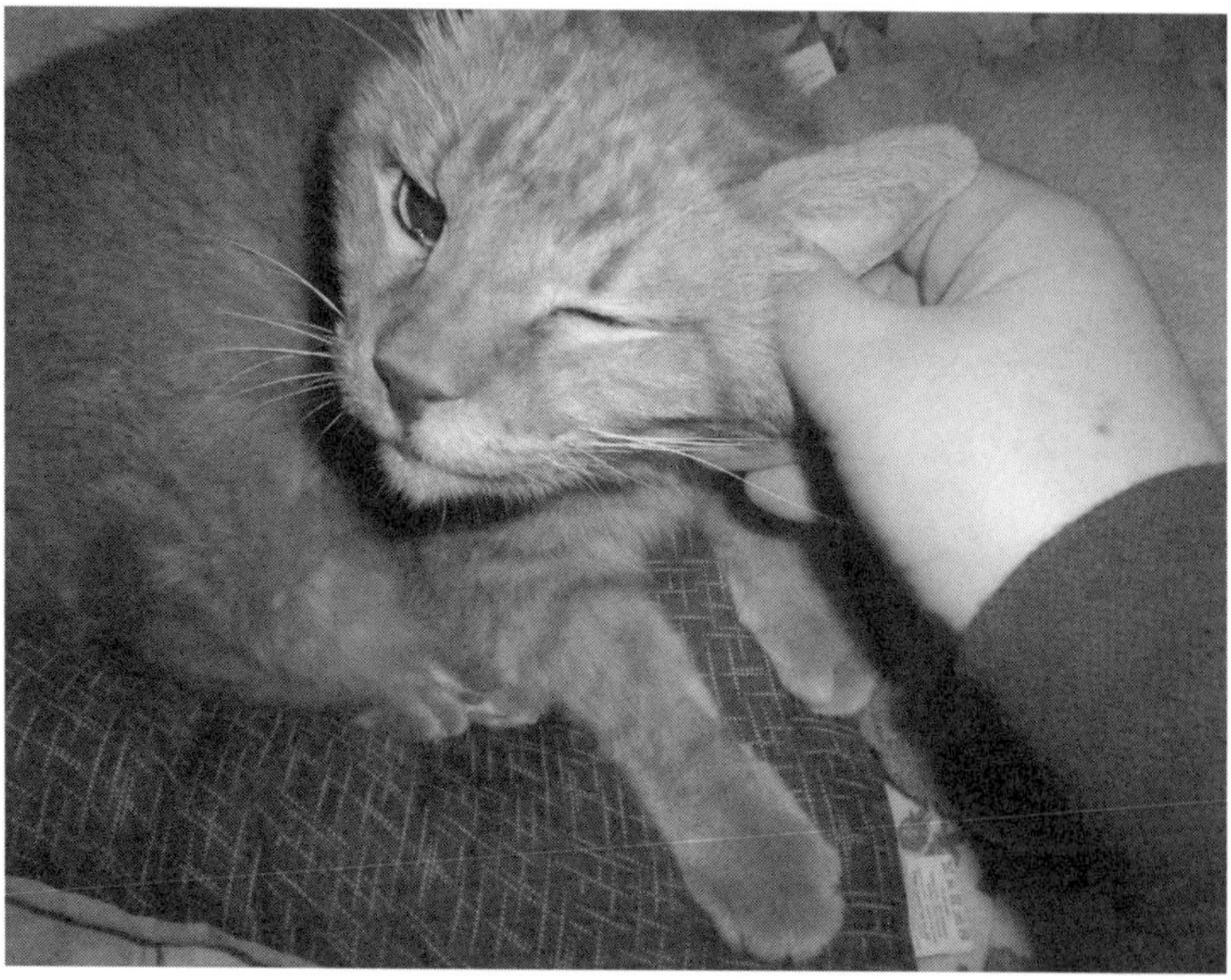

まあそんな事はギドウにとってはどうでもいい事さ。

おかあさん、にゃっ、おかあさん、にゃーっ、今から僕カーテンの陰に入って、庭を見てから寝るよ、だって朝のおやつ貰ったからもうお昼まで特に、用はないんだもの、にゃっ、だからっ、にゃっ、うっかりと、踏んづけないでよねーっ、にゃーっ、にゃーっ。


うん、まあこれが少しばかりな、猫の現況、……幸福だとも！　ただし、明日は判らない。病気？　悪くはあるけれどさ、しかしこの甲状腺機能亢進症と腎臓病を持っていてさえも、なんか二十五歳まで生きた猫もいるらしいし。まあギドウは雄で茶虎だからそんなには無理だけどね。長生きは雌が多い、そして毛色も茶虎は比較的少ないようだね。でも希望はあるさ。

で？　「もし、帰ってきたときに突然死していたらどうしよう」って飼い主は思う。というのもこの飼い主さん、まだ少しお勤めが残っているからね。逆に次第に心配になってきているのさ、五年の間に猫も足腰弱ってきたし。また飼い主の方もね。

ステロイドというすごくきくけれど副作用の怖い劇薬を彼女は使っている。時間をかけて減らしていかなければならないので、少しずつ減らして来た、するとそれまで無事に動いていた体が鈍くなって来る。それにそろそろ五年間の疲れが出てきたのさ、後少しって思って。

そこで最近では週一で学校に行くけれど、他には全部の用を纏めて駅前に出るだけ、それ以外は普通乗り物に頼る。しかしそんな中ごくたまーに調子いいとスーパーから重い荷物もって上り坂二十分、だーっと上がってくる、そのまま帰って家事やって夜は原稿二十枚とか楽勝、但し……。

そういう日を本人は「奇跡の一日」と呼ぶしかないわけで。今は一ヵ月に一日くらい？　つまりお薬を減らせばそういう日は減る一方で、（症状がひとりひとり違う病気なんだけれど、全体にそういう傾向があると思うよ？）無論この「奇跡」がまれに三日続くこともある。が、当然「奇跡」とは、ふいに来るもので、予測不可能、予定に入れられぬ。ほら、例えばの話、彼女、その他の事情も含め、行きたいデモに行けない。

は？　いったいデモとはなにごとかって？　何のマニアかって？　デモの先頭に男前でもいるかって？　いや別にただね、は？　テレビ映りたくって出張っているんだろうって、そりゃまた？　あり得ないよ、つまり、……。

報道しないんだよこの国ではデモだのストだの。昔からだよ？　西成区で暴動あった時でもろくに放送しなかったし、ていうかこの地球規模の人喰い様をお迎えしようて時点、すでにマスコミはアレだからね。国会前だって最小限、お地味にお知らせ。それでも彼女一度だけデモに行ったんだね。これ人喰いの露払いと思えた、秘密保護法反対のものなんだけれど、それは二〇一四年の十一月二十五日。

随分前だけどね、行進するって言うより、取材、写真と、メモ取りに行きたかった。しかし今のところ毎週毎週、上京する用があるというのに、そして国会前は結局学校の帰り道から三十分位使えば行けるところなのに、そこではいろんなテーマのデモが次々とあったのに、実動は、たった一度だけだ。しかも地下鉄の出入口のビラくれた人からは「もう帰るの」って言われて……治療でステロイド飲んでるから感染しやすいしね。

4　まあそういうわけで今から珍しく群衆シーンですよ

膠原病は過労や感染症で悪化して入院になる時があるし、彼女の場合そもそも人込み自体がまだ、難しかったからね。同じ病気でも個人個人でＮＧ事項が違っているのも誤解の種で、びくびくびくびくしながらデモデビューっていうか、一度、やってのけて見たかったそうで。あ？　作者（と呼びかける神様）、ほら、メモ位はとって来たよね？　ポメラあるんだよね最近、じゃあちょっとそれ出してみ（うんって地味にうなずくアラ還の群衆Ａ）。

それは、二〇一四年十一月二十五日、地下鉄半蔵門線、永田町の階段をのぼれば、いやーもうびっくり、……気がつくと難病者が普段のマスクしたまま行進の中。と、いうかマスクした若い人もけっこういるね？　そしてそこら中既に行列だらけ、ていうか立ったところが既に行列の一部だよ？　これ？　駅から駅まで人間で埋めているの、なんでこんなに人が、ああ。

そうか、もう、国、普通じゃない。そして今こうしてふっと普段からマスクしている自分がここにいると「あ、デモばれマズいんでマスクで隠していやがる」と思われるんだ、という事に自分、気付いて、ふん、どうせ自営業だし、何も、困らないよとイライラし始めた、では？　マスクを取るべきか？　しかしここで何か感染すれば最悪、入院かも？　いや、万が一で死ぬかも。それでも、陰で警官に笑われているような気がして、気が差してくる、しかしそれにしても……こんなに彼らがいたのを見たのは、大喪の礼の時、皇族が伊勢神宮に向かう列車に乗り合わせたときだけだ、というか、それで、「本当にここにいる警官と同じだけ教師や保育士がいるといいのにね」だとか、「交番は人手不足そうで大変なのに、こんなところには実に一杯配置しちゃってさー」、などと腹が立って来る、それに本日の警官は別に私を助けて「あーおかあさーん、今日は何県からー？　ここ、ほら見頃ですよー」と「祭」案内をしてくれるわけではない。また普通のお巡りさんと違って困っていたら「ああ、どこに行くの」などと自分から道を教えてくれるものでもない、ふん、……。

　そして、ここが二十三区内だからなのか、警官は妙に栄養状態もよく、顔色も健康で、制服だって千葉の交番とちがって折り目正しく、ゴミとかついていない。なんというか、温厚に金ありそうな感じのまま、デモの人らを監視しにきているのだった。そんな中ここが行列の尻尾であるせいか、或いはまだピークではないからか、警官同士は余裕をかましていて、二人で話しあって相談をしたり、空を見たりしてまったりしている。ていうか多い、多い、多い、それはデモに来た人間も異様に多いのだが、その中に入り込む程の人数ってやはり、多いよ、だって、一メートル毎に立っていたり二人で立っていたり、道路の中程の植え込みに固まって立っていたり、しかも皮肉にも無残にもなぜか何か全員人が良さそうで、それでも気がつくと私の後ろに、来ていたりする。ところが私はその日は黒のカシミアコートで金の十字架のペンダントをして、弟の奥さんにもらったグッチのトートを提げていて（学校の帰りだから先生の身形）そのせいか警官には結局スルーされてしまう。でもそれはそれで有利なことであろう。きっと撮られるぞと知人から言われていた写真もなぜか、撮られずに済んだ。

雲のように人、遠いビルの向こうまでただ人間がいる。並ぶというよりももう埋めている。デモっても、なんか空の上にも沢山人がいるような気さえしてくる程、……。

ここは行列の尻尾だからこそ動きは出来るし、すり抜けては通れるけど、おそらく先頭の方に行けばもう帰って来られないのではないかと思う、満員電車のように込んでいるのか初詣のようにか。

ああ、でもそこまで行けない、帰れなくてうずくまったらそこの石の上で冷えてしまったら、死ぬよりも、何かすごいことになってしまう、今後は人前に出られない程の恥をかくかもね、ていうかそんなところで吐くだけでも、人に嫌われる、だけどその前列まで行かない事に罪悪感があって、もう痛くなってきたけれど、彷徨っていると……混雑のさ中道の端にしゃがんで、箱を出して見事にリズムをとって語っている男性を発見した。彼は、……。

真っ青の写真を持ってきて調子良いだみ声で講釈をやっている。「ほら、ほーらこれがどうしても、ね、この地図に、ここに、見えます。ね、みなさん、これ、テレビに出ない、ね、あの事故で、ああ怖い！　こんなになっている、ね、ここまで壊れている、しかし、これをテレビに出さない、ね、出さない、ね、それがために、青く光って映りませーんと、しかし、ね、写っているんです、ほーら、光っていないここに！　ほーら、ほら、テレビではー、光ってうつりませーん、だけどただ今ここにー、公開しております、よ！　ほら、珍しい、デモに来れば、さあ、見放題！　見放題！」。この人にも私のような専属の荒神様が、いるのかもしれない、なんとなくそのリズムに慰められしかし、きっと本人は自分の守護神の存在にも気がついていないであろうと。だってこれ多分社会運動家の啓蒙活動なんだろうし、でもまあなんだって語りは必要だ！　だって、ドゥルーズも言っている。授業にも独特の語りが必要だって、舞台を要するってさ、しかしあの人はプロの先生だというのに、専門の哲学者が、「芸能」を使うのかよ。結局ドゥルーズって西洋荒神の系統なのかもね。

目を上げると、人の大河を車椅子で進む方がいた、茶の帽子にジャンパー、腕のちからを込め、強く前方を見て、屈強にぐんぐん進んでいられる。一方、このすたすた歩けて良く食べる、現在取材中の、荷物持てる人は、なぜかたちまち人込みに脱力して、リタイアーとあいなる。

そう、そう、この作者万が一の嘔吐と失禁が怖いんだね。それは、心身が溶けて道に落ちるよう。貧血しながら首が固まり、帰ると足の指が一本真っ白になっていて、その指先だけがずるっと爪の下まで凹む。結局は「指先、失うの？」ってその日神棚に聞かれたけど、取り敢えず大丈夫って僕は答えといた。先々は判らない、でもなんとかなるだろう？　諦めるのなら時間かけて諦めるしかない。そしてその日は同じ病の方のブログに、デモに行く人の体力を羨む意見があったのを見て、彼女なんだか得心したとも言っていたね。しかし主催者だろうが、警察だろうが、行きたくて行けない人間は無論、参加者の数に入れない。

お寺の代参みたいなのがあればいいのにねえ、まあでも彼女はその日は主催者発表の数に入ったろう？　だってビラとか紙の四角いプラカを貰ってきたから、アベクーデターってそこには書いてあった。研究室に飾って、まだ書斎にあるよ。レストランでもコンサートでもなかなかいけないからね、最近は箸袋までとっておくらしい。時々眺めて、「ああ、行けて良かった」、うん？　他に行きたいところ？　市内の歴博と京成の薔薇園、オーダー形式の小さいホテルにある、中華バイキング。でも、……。

ふたつあるんだよねえ、つまり「そんな事している場合なのか」というのと、「もう出来なくなるからそうしておこう」っての。でも、例えば、「農業潰されるのかよ、じゃあもうなくなるのか……」って普通そんなグルメはしないのに、七百円のロザリオビアンコと六百円の巨峰を、二つとも生協で取り寄せてしまう。緑と紫、どうして誰もこんな怖い事に気付かないってぶるぶるしていても結局、両方、とてもおいしいってよ（笑）。台所で両手に載せてブドウを洗うんだね。いい加減にね。

十年も前、だいにっほんシリーズというディストピアものを彼女は書いていた。そこでは与党と野党第一党がまったく同じもので、しかも原発国家、ロリコンが国策で輸出されていた。少女苛めのコスプレ女大臣もいて、……ふと気付くと、それは次第に目の前の現実になっていった。

十年前の本を読んだ初読のツイッタラーから「何が未来か実際あるじゃん」と言われて血の気が引いたって。一方で昔からの読者が予言、といって引用してくれていた。でも本来の設定でそれは二〇六〇年代、来るのが早すぎる。間に震災と原発があったからきっと、早くなったのだね。しかしどうやって文学でＴＰＰの警告をする？　それは自分ひとりの体験からでは覚束ない？

というか、書いているうちに次々もっとひどい事態が起こるわけで、ならば近未来ＳＦでやるしかない、でもそれだと嘘って言われるのか？　でもデフォルメしないとＴＰＰの怖さが伝わらない。つまり、条文や数字ばっかりになってしまってはね？

結局、そこから一年も経たず、戦争法案が通って、中にはあの法案採決自体を一種のクーデターと見るむきもあり、まあともかく、国、普通じゃないって事。で？　え？「ちょっと話飛ぶけど、聞いていいか」って。どうぞ！

その膠原病の、白化する足の指靴カイロで防げないかって？　当然入れているよ。しかしその日は、つまり二〇一四年十一月二十五日は、帰宅後二時間風呂に入っても指先痺れたまま。だって一番悪いときは真冬家の中で足にカイロ張って、出来るだけ電気毛布の上に座っていた程なんだよ。当時は指先潰瘍から黒色壊死という、ネットの写真見て泣いていたけれど、しかしそういうものでも無論、治療していれば、大丈夫で済む場合はいくつもあるのだね？　ただ当時は本人も「初心者」だから。僕も励ますだけで。

荒神は医学の神でもあるんだけれど、これ、専門医でも予想不可能な病だから、それに僕の医学って親から習った五、六世紀くらいのやつ、それはその当時ならばまだ有効で、豊国法師って言う、外国知識武器に宮廷に入り込むような、有髪のお坊さん達が使っていたもの、（荒神って、神とは言うけれど、仏教系でもあるから）そう、今じゃ古すぎるね。そもそも親の代に喧嘩負けて以来、せいぜいが民間療法や占いくらいで、僕らは最先端の情報から隔絶されていた。ただ病人の具合を見る事だけはね、それは神様だからすごく判るんだ。

それで実はこの人、難病かもしれないって、思ってはいたの。家を決める時からのつきあいだからね、僕は取り敢えず屋敷神で、買う時にともかくここを薦めたんだよ、それは近くに専門のよい医院があったから、何かあればそこに行けばいいだろうって、でも結局、今は励ますだけ。現代は西洋医学で対処出来るし、またこういう事で神仏に頼ると必ず変なのが湧いて出るから、ほら、よく通り魔になったりする人いるじゃないか？　ああいうのについている悪いものが来るよ？　そいつらが僕を押し退けて嘘の御告げをやって、挙げ句に彼女がステロイドを断ってしまえば、指先ばかりじゃない、命を失うかも。また現代でも漢方薬には偽物が多いし、なんたって今のところは「一応無事」なんだ。ならば、僕は黙っておく。

そうそう、最初に指の症状がひどくなったのはデモの大分前、二〇一四年正月、ただそれでも後は無事だった、とはいえ厄介な病気ではあり、翌一五年夏にまた増悪。循環不全で「夏の室内が雪山になった」。なんか大丈夫と思った瞬間ひどい事になるって、彼女思ったって。

その年は八月に毛布と毛布靴下を出しっぱなしで、気温三十一度にエアコン付けず、かつ、足先霜焼け状態が二週間あった。全身痛もあった。しかしやがて軽減、結局腿に「いつもの」半径七センチ、完全半円形皮下出血紫色が出て、それで終了。え？　別に怪我していないよ、勝手になるんだよ。例えば紫外線に当たってると耳に、切ってもいないのに切り傷が出来る。しかも、なかなか治らない。原因とか不明。

なんでそういうの知っているのかって？　うん、神様だし、指導の参考にしなくてはいけないし、それに、彼女そもそも相談する相手というものがまるでいないからね、実家のあとはあかの他人がとってしまったから連絡しにくい、誰が電話に出て来ても話しにくい。いろいろあって電話すると具合悪くなったりもする。まあこの病気だけじゃなくってなんか昔っから、人のする簡単な事が出来ない人でさ、自分の体が他者としか思えない、ばかりか、人とのコミュニケーションを彼女の方は必要に迫られて試みるけれど、ほら、ここ「沈黙の国」だからいちいちトラブルになる。とどめ十万人に二人とも六人とも言われる病にまでなってしまって、名医にさえ何聞いたって基本は「判らない」。その病を伝えるのに本一冊書いたけど、結局は読者にしか伝わらない、まあ、一生の壁ですね。結論？　僕しか相手しない！

デモの時だって、前日まで調子良かったから出掛けたんだよ。足のカイロもすごくほかほかに感じて、それで学校の午後の授業が終わった後、急に半蔵門線へ、なのにそんな動きしか出来ないばかりか、結局はつけも来てしまうんだよね。でもともかく行けたんだ。

それで、書こうと思ったんだ、なんとかしてデモ書こうって。取材なんだからと。

そして結局この秘密保護法、ＴＰＰ隠しに使われるものだったんだね。

既に、あっちこっち大本営化していると作家は思っていた。しかもマスコミはたとえ小さくても、なんとか戦争を止めようとする文学に向かって、黙らせた上で、こう言ってくる。「文学は社会に何が出来るんだ」って、自分達の保身の責任を取らせるのさ、黙らせておいてね……。

……「ヘリコプター凄かった、テレビにうつらないディテール、一杯過ぎた、デモだってなんだって、行くと書きたいこと次々見つかる。掛け声も演説も昔とそっくりの若い学生いたけれど年配の人もいた。目の見えない方が参加していられて、何人も前の方の肩に手をかけてつながって歩いて、これはいっそ参加者数にひとりを百人で加算しろと思った程で、しかし警備側はこの人達にも一ヵ所にとどまるな移動しろという、すると彼らも一緒に、歩くしかないんだよ、やはり肩に手をかけてしずしずと行く、しかしこれがただの強制移動なのか実はデモなのか私には判らない、まあ一緒に歩けたからデモに行ったのだと思ったわけで、感じたのは、もう党派ないのかも今回、左翼も宗教も農家も一緒くたかもって」

なーんて、(この場面は、シールズ以前の話ね) いちいちいちいち、携帯持ってないからデジカメで資料撮影して、旗竿を立てているマスクの学生に「すいません写真撮っていいですか」って聞いて撮って、……なんでも珍しいんだね。そしてこの写真を知人に見せて、「ほらこの旗竿一番目立つとこにあってきれいな色だから撮ってきたの、色とりどりで灰色の空に並んでいて珍しいでしょう」と示すと、「あっ、これカクマルだっ知らないんでしょ、これカクマルだってば、昔からいるし珍しくはないんだよ」と教えられて。彼女？　生まれてこのかた飛行機乗ったのが国内便二回、……故に一回コンサートとか行ったら三年はカタっている。ともかく思春期から四十年以上も、疲れて眠りこけたり、過労で熱出したりしながら、なんとか生きてきて。

しかも本人の人生において、というかその半生たるや？

5　要するに己の特異点に気付かぬままだからね。それがある日突然……。

三年前までは、人間は自分と同じだけ疲れていて、他の事を何も出来ないもんだと思い込んで生きていた。なぜ人が仕事が終わったら遊ぶかとか一切判らない。仕事が終わったら熱を出して泣きながら横たわる、それが「正常」だと思っていたはずで。だから治療が始まってある程度普通に動けるようになった時は、そりゃ喜んでいたよ、でもね。

他の人はもっとなんでも出来て、それが普通なんだって知ってしまったんだ。時々は複雑な心境にもなるよ。それでも今は結構満足して、「死に支度中」さ。何十年も疲れて生きてきたから、疲れすぎて世界の色が薄いって言うんだよね、しかもそれは嫌いじゃないと。薄い世界好きだって。

小説書きながら大学で五年間教えた結果？　ともかく来年一年は出来るだけ休んで家をかたづけるんだってさ、突然死に備えて。任期のど真ん中で難病って知ったからね。

だけどこうなると本人はいつ死ぬか判らないし、猫もことに茶虎の雄なんて、そんなに凄い長寿猫は少ないわけだし、だったら猫を無事に送ってあとは書くだけ？　でも、寿命は後どれくらい？「判らない」、よね。そしてもし猫が死んでしまったら？　この人は必ず悪化するからね、入院になるかもね。まあどっちにしろアラ還ならば、健康な人でも普通、最期を考えるのかな。

いやー、今はダイエットとか美容とか第二の就職だよね。

デモの事は無論すぐ取り組んだ。周辺の日常を描いて世相を写そうと、本人ここ何十年も結局そんな事ばっかりして来たからね。幻想シーン入ってても現実を捻って作ったものがベース。それこそ得意技のつもりで本人はいたけれど、「私ならデモも書いてやる」ってしかし……。

世の中が激変しすぎている。ひとつの長編を書いているうちに次の変化が来る、作品の大前提、ていうか舞台が壊れてしまうよ。だってほら、……。

大地震、原発、無論人喰いは災害を好機にして突っ込んでくるからもうたちまち、そこから秘密保護法、戦争法案、沖縄の弾圧、新たな大地震、そういう国民みなごろしのとどめがＴＰＰ、しかもその激変ときたら、半分方は随分とインチキな激変で、政府の嘘や二枚舌、株高狙い、また選挙民騙しでころころと変わる。

そしてＴＰＰが本当に来てしまったら日本語は終わる。日本まるごと喰われて。

今の時代をリアリズムで書くのは本当に難しいね、事態を時間の流れで追うのが難しい世界だから。「自分の事書くだけではすまない激動キター、これ大きい物語？」って彼女思った。でも薬で集中力が散っているせいで書き直しばかり、だからってステロイドは量を減らすと痛くて動けなくなってしまう。また「危機感に身を委ねて書きなぐる」というのもねえ？　だってここまでエロ卑怯グロ腑抜けな激動では、「激動の時代に突っ込んでいく」とは決してなりえない。だけどね、書くべきだよ。しょうしょう変に見えても。

まあしかしその一方、そういう時程家の中の事はうまく行くものだよ。つまり書く方がアレでも、炊き込みご飯六合も炊いてうまく出来たとか、パーティさぼって家に居たらカーテン全部洗えた、とか、世の中ひどいけど、今のところ、難病であったたって私生活は「無事」なんだね……。

例えば「死ぬかもしれないって不安になって寝られない」そういうのは発病直後だけですぐに消えたしね。ただまあ「足の指先がもしひとつだけ欠けても、八十まで生きられる方がいいかもしれない」とか、そういう、あまり意味のない発想で解決したらしいんだけど。え？　だって、……。

足と寿命の、両方取られるかもしれないじゃないか？　まあそんなの、本人がびびってくれば必ず僕、「両方大丈夫」って夢枕で言って、取り敢えず眠らせる。だって睡眠不足になれば病気悪くなるに決まっているんだから。ていうか指先最近元に、回復しているよ。

要は健康な人間なら仕事の合間にするようなただの整理整頓をこの慢性病患者は無上の幸福感で「無事」やっているわけだ。ともかく台所の模様替えを済ませたいのさ。台所に猫と快適に住めるようにしたいってね。人喰いに怯えながらも良く生きるべし、と。そりゃあ連中の目的は搾取、略奪だから。ならば幸福でいる事も威嚇で復讐だ。

いつだって自分の台所が落ちつくんだそうだ、寝室も好きだけれど台所の床でころんと横になりたい、人参切ってる最中に腕が痛くて、立ってられなくなるたびにそうしてきた。だから台所マットは生地も柄もきれいなのばっかり。病気と知らなかった頃から、疲れて眠り込んだ事が何度もあった程で、流しにボウフラが湧いたこともあったし、先住猫がいた時はそんなに逗留も出来なかったけれど。ふふふ、二階から、猫は怒ってくるからね。嫉妬深いから。

要するに長い間、そこはただ茶虎猫の帝国だったのさ。一時は編集者から熱帯雨林とさえ言われていた「宇宙」、でも別に雨漏りもしていないし。むしろ他の建て売りと比べれば随分丈夫な家だよ。普通に住んでいればぴかぴかのはずだった。でもね、荒れている……。

しかしそこを、なんとかして少しばかり「きれいに」する、彼女には上限の十分贅沢な住まいなんだ。そして台所を書斎にも寝室にもして、最後の一匹になった猫とずーっと楽しく一緒に過ごすのさ。それが悪性リウマチのアラ還の夢。

とはいえ本人は、二階でふと、前の亡き猫の思い出に浸っていたりして、ついギドウを待たせる事が今もあるよ。それと一階のソファで寝ているとどうしても関節が悪くなってくると言うんだよね。そこもなんとか改善したいけれど、やはり上のベッドで何時間か眠るしかないって。無理に我慢すると三日で階段を上がれなくなって足首ががくがくする、と。でも逆にずっと寝ていようとすると、ギドウが突然死しているのではないかと心配になって下りてきてしまうんだね。しかしそれで一階にいると、そうだ二階にドーラが……、とまだ思ってしまったり……。

まあなんと言ったってドーラは凄かったからね。「妻」と呼ぶしかないほどの共依存伴侶猫、ほぼ内容のある事をちゃんと喋っていた、賑やかなお喋り猫、……。

ただそれも十五歳で癲癇や痴呆の症状が出る前の話だけどね。でも出てからでもこの老妻は時々「あなた?」て話しかけてきたよ。たまにふいに元気になるんだね例えば、……「あなた? あなた! そう、そう、あなた! この、真鱈のスープって、悪くないような、ねえ、どうかこ

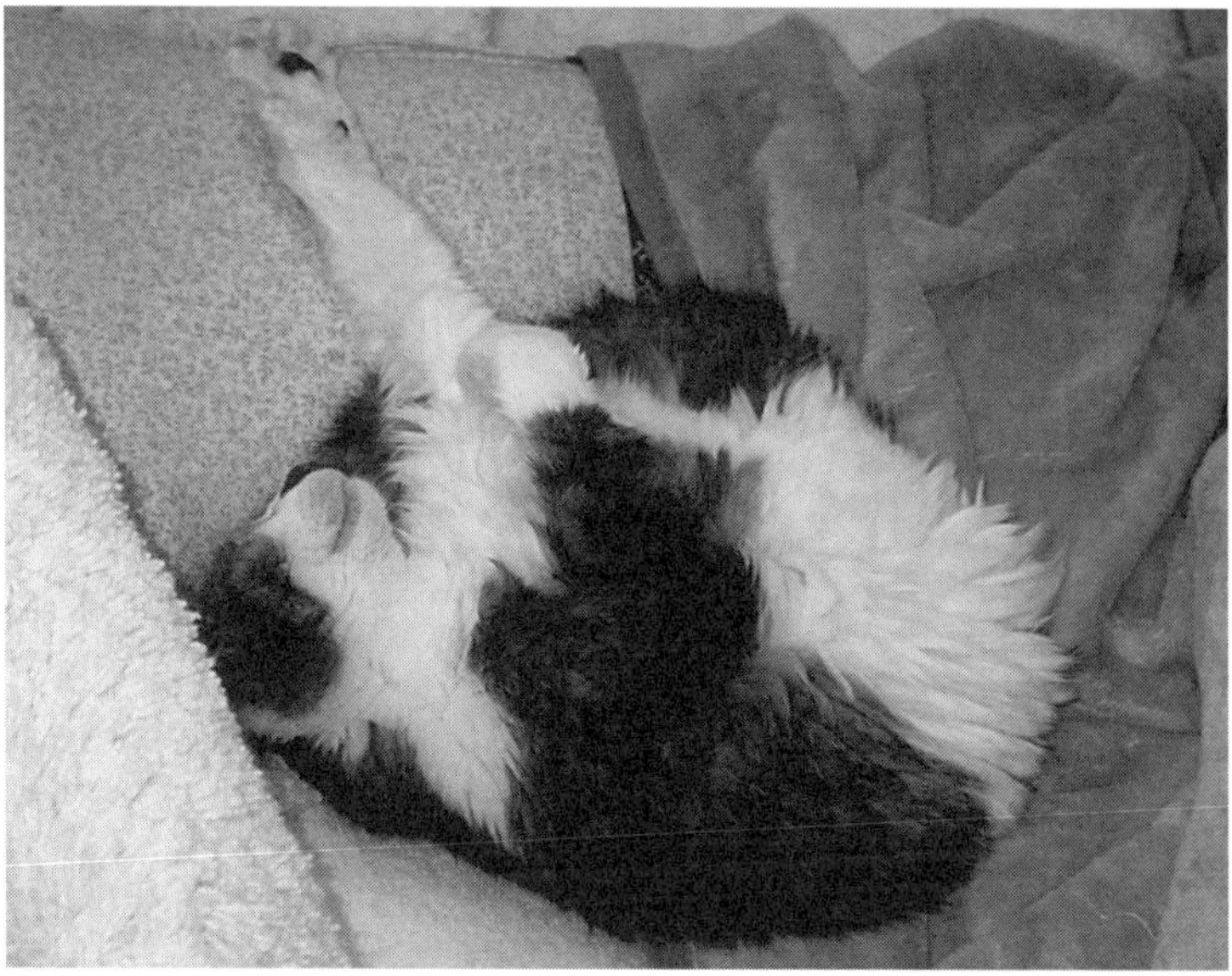

の火加減覚えててね、でも、この魚は虫がいるのだから、しーっかりと、ちゃんと煮てね」……なーんて。まあそんなのは「過去の面影」で、ふっと蘇るのさ。

　つまり昔はこんなもんじゃなかったって事、健康だった頃のドーラのお喋りは。まったくギドウの単純さと比べるともう。え？　その「あなた！」はどんな外見かって、いや、ごく普通だろうよ。

　ドーラは大きい大きいふっくらした鯖白で、またのところにひとつだけベージュのマリモみたいな模様があった。のびのびした体で派手な顔だち、飼い主は鈴木保奈美に似てたと言うけれど。僕？　中年過ぎてからの、七歳位からのドーラしか見てないから、むしろ与謝野晶子とかそんな感じだね。なんというか、目が怖いんだよ、ぼーっとしているのに。顔だちは顎がちょっととがっていて、目もぱっちりしていて、斜視は魅力的で、でもまあ作家の妻によくある、気高く、澄んでいても、怖い感じの顔。その顔でいちいちいちいち、向かって来るんだよ？　人間に対して、そして気に入らないとたちまち爪が出るし、牙も、なんか不機嫌、ていうか暴虐でね……。

　うん？　だからちょっと斜視で緑の瞳は澄んで大きいけれど、目付きはぼーっとしてた。白いところは真っ白で姿のいい猫だった。おっとりして見えるんだ。ただ、ブチ切れると、ね……。

6　あなた！　あなた！　と呼ばれて飛びすさる人間

あなた！　あなた！

ねえ、あなたったらっ、きゅっ、さあ嚙むわよ、嚙むっ！　どうしてってって？　ふーっ、愛だから、よ！　そしてあなたっ、あなたっ、御仕事しては駄目よ、そんな暇があったらっ、私を見てっ！　ええいっ！　見ない？　のね？　どうして、さあ、今から机の下に入るわ、体重掛けて嚙むわよっ！　ぎいいいいい、……ほーら、ね、ほーら、早くっ！　お休みになってって、お体にさわるわよっ、あらっ！　判ってるの？　命令してんのよ、あたし、ここに？　おしっこするわよ、すこーしよ、ほーっほっほっほっほ、まっ！　そして、今日はなんですの？　ほら？　お魚がないわっ！　でもっ、だめよっ、買ってきては駄目よ、ドーラひとりぼっちはいや、だけれどもここにすぐ中トロを出して、今日はシマアジじゃなくって、そして、あら、あなたったら、なんか、おとなしくない？　……元気出してよね、あたし、ここででんぐり返りをしてみせてあげるから、それに、今日はまた、ほーら、すりすりも、凄いのよ、見てっ、見ない？　うわーっ、いっやーっ、そんなのだったらっ、今から、私っ！　吐くわ！　そうよ吐く、そしてあらっ？　誰よこの汚いの、ひーっ、誰よっ、これっ！　ばかっ！　か、た、づ、け、て、よ。ひっかくわよ、捨ててよっ、ひっかくわよ、なによっ、この絨毯！　ばっかじゃないのこれ、砂かけるわ、でもそうすると？　爪が？　取れないわ。

やーっ、くやしいいい、うんこしてやるううっ、ばーか、あなたっ、ばーか、ばーか、ばーか（まあ大とかは実は潔癖で生涯に十回も「外」へはしなかった、最後まで自分で立ってトイレへ行ったから――作者注）。

……ドーラ女王様は、それは大切にされていたよ、しかし十五歳でいきなり三キロになった。

脊椎湾曲で筋肉が落ちたんだ。骨は細いけれど最盛時で四・五キロあった猫が、ふいに、……若き日の女王を僕直接知らないけど、でも僕、全部なんとか、把握してはいる、それは死後でもこの家の最重要事項だから。

「苦労かけたんだ」って飼い主がぽつんとね、「一緒に繁栄して一緒に泣いたんだ」って。

最近のギドウの看病なんて殆ど遊びだと飼い主は思ってる。というのもドーラは体重激減から数ヵ月で老年性の癲癇、さらに痴呆、数週の間自傷状態、尻尾を攻撃し、机の上までの道を忘れた時には、発作も起こして朝五時に医者を呼んだ。その間飼い主を攻撃し人間の手の甲一杯に血が流れた。そして人間は道を忘れた女王にボードでコースを作り、尻尾かまいの対策で尾を隠してあげるため昼夜付き添った。すると数週間後、尾の疵にも毛が生えて無事が戻ったんだね。多くの事が結局、なんとかなった。案外に克服出来たんだね、何よりも本人に痴呆と気付かせぬよう……二十四時間体制で二年越えた。でもその間母方の実家の相続があった。トラブルは相続人でない人物が何度も起こす。ところがその相手の見舞いに行くしかなくなった、人間は「苛められて」マックス、もう立てなかった。それでも算段をしているとこの妻はいきなり自分の背中を嚙みはじめた。治まっていた自傷の再発、鯖猫の紫がかった地肌が剝き出し、血の玉が吹き出た。それはたった三十分の間だった。

……あなた、わたし？　あなた、わたし？　いたい、嚙むわ、ドーラ、いたい？　こんなの、ドーラ、死ぬわ。でも、なぜ？　嚙むの、あなたを？　たすけるのよ、わたし、いたい？　たすけて？　ええ、いいわよ！　わたし？　ドーラだから、……

　飼い主は？　当然猫を選んだ。だって何があったってさ、「妻」を殺すかね？　ていうかドーラは難病の飼い主をそうやって助けたんだ。行かなくさせた。

　そして大寒になると、……人間は朝の四時に起きて、カレイの縁側をグリルで炙っていた。「妻」が匂いに興味をしめす時間帯を選び、もう嗜好を優先させるしかない程弱ってもいたんで、欲しがるものをなんでも……大トロに真鱈、愛媛のタイは、腹側だけ細切りにしてレンジで五十秒、そのデザートにアメリカのぎとぎと猫缶、煮干しは炙って砕き、日本のムース猫缶に絡めて、猫の口許へほの温いうちに少しずつね。

　台所で作家がもし何か「真面目」に拵えていたらそれは猫のためだ。つまり人の食は大量に盛大にまとめてやらかし、作りおきの冷凍で。

「ケーキって焼くのだけ面白いね、でも篩わず計らず泡立てずがサイコーｗｗザマー」。

　一年以上、飼い主はずっとドーラの死を否認していたね。実は今もまだいるように感じている。それでもギドウがいて慰められるわけだ、つまり彼は彼で老いた今も、細かく、ずーっと、こうるさい猫で。「おかあさん、にゃっ、おかあさん、にゃっ」。

　日常は淡々、結構静かで楽しい、思い出に満ちあふれたお気に入りの古家、そこは、何も不足していない、女王国なんだ、台所では、誰にも味付けを値段を叱られずに。心ゆくまで、食べ物を統率するし、食器棚には一個五十円のコンビニ閉店セール半額ぐい飲みから、白レース三万円のマイセン皿、蔦の葉の濃淡の一点ものカップまで、様々なお気に入りの食器が並ぶ。そこにけして電卓を持ち込まず暗算で不正確な計算をしつつ、値引きの高級食材を駆使、これで世界銀行に勝ってやると、妄想する。生協とAEONでそろえた材料、料理は仕事が終わり、体力が折り合えば一晩中作る。眠いのに気がつくと台所に立っている。究極の私的創作?で、レベルはくそ低い。まず腐るかもしれない品を冷凍する事から始めるんで、そしてこの時の一番の相棒がリトルネロって言う、まあそういうあだ名の冷凍庫が台所にあるんだね、「千のプラトー」にちなんで命名したハイアール製の百リットル白色、まったく普通のやつ。

　野菜でもなんでもここに小さく切って保存しておくのさ。人参二十本とかスイカ一個とか、一回分の「仕込み」を全部加工するのが第一段階でね、だから日々の料理ってまず、既に切ってあるものをここから取り出す作業。それで一日に何品も大量に作って、また冷凍する。切る日と煮込む日は違う日だよ、でもそんなので保存大丈夫かって思うよ。しかし野菜を切るだけで筋肉がぼろぼろになるほど具合が悪い日だって、リトルネロから取り出したもので料理をつくれるのさ。流しに凭れながら、シチューとスープと煮物、炒めものにパンケーキ、出来ればまたその殆どを冷凍。生物も少し、それは即席漬とサラダ。高台の一軒家で一週間寝込んでも手料理が食べられる。昔はちまちま炊いていたご飯も一升炊きを小分け、すべて冷凍。

　彼女の消耗と易疲労は結構主治医も気にするような困難なものらしい。膠原病としてはよくあるケースかもだが。でも、台所に入るんだ、あくまでも自分と、猫のために。

　いつもこの小さい台所を国家と資本主義がやっつけに来る、そして僕の敵でもある国家神道の悪い神が、彼女を病気にして、一気に料理を作る事を邪魔して来る。彼女家庭の食卓になんとも言えない黒歴史があるんだそうだよ。家族と食べたくない。またその他なんだか馬鹿にされる事の多い人で、外食も時間や店を選ぶしかない、そんなに高級なところにはまず行かないしね。で？

「ごはん、つくらないと、じぶんのぶんの、ごはん、そして、おとこのごはんとか。つくんないからてんごく」。――最近へビースモーカーのような声で言うが一本も吸っていない。声は胸膜炎やっているし、今は唾液腺も悪いのでね。いつもチンしただけで自作が並ぶ、ひとりの食卓は、野菜多めの薄味で出汁も利いているけれど、人には常に「とっても不味いです」と言うことにしている。また品数多いとみれば買ってきたものも無加工のものもあるし、気に入りの自信作ってどうせ野菜スープやそば粉のお好み焼き。味付けの素も平気で入ってて、それらは化学調味料無添加を選んでいるけれど「世間は許さないね」。ともかく、缶詰と冷凍した自作なんかで百八十食、二ヵ月分ある、というのが理想なのであって。

この、冷凍庫のリトルネロって言う名前も実は、結構意味があるんだ、それは「千のプラトー」でおなじみ、ドゥルーズの相棒ガタリの概念で、元は音楽用語、英訳するとリフレイン、――人間がひとりで不安な時に少し歌のフレーズを繰り返して歌ったり、そういう事をして自分の気分を「時間」を取り戻す、自律する、自分のリズムで居場所を確保する、そんな智慧を呼ぶ概念である。唐突？　でも、例えば鳥が鳴くのだってほら、縄張りの主張だよ？　つまりオフの時の彼女は、リトルネロを料理でやりたいのさ（節のあるこの作家はそれ自体が、書く、リトルネロって事なんだね)。そしてこの機械の唸る音が、「歌になっている」って。

望み? 大量販売やコマーシャルの脅しにのらず、安全でうまいものを見抜いてなんとか台所に引っ張ってきて、そして気分のいい時間を資本主義から奪還する事、彼女にとって台所とはそういう場所で、しかしそれでもこの前は一個三十円のラーメン(どう見ても化学調味料入り)が気に入ってたっぷりと買い込んだし、一方で煮込みがしたければシャトルシェフを出して、タンパク質の出汁を数種類取る。まあどっちにしたってね。自分勝手がしたいんだな。蓄えよ、冷凍せよ、そして資本主義から逃走せよ、無論男の命令からも。リトルネロはそんな彼女の脱領土なんだ。国家から奪還した自分のおいしい時間、そこに彼女は住む。無論それは得意になって料理した時間と、引き換えに生んだ「剰余価値」であって。

「……よーし(汗)、この五島列島のアジ半額を生姜で煮て、これで十二食分、と後は良い豆腐、あ、それは、別にコンビニのでいい」……自分のためになんて外に出ない、猫の用だけだ。砂、薬、お供えの花……それでも、いつかきっと猫がいなくなる。完全にいなくなる。それならば家のヤモリや庭のトカゲをかまって生きるのか、他人の家の猫とかかわって孤独を埋めるのか?

ともかくもうギドウしか残っていないんだ。その上にドーラは、強烈すぎたんだ。立ち直るまで何年もかかってしまった。でもともかく、後はその大切な存在とずーっと一緒にいれば幸福なはずだった。家も文学賞も個人的に望んだものはすべて手に入ったし、でも……。

まったく世の中ってこうなんだよ、その時に、まさに人喰いが来るんだよね。今までもそうだった。ひとつの苦しみが終わるとそのささやかな喜びの中に必ず嫌な事してくる存在があった。手紙で脅されて刺すぞって言われたり、その刺すという相手から訴訟予告が来たり、そいつにはなぜか三百万払えってもう十年言われてるし、時効？　まったくないよ、だってネットに出たままだからね。警察にもまだ何も言ってないし。しかし彼女が筆で告発しようとしたら、その事を誰も書かせない。その癖訴えようとしたら「表現の自由にもとるから」って、彼女の方の仕事がいつしか減るんだねえ。

ただ最近ではそんな敵がまるで見えないってさ。相手は病名ついてすぐ膠原病差別まで始めたけど。ただTPPが来れば殺されるかもしれない自分と、確実に殺される他人の命について、想像してしまうのに今は、忙しくってね。

大きい大きいお金が死体で出来ている様子、つまり殺されて金に変えられた人間が見えるんだと、……大企業の金庫に縮められて冷えて貯蓄されて、未来永劫そこから出てこない黄金の固まり。その金庫の中ではまるで、タイマイとか象牙のように、無数の、人が死んでいる、戦争で殺されて、またはTPPの一番の祟りである、エイズ薬の取り上げにより、或いは、原発の無理な稼働で、さらには汚染物質の隠蔽により、または医療の収奪で、さらには妊娠中の保護を奪われ、……この国が死の牧場にされ、人間が「資源」にされ、金に変えられたその結果として、……で？　それをやってのけるものはというと、しっかりした仕立てのいい艶のある背広を着て、少なくなった髪をこってりとそめ、……赤い絨毯の上に、生息している。そこを歩くたびに無数の赤ん坊の顔を、踏んでいく連中でね。TPPは国境のない医師団も反対しているよ。影響が世界中の病人に及ぶことになるから。

結局？　書くしかないんだよ？　文学の世界でも彼女に物を言わせないことを大義にしている人間は一杯いるけど。同時にまた今までの書き方では書けないのだし。しかも、……書きあぐね疲れ果ててふと気がつくと。やはり生活はそれでも楽しいのだね。ていうかまだ来ていない戦争、その瀬戸際でも、台所にご飯を蓄えてしまう、それはリトルネロ、歌の反復が作る自分の居場所、不安を宥める。ご飯という神様。

7　守るものの貴重さを噛みしめながら、生活は美しいぎりぎりまで。

さて、ではこれより、彼女の台所における、ここのところの「業績」を述べようかな……まず、この春には台所の物入れラックとワープロ用の「机」を組み立てた。すると？　これだけで熱出して両肩に軽くナイフ入ってる状態三週間。そして遮光カーテンを家中に取り付けた、但しこれは三十分で済んだ、治療の成果だね。つまり同病でも体調悪い方はこのカーテン掛けかえがなかなか出来ないし、昔ならこの人も一日ぐったりという作業なんだ。高いところで腕を上に上げていると、関節や筋肉の炎症できつくなってくるのさ。時には踏み台からよろけて落ちるしね。その他には、「電球を取り替えると熱を出して休む」昔はそうだった。

むろん、今だって困るところがある、あっちこっち、しかし、人によってはフルタイムでちゃんと働いているよ。この作者だって工夫しながら執筆してきて、少しだが「勤務」もしたのだしね。だから偏見持たないでね。ともかく事情聞いてみて雇ってみようよ。そして「うまく説明出来ないけど働けない」という人の事は信じてあげた方がね。ていうか仲の良い人ならば話を聞いてあげて。膠原病は本当に、ひとりひとり違うから。

春休みが終わって授業に出た時も長編は書いていた。しかし任期最後の年でなかなかきつい。というのも難病と判ったからむしろやめる気がなくなったんだ。記録に挑戦するみたいな感じになってきて。まあ本人が頼まれもしない用をこしらえているだけだけどね。それにむしろ、真っ正面から相手される学生は迷惑だったかも。

……そして夏休みになって、台所と洗面所と風呂のブラインドを外すことが出来た。昔は外せないものだと思っていたんだな、ただ、それ自分の筋肉が脱力しているだけで、単に引っこ抜けないという事を理解してなかった。「業者に頼むのかしらこれ?」とかいいながら、ブラインドみっつ埃まみれのまま、風にがらがら鳴る、は? それまで? 放置って? うん、例えば二〇一二年の年末かなあ「でもこの汚れだけでもなんとかきれいにしなくちゃ」と一枚ずつアクリル布巾で「力一杯」完全にふきおえてね。するとエアコン壊れて、パニクって、そのあとまた学生の指導でストレスがあって、ネットで複数の凄まじく嫌なことと、微妙だが地味に、嫌なことがあって、とどめ、長年気をつかっていたご近所に謝りにいったその夜、二〇一三年二月、いきなり激痛高熱消耗恐怖、立てなくなったんだよ急性増悪でね。病名が付いて、でもそれが治療で随分良くなって体験を生かして書いた本は評判になるし、三十五年間欲しかった賞をそれで貰った、難病も売り飛ばす純文学? ていうか、職業、リトルネロ? ただその本にさえ少しだがTPPの事を書いて警告したんだよ。喜んでばっかりはいられなかったんだ。とはいえ人喰いはその間まだ海の向こうにいた。「いくらなんでも報道されたら人々が気付くだろう」と本人も思っていて、ところが、それが、しないんだよ、そういう放送局は既に上が外資なんだそうで、またそうでないところでも、スポンサーや政府に気兼ねするそうだね、つまりどこもまったく、本当のところを報道しなかったその間？他国ではすごい反対運動が起こっていたよ。韓国などそっくりのＦＴＡというのを調印した時なんて、焼身自殺して抗議した人間がいた。それでも、強行され、無論、国丸ごと喰われた。今の経済の落ち込みもそれが原因だってさ。

二〇一五年の夏休みもまた、彼女指導でとてもきつい事があった。でも個人のそれよりも戦争が気になっていて、お勤めしている大学のサイトで反戦コメントも出した。それで人並みに少しはネトウヨにもたたかられたよ。ただ本人がネットやってないから自然消滅で、むしろ珍しがってた「ふーん、これが、そうか」って。その一方？

小説の指導って相手の内面に踏み込むし丸抱えするものだから、時には教える側も参ってしまうしね。ていうかどうやっても教えられないところがある事に気付いてしまったので、そこがきつかったんだね。それに夏と冬はいつも病も悪いから。暑さ寒さ、日光、湿度……。

結局二〇一五年の夏は十日間で七キロ体重が減った。でもどうしても休めない用があったから、学校までタクシーで往復してしまった。車の中で寝てうんうん言っていたよ、起き上がるのも無理で。ところが校門まで来たらシートから回転レシーブみたいにして転がり出るんだよね。そしてなんとか、なんとなく動く事が出来て。話しているうちに元気も出てきた。なんというか仕事をする体というのが別にあるようだね、定期的に同じ行動していると妙に無理がきく。しかしそうなると後で結局そのつけが来るんだな。「教師でこんなの駄目かも」って悩んではいたけどね。まあ痛いから車に乗るしかなかったって、……ともかく、嘔吐だの、失禁、大量鼻血だの、そういうのなしでまあ良かったって事かな。

……回復した九月、そこからは窓の鉄格子を緑の目隠しで覆う作業、隣家との間はひろい、高い猫フェンスの裏側にも、グリーンカーテンって商品名のものを全部結束バンドで止めていたね、作業中も日光当たれないから、長袖マスク、頭に布かぶってふうふう言いながら、窓もフェンスで隠れるところも二重にやっていた。さらに風呂用の遮光カーテンまで買い足したから「露天風呂」可能。浴室にカーテン越しだけど風が入るし、つまり外気のなかで風呂に入れる、しかもまったく外からは見えない。夜明けにカーテンの陰から覗けば真っ青の沼が見えるんだね。他台所もリビングも紫外線排除で外気が通る、黴も逃げていく。しかしまあ冬は日が入らないさ、「だったら剝がせば」だって？ 殺す気かね、無理だよ。いちいちやっていたら疲れ死ぬよ。毎年は無理なんだ。一世一代の大事業だったのさ。だからずーっとそのまんま。それでも本人は満足だし。

「なんか夢みたい、まるで、主婦がいるみたい」って、時々床に寝て休みながら、ひとりで少しずつ完成させ、途中で肋を押さえて、……え？ 主婦、いないよ、どうみたって「散らかっているプラスアルファ」の家なんだけれど、でも、写真にとれば普通に見える程の、「ばれないコーナー」が着々と増えている。スポットで見て彼女、「天下を取っている」。

換気扇フードもぴかぴかにした。でもこんな程度の作業も油断していると病気再燃の原因になる。それでも築十余年やっと、巣作りの出来る状態になったというわけで。とはいうものの、……生まれて初めてのお勤め五年間で、次第に疲れも出るし、結局人間では話相手にならない事も判ったようだね。しかし人間と食事出来て人間と会話出来た事はすごいと思ったらしい、なんと言っても出発点の家族があれだし、幼稚園からいろいろ失敗を繰り返して来た人生で、そういう人が学校をもう一度やり直して、しかも教える側になってね。まあ僕は既に、そういう全人生繰り返し聞かされているわけで……。

と言ったって、別に、波瀾万丈千年の僕から見たら、割りとつまんないよくある話ばっかり、でも、それは仕方ない。まあ面談しておかないと創作の指導は無理だからね。それに何を語るかではない、いかに語るかなんだ。食卓史？　聞かされたよ、それは本人がいまだに書きもしない、恨みつらみばっかりの真っ暗な家庭小説で。それにまあ誰も注文しないって、おぞましいからね、しつこい人なんだ。口いやしい上にね。それ、病気とは無関係な本人の欠点だから。ていうか親だって普通に「ぽんぽん言う」だけの親に過ぎないのかもよ？　だって、相手は作家なんで。

まあどっちにしろ、人との食卓が辛いんだな。故に台所が好きって事、人間との家庭飯が苦痛ってこと。家族のために料理するならば死んだほうがまし、猫のご飯ならせっせと作る。しかし、くどいけど、親兄弟って僕のいるところからは見えないからね。彼女サイドの事しか聞いていない。外食までひとり。猫といても、食べるのは別々。その上食べること自体が疲れや貧血を生む時もあるというのに、でも、食べている。旅行も投機もしない、授業も書き物も仕事、後はネットと音楽。ああそうだね、書くことは生きる事食べる事も生きる事——食べて書く書いて食べる、ならばこのふたつはセットかもしれないね？　また食べる快楽以上に、彼女にとって食は苦難をなんとか生き延びる力、生活や絶望に勝つという呪術なので。……そうそう、そしてなぜか、学生となら食事は平気、講演とかの初対面の方々もその場だけならば、しかし一方食堂の相席は苦痛以上、むろん仕事先とはつきあうけど、後で寝込む、ばかりか途中で倒れる、仲のいい人でさえもね、ただこれは仕事が終わって死ぬしかない時に相手が誘うからで、時期が悪いんだ。一見呼吸困難のような苦しさがあったり、でもこれも肺や精神の症状じゃない、易疲労ってやつで、治療で今は軽減されているけれど、緊張だけでがんがん首が固まって半身痺れたり。

結局は外での孤食だって、混雑時さけた隅の席でないと、……それでさえ後でお腹を壊してしまったり、お酒を少し飲んだだけでいきなり貧血、腸がぶっこわれたり、……。

この人家を出たのは十代、すぐ女子寮に入れられ、その時は「うつむき飯を三分完食」で大丈夫だった。また寮は個室なんで、そこで物を食べる食べてみる、というのがめくるめく体験でね、つまり食べるという事がここまで至福だとは！　って、言い切ってまともな寮生に軽蔑されていた。たちまち太って、それでも食べるからね。凄い食欲で、でも誰からも睨まれず揶揄されず罵られず、給仕に使われずに食欲が満たせる、それはもう自分が自分の主人である事を学んでしまったのだ、だって家族は自分の食べた食器をがんがん彼女の前に押しやるしいきなり百科事典を引かせるし、顔のアバタ（ニキビ跡）を数えて「追及」したり、舌で飯をこねまわせ音を出せとかね、それがまるでないんだよ、ひとりならば。そしてそれまで母親の統制下にあった欲望が解放されたのだ。いやしんだよねー、まったく。

　家を出る前一時、拒食のような症状になっていたけれど、まさかそれが膠原病のせいだったなんて。しかも、家族から離れたら一晩で、具合がよくなった。とはいえそこからは、長い道のりだよ。そしてついに良い晩年のはずが日本沈没とは！

　うん？　書く事と猫と飯、それが望みって一見、無欲そうだろ？　でも実はその向こうに家庭の食卓を抜けてきた人間だけが持ちうる「世界征服」の強い意志があるね。しかもたったそれだけの事をかなえるのに、……まあ家族から市場経済まで彼女をていうか女を嫌いなんだもの。

　その上本人もともと体力ないから人に付いていけないし、人間といるとすぐに苛められる。ていうか苛められていてもなかなか判らなくって気がつくと大変なことになっていたり。そういう女が「料理苦手でも、ずっと作っていたい」、「食卓嫌だから台所で食べる」って、……。

8　そう、食卓では心を削られるから

　料理も学生時代や暇だった頃は、作る事食べる事が両方、うまく出来ていたらしい。しかし筆で食べられるようになってからはただ「ああご飯つくらなきゃ」って思うだけで、東京にいた時は出前やコンビニので済ませる方が多く、「目白のおかず屋さんは素晴らしいけれど、それはなんとなく通い難くて」、また、机は全部仕事机になっているから、「紙の雪崩の危険地帯」だし、しかもそういう「谷底」にお皿を置くんだよ？　その上、たまに製作した冷たい清汁や翡翠煮、

氷の上に盛りつけた刺し身を前に力尽きて、食べないでそのまま眠ってしまうわけだ。「どうやっても食卓が持てないのです、もし食卓があればそこでは食べられないし」って。都会に住みはじめてからは部屋そのものが狭かったからね、……「流しのまな板の上に、うまくできたグラタンとサラダを載せて食べてみたり、クッキーの缶の上にお盆を載せてテーブル代わりにしたり」、千葉に越してからも上の机三つ仕事用で、下のローテーブルは、猫のケンカ場所、そしてついにダイニングテーブル買ったのは二〇一〇年。まあ一階にいられるようになったって事、怒る妻をなくして、ギドウといるようになったんだね。

変だよねー、まったく、二階にドーラがいたからこそ書斎を持っていたしそこで書いたけれど、雑司が谷のマンションにいた時だって、他に部屋あったのにワープロ机だけは台所脇なんだ。千葉に来てからは二階で書いてたけど、ドーラが死んだらほらまた、台所に住む算段。

家を出た原因？　そりゃ難病もそうだろうし、また家族とどうだって言うのはすべての女性にある事、北原みのりが言っている、この国で女が生きる事は地獄なんだと、この国には女に食卓を嫌わせ家族から逃げさせ、旅に出させるものが存在している。ただね、彼女、限定で言えば。根本は違うね、別の事だと。

何かそういうまともすぎる理由とは別にあるものだよ？　だいたい、僕みたいなすれっからしの荒神を平気で召喚していつかせている程の「人間」って、なんだね？　つまり、難病だの世間の事情などを越えた黒いものを、彼女は持っている、という事であって、それが本質。

結局は、……元々の「正体」が、あれ、だからね、深海族だから、ご存じだったかな？　最初からね、持っている魂が、どうやったって……、人間ではない。それがまたこんな差別される、例の、女性の、体を持っているようでは、それはもう、家族とは根本、生命体としても精神体としても話が合わない、心通わない。それで？

本人はそういう自分を金毘羅、と称している。要するに彼女深海からやって来て、真っ黒な執念で、……生まれてすぐ死んだその家の赤子の体をのっとってしまい、つまり、ずっと人の世の仮の姿を、生きてきたわけだよね、本当かどうかって？　いやー、……うん、本当だよ！　だってうちの親も海の系統なんでね、うちのはシルクロードから来た火の神だから。僕の母は海をわたり日本に入る時、火を灯して泳ぎ海岸についたのさ。そしてそこで海に潜って冷えた体を、火で暖める海の民と仲良くなっていった。ていうか、ママは火の神であって海の神でもあった。一見唐突？　だけどそれは必然さ、そして実は僕、彼女と、親戚なんですよ、遠い遠いのだけど、たどってくと金毘羅と荒神は、一族なの。だからまったくの人間の一族中に、我が一族のものが入り込んでいたって聞いたらもう、むしろ「被害者」だよね、そこの家族……。

何もかも違うものが家にいるんだもの、「言った事」しか理解出来ない、自然に伝わる優しさとか、言葉以外のコミュニケーションを受け取る事が出来ず、そして稼がないし、むろん、日本の地獄を受け入れた「おとなしい」女性のようには家事もしない、奴隷にもならないし、ていうか「なんにも出来ない」よ。それで日常の一パーセントでしかない不和や行きちがいだけは全部覚えている。考え方から目つき、まるで違う異物。

それればかりかなんていうか、やはり昭和という時代もひどかったからね。

僕が思うのは、彼女と親との不仲の原因だけど、すごく大きいのは親側に戦争の暴力体験があったり、戦後のえせ民主主義があったりしたところでしょ、って。それ個人で戦うにはコード大きすぎた。またひとつはね、日本の家庭って案外に古いままなのに無秩序だからじゃないかな、責任とらないやつが甘えて威張っている。というより彼女が「暗過ぎる」わけで……。

また古い差別や古い問題があるのにそれを無かったことにしながら、贋進歩だけして抑圧が見えなくなっている、そういう、家庭一般、世間全体って事があると思うね。なんというか主語のない世界に搾取だけがきつい？　はっきりもの言わずしたい放題、そんな中、加害者は出てきたら被害者面。

……沖縄犠牲にして自分らだけ助かって、と思ってたら結局騙されて原発ばっかがんがん建てさせられて、あげく敵は七十年機会を待っていて、とうとう災害に乗じて人喰いにやって来た、ところがその中さえ、それだって誰に押しつけるかとか、上が騙して下を喰わせるとか、要するに被害者面の大本営とかが前に出てきて、それ結局、もしかしたら戦前からかもね？

まあそれ以前に深海族だもんね……結局母方からも父方からも見放されたんだよね？　本人のせいといえばそれで終わりだけど、生まれた立ち位置も悪かったし。そして？

普通そういう存在は放浪の旅に出るね。まあ「家を出た」んだよねお金いっぱい送って貰って長い間ね。その後遅れたけど三十半ばからずっと自活出来て、お勤めもしてみて、ただそれでも嫌われて隠し事されて、嘘言われ馬鹿にされ無理難題言われ、だから今の故郷と実質縁切れている状態、正解だと思うわ。ていうか僕そうしろって指導したんだもの。「ひつけよりまし」て。

でもまあなんかしら面倒な言い方で愚痴言っていたよ作家さんだから。

「自分の親は民主主義に基づく男女平等の合意的友達結婚」をして、その下で育ったと「思い込まされていた」ところがその実態は、なんか、士族と庄屋との「格差結婚」だった、と。は？

「今時そんな差別なんてないよ」、「別に悪気は」。駄目！　駄目！　今だって世の中ちょっと物陰行けばまっくらだよ。差別が一杯それも江戸時代のレベルでね。父方は武家屋敷、母方は合掌造りの家、その家はもう博物館になっている。どっちも家柄自慢？

9　日本人は何も変わっていない

彼女の母親はお金のある家の長女、戦後初の国立共学ただひとりの、女子大学生。入学した時は新聞にも載った。社会に進出し活躍する事を期待されていた。ところがその一方同級生で士族の次男だった父親を養子に欲しがった。姑になる人が反対した「落魄したとてこの○○家の男子たとえ三井三菱から土下座してきても養子ごときに」ってね、諦めきれぬ母親は姓を変え「嫁」になった。すると彼女は同時に、全ての未来と継ぐべき財産を失って田舎に住む事になってしまった。実家の後は？　妹がとった。士族ではなく名刹の六男が養子に来てね。まあいきさつを見ても判るように、母方の女性達は差別の好きな、二項対立の好きな人間だったんだ。ところが相手方は「士族」と来た！　要するに自分がふいに、差別されたのだ。そこで、……彼女の母親は侮辱された事を否認してしまった。そんな中むかえうつのは、姑の他に、……生まれると同時に懐剣を持たされた士族の小姑四人、するとこの嫁は彼女らにはむしろ、生涯逆らわず、その代わりに陰で娘にやつあたりをし、「あんたの父親の家は」とやってのけていた。

自分の娘を「差別」して仕返ししたのだね、父方に似ていると「どこから来たものか」、「どことも判らぬ系統の」って、……下人長屋や冠木門のある武家屋敷を、すすけた百姓家と教え込み、ことごとく蔑んだ。動作も遺伝子も嫌悪して罵った、悪い奴なのか？　うん、一方父親はそういう差別はしないけどね、ただ、女性差別だけを盛大にするんだよ？　結果？　彼女？　「天然に、ラディカルフェミニズムよりきつい」と言われているね？　ふん？　結局人間って真底は進歩しないものなのかね？　僕の生まれた、千年前と同じ？

そして母親から差別されるのが嫌なもんだから、彼女中学生からせっせとカウンター的自我を形成した。結果、それがあまりにも強固な「砂上の楼閣」となったまま五十を越え、しかも母親の死後に、事実を聞かされた。落ち込むだけだったね、だって「自分は差別する側だったんだとほほほほ」って。でもね、そんなもんじゃないの？　「人間」がする、必死の努力なんてさ。そして今となっては。この戦後の延長において？

こんな馬鹿な理由で、何も知らされないで、戦争になっていく？　やれやれ。

10　対抗精神ならあるんだよ、ただ、戦う肉体がないって事で

そう言えばこの前も「もし私が三島だったらどうするんだろう」って、本人神棚に向かって聞

いてきたよ、TPPテロだってさ？　でもその時は僕ただ、こう答えてやった「ひだりまえー、ぴー」ってただ。「そうだよね、関係ない人だよね」って起きて笑ってくれたよ。そこでまた夢の中、神棚のお菓子を投げてあげた。翌日に下げて食べていたよ。真面目な託宣って僕殆ど出さない。猫の夢も一杯見せてあげて。

どうせクーデターするような体力ないからね、ちょっと蹴られただけで死んじゃう人なんで。だって朝から晩まで猫の心配してふうふう言っているよ家の中だと。

むしろ逆にギドウの方が大丈夫そうだね。腎臓も年齢の割りにはね、尿だって黄色くて臭いもしっかりある、水飲みもそんなに頻度はない。食欲旺盛、十七歳の元旦なんて体重は五キロに迫ってたし。

僕は初夢で猫トイレ出して、笑い声で「くさいよー」って言ってあげた、厳寒で一時悪化したんで飼い主は尿ばかり心配していたから。その他腰とか足の関節も気になるようだったけれど。甲状腺の病はなんとか越えてきたからね。今は治療法も確立しているようだし、ただ発症当時はね、大変だったよね。

ねえ、ドーラの看病が終わった途端にギドウの発病って運悪いと思う？

僕？　僕は、むしろ両方でなかったのだから、運良いと思う。だってギドウだって既に十一歳だったし、ドーラいてこその「若手」に過ぎなかったんだから。しかもいくら痴呆、癲癇だからって飼い主はずーっとドーラばっかりで、死後も呆然としているだけ、そんな彼女に僕、数日続けて「ギドウ病院行けびょういんいけ、いけいけー」って、脅したんだ。それで我に返って生きられたのじゃないかなあ飼い主の方も？　猫はすごいよね。その上に長生きしてくれたのだから恩返しだよ？

なんか治療前ってばすごかったからね、最盛期八キロ、直前まで六キロはあった元気な雄が少しも眠らず、夜中じゅう走り回り、急激に痩せてゆく。たちまち四・二キロ。下痢続きの一方、不気味に若々しい。しかし検査しても何も出て来ないし。「まったく健康です、ぽんぽんの方にはビオフェルミンを」って当時の普通の獣医師はそう言うしかない……というのも通常の血液検査の中にこの甲状腺のＴ４検査というのは含まれてなくて。

「見つけたもの勝ち」という言い方がある病、まあ中には時に腫瘍性のため、食い止めにくいのもあるにはあるんだが、でもほとんどはそうではない過形成といわれるタイプなので、助かるんだな。しかし治療しないと、心臓に来て突然死する場合もある。彼の場合？　最初は「Ｔ４は十六・五です、もし、放置すれば心臓が腫れ上がって……」。

びびって、祈って、エコーとって、内臓は無事だった、そして猫の投薬は厄介だった。でもドーラにやってたからね、ただギドウは元気で、まだまだ牙も爪も丈夫な頃だった、……そりゃ協力しましたよ、しかし、膠原病同様、「新しい」病気だから、僕にも判らない。必ず言うんです「西洋医学頼れ、絶対医者に行け」って。猫の甲状腺の治療はアメリカでは普通です。しかし当時の日本ではまだドン引きする開業医が多くて、でもそこから五年以上、皆さん落ちついてきた。ね？　ネットには嘘つきや古いデータもあるから、そんなの見て泣いていたら駄目ですよ。世の中、進歩してるからね。

11　というような厄介めの病を「見つけたもの勝ち」にしてくれたのは……

ドーラの末期、胸水を無麻酔で二回抜いてくれた大きい病院。千葉に来てから長年掛かっていた医者でさえ無理だったんだね。また難しい猫なんで弱ってはいても、というか……。

飼い主があまりに可愛がっているからそれで医者も却ってやりにくかったかも。病名は特発性乳糜胸《にゅうびきょう》といって、……。

痴呆で癲癇の猫に猛暑を越えさせて食欲も戻り、ほっとしていた時。体重も増えて来たと、ところが、それは胸水で増えたのだ。ドーラの場合は助からないケース、あっという間だった。恐ろしい事になった。水は増えてくるんだね。絶対に抜かないと、ただし。

猫の胸水を抜く時は普通麻酔をする、老猫だとそれだけで死ぬ事がある、しかし抜けなければ安楽死がましという程に、苦しい最期になる。ましてやその時点でドーラは体重三キロ切り。どこなら出来ますかと元の医者に、逆に、聞いた。

すると教えてもらったところの女医さんが「無麻酔でやりましょう、チクッとはしますけど肺の動きにあわせて、呼吸のリズムで抜いて行きましょう死なせません」と、二回、……とても良い状態で延命し旅立っていった。その後この先生がギドウの甲状腺の病気も見抜いたので、特別な検査をするように勧めたってこと。お金は最初普通にかかったけど、落ちつけば検査も減り猫も楽になる。で？　「数値一・九正常値ですね」がその四ヵ月後、だけど、……直後から国は大きい物語に向かっていく、……ただその一方——そろそろ十八歳に迫るというのに。小さい、ギ

ドウの物語の方は無事であって、まずいはずの腎臓食さえ、よく食べている。

ギドウの場合、病気は心配だけど件の病のせいで食欲はあるし、血流のよくなりすぎる病だから、腎臓もなんとか動いてくれる。腎臓は甲状腺の病のせいで悪くなる事も多いのだけど、そんな中で血流が勝って症状が出ないというケースがあるんだよね。だからもし老猫が甲状腺機能亢進と腎臓機能低下を合併していて腎臓が悪くなって来たときは、減薬する事で対処する場合もある程なんで。昔だったら「年取っても元気な猫が急に走り回り痩せて死んだ、老衰」と、診断されていたケースがあったかもしれない。それほどに一見、元気な猫の病。そしてここからはまあ根拠ないんだけれど……。ギドウの若いころからの「無口」なうるささも、この病気の軽症だった可能性あるのかもしれないって飼い主は思ってみる。だって、「この子……人間を翻弄するために鳴いているのかも」とついに言ってしまった医師もいたし、またその一方「いいえ要求があるから鳴くのに決まってます」と言う意見のドクターでさえも、「げ、元気ですね……」とびびるほどだった。それが今では治療薬の効果なのか、「最近シブいねギドウ」、プラス「丸くなったねお前」。

昔、人間は側でギドウの鳴く電話口において、「赤ちゃんが居るのですか、大丈夫ですか」と心配されていた。返事？「ええ、今近所のお子さんがウッボ猿の猿の稽古中なんですの」って言うことに決めていたけど。

「それがお薬だけですっかり普通の猫さんになってしまって」その上、……。

最近ね、年のせいか、他の原因か次第に声まで小さくなってきた。しかし検査等に変化はない。「あのー春頃からですねえ声のないにゃっ、ばっかりになってしまったんです先生」、「炎症ですかしらねえ……」、つまりそれは抗生物質でやや軽減されたから、という事は、どうも、喉の感染らしいのだ、そして……「あっ、治った！　若返った！　嬉しい！　でもうるさい！」で、飼い主が抗生剤を続けようとする。と、医者は、……。

「あのー、おかあさま、あまり御心配がすぎます、そんなのでいちいち飲ませる必要はないですので」、まだ若いのに言葉の丁寧な女医さんでね。「最近検査の時も元気がいいですし」、「そんな、お薬はいいんです、ただそれよりも小さくなった声をよく聞いてあげてください、声さえ届けばギドウ君も不安はないですので」。飼い主？　って事でともかく猫声の聞き取りに必死。そして、……。

十七歳、「分別にやや欠けるある日のこと（引用有名すぎ）」、猫、怒濤のおトイレダッシュ、その後も、永遠の子供は深夜にふと腰を落とし、つと近づいて離れる、欲望と警戒の野良猫走り（ただし今は若干、よたよたとだがね）。ま、普段は好々爺です。なんたって室内生活も長いからって事で。

「これ、おかあさん、おかあさん、や……そろそろ、ごはんかね、あ、おかあさん、別にわたしはね、ごはんじゃないんだよ、そしたらね、お水、おかあさん、お水、あっ、でもそれじゃなくってそのお水ではなくって、お風呂の、水道の……だけれどもごはん……ていうかね、ほら、おやつ後ひとつ残ってなかったかなあ」

ていうかおやつばっかりずーっと欲しいのだろ？　そこで別の用をいい拵えてね。

「おかあさん、にゃっ、おかあさん、おやつ、おかあさん、くれない？　だったらね、……だっこ、でもソファの上ではなくって、にゃっ、二階のパソコン部屋の方にしてね」って、……。

他の事で飼い主を使ってみる。と？

五キロの宝物を抱いてこわごわと運ぶリウマチ持ちの還暦、よろけたらアウト、老猫も人間も骨折が恐怖。というのも彼、野良時代に傷めた古傷が悪化してね。

少し歩いたり遊ぶのはＱＯＬ的に推奨だけれど、それも全体には様子見ながら、疲れぬようにするのが良い、と言われている。要するに負担のかかる段差は出来る限り抱っこ。

「おかあさん、そしたら、おかあさん、おかあさん、もう僕は、一階に戻るから、おしっこするんだから、おかあさん、トイレ、連れてって、だっこ、そっちじゃない、ここはいや、片づけて、ペットシーツは？　じゃあソファに戻る、あれれれれ、道が判らないや、こっちかなあ、あっち？　じゃない？　あっ！　おかあさん、まただっこよ、寝返りうちたいから、だっこ、あやれやれ、じゃあ退いてよ、僕、もうひとりで寝るから、じゃまなんだよっ」、ていうか人語が不得意なのを猫は頭突きとかで補ってみている。小さい小さいにゃっ、にゃっ。

こうなると飼い主は昔が懐かしい。あんなに悩まされたのに。あの俺様声が。

でもそれはギドウが独占欲に狂っていたからだよ。他の子がいたから。

昔猫トイレは一階に大型が四個、雌二匹の死後、それを一度二個にしたけれど正月に二個からまた三個に増やしてねえ、お年寄りだもの、「おかあさん、にゃっ」という声もさらに、次第に小さくなっていくし……。

12　さて、そのようにしてギドウの声が小さい、登場人物も言葉が出にくい、その上にこの不可視なる戦前は刻々と、え？「それでもついに」主人公は肉声を（お、飼い主め家までの道を歩いてるよ、なう）……。

ふん、生きるのじゃ私は！　二〇一五年秋、だってまだ「何も起きていないし」、そして「止めてみせるぞ？　戦争！」……それは買い物の帰り、バス停から家までの坂道は割りと楽かも、そして戦前に加えて植民前夜の、この地獄寸止めな日常においてさえ、道の向こうには緑の丘、他人様の家の真っ赤な屋根、上り坂に空元気で、外から見る我が住まい。ああしかしなんかでも、最近家が古くなってきたせいか、たどり着いても、一抹「ひとごと」である。で？　ならば？　私？　死ぬの？　そろそろ？　だって、これ？　これが？　我が家……。

それは、……ベージュの壁レンガタイルのどう見ても古家、買って十二、三年は新築気分だったはずの、大好きな家ｗｗ、無論今も気に入ってはいるものの、人の目で見るともう、壁に苔とかきつい、例えば、二階のベランダに渡した猫の運動用ネットは、張り替え頼んでも素材が揃わなくて古びたまま。で、戦争はここにも来る？　うん放置すれば多分、でもまあ今のところ？

やって来るのはリフォーム詐欺だけ、日曜の電話も押し買いばっかり、しかし最近のはけっこう「凝って」います。「お宅の古い靴を恵まれない人にいただけないでしょうか、住所を教えていただければ取りにうかがいます」って、つまりは家の中に入ったらたちまち豹変、略奪……、貴金属を全て小銭で「買い取って」去っていくらしい。まあそんな我が家の猫フェンスはさびもせず健在だが、既に、猫は一匹だけ、とはいえ家庭は天国、ただ世間が腐り果て溶け落ちていく最中。

外出、何日ぶり？　これからは学校も始まるのに、既に疲労困憊、その上家のコンクリの車庫きわには、小さい草が生えて葉っぱも溜まっている。まあお勤めの間は放っておくしかない。ていうかこの車庫自体すでに壁と一緒に洗浄したいレベル（むろん車はない免許もまた）で黒ずんでいるが。相談？　一度してみたよ。

「いやぁ、……洗浄だけだとねえ、色が落ちますよ、やはり塗り替えで」、「えー、塗り替えまでしないもん百万もかけないもの、でもそれで色落ちするのなら洗うのも止めだもの、だいたいそんなに使うのならローンに入れるもの」なんか、建てた会社の人に言っているわけで。

今やもう家はそこの大工さんにしかいじらせない。当然でしょ、訪問者は全員詐欺師認定でほぼ正解だよ。ていうか、勝手に私を認知症の老女に設定して、ドアホン越しに恫喝する声しかやって来ない。しかし、……「だからねー、なおしてあげようっていってるじゃないかっ！　きこえてんの！」というやつでさえも、第一声はすごく人が良さそう。「あ、ねー、わたしい、ねえ、あ？　おかあさん、ですか、だんなさん、いる」、ふん、こいつあえて家に入ってきたら合法的に殺してもいいんだろうか、ねえ、ねえ、いーぱいナグって良い？　スパナ出してあるで。筋炎で手の上がりにくい私が唯一、人に立ち向かえる使える凶器としてね。

　結果、……家は基本何も修理しない。どうせ後十年位しか生きないかもしれないし。そもそも人が見てるからってなんなんだよ、ていうか既にグーグルで上からぼろくなったところさんざん見られているし、また私がどれだけみえ張ったって、別にどうせ何したって文句言われて、笑われるだけだ！　それは物心ついた時からがーっと、寝不足の真っ赤な目で睨まれて笑われて、監視されて、しかも何か訴えると無視されるという、幼時を生きてきた自分の確信である。なおかつどんなにローン払っても「旅」の自分であるし。

　ふん！　家の基本部分はしっかりしているのでそれで十分だ。何が必要か？

ていうか何にしろ家をいじればちょっとした事でも猫の体にひびくし、自分も疲れ死ぬから取り敢えずスルー。リビングの大きい照明が壊れた時も、間接照明のスタンドを買って終わり、ああ、体動いてほしい。でも動かないから無事？　なのか。それに今は光が柔らかくてむしろ気分が落ちつく、だってあんなでっかくてそこら中ぴかぴか照らす白色電気は目が痛くて煩いよ家族用ってやつ？　まあ作業に困るからワープロ用のスタンドだけ買ってそれで、どうせ普段夜トイレ入る時も電気付けないしって言ったら怖がられたけど……。

　でも猫はエアコン取り替えたとき、食欲不振になって結構危険だった。故に照明の取り付け工事とかしなくて正解と言えよう？

　ドアを開ける。玄関でウィルスマスクを三和土に投げ捨て、靴箱に手をついて動悸をおさめる。玄関にしいてある小さいマットレスの上に横になって少し休み、そこから買い物袋を提げて二階に昇って行く。壁に肩をつきながら蛇気分で這い上がって、片手は無論、階段の手すりに掛けて昇るのだが。「ああなんて楽なんだろう、空飛んでいるみたい」、そうです本音です皆様、だけど時々、ため息が出る。でもまあ基本は幸福。だって流しにつかまったり、壁に凭れたり、それだけで動ける、どこかに体重をかけるとなんでも出来るのだ、それで？　出来ない事の出来る良さに浸っていられるよ。例えば少々痛くても瓶の蓋を開けられるし、風呂のふちなどにちょっと肘を突けば、痛くない指を使って手拭いだって絞れる。今、薬がきいているせいもあるけれどその上結局私は、……。

病名が付いたこの三年程で、体調に合わせた動きを理解してきたのだ。わはははは人と違う事をしさえすれば良かったのだ。自分にあった事をゆっくりすればＯＫ。

昔家族といた時、ただ体を凭れさせていても、部屋の隅に座っていても、睨まれ急かされた、せせら笑われた。何をしているのー、と寝不足の真っ赤な目でにらんで聞いてきた。医者に連れていかれても何も出てこなかった、しかし今はよろけなければなんでも出来るのだ。そして大きい重い荷物を持ってすたすた歩く事は、調子よければ出来る。ていうか週一の上京前にさえ、洗濯してたりするよ、まあ、調子良ければだけれど。ただ、なんかお勤め？　あと少しになってからむしろ次第に疲れてきた。それでこの頃はなんかこう。夏なのに調子悪かったり。でもまあいいや、つまり。

やれやれ、……「ふんそんなの幸福かよ」というやつのあまりに無残な不幸よ！　って言える程に、私の心から湧き上がるこの「万能」の喜びは止められないわけで。だから、ねえ？「冷静な」あなた様、もし私に嫉妬しているのでなければ？　私のことなんて気にしないことですわねえ。私は動けない日も小説なら書けますし。あなたの使わない使い方で言葉を使えますし。というふうに、まったく「敵」との脳内会話がさくさく進む程……。

私は今「何もかも恵まれていた」けれど、気が付くとその私を不幸にしかねないもの、に苦しんでいた。それは頭のずーっと上から差してくるでっかい影、灰色でどーんと鈍い日常の不安、そうそう、……。

あなたは気づいてない、人と自分の能力差とかばっかり気にしている、差別好きの、人の足ひっぱって暮らす妬み妖怪。でもあなたがそうやって他人を差別したり馬鹿にしたり冷笑したりしているうち、あなたの弱者叩きの結果、国は貧乏になり、戦争もやってくる。それが、あなたには見えない、戦前が見えない。

私はそれを知っている、だから不幸だ。あなたはそれを知らない、だから「幸福」だ、だったらさあ、安心して私をさげすみ、泣いている私を見たがって追い回しなさいよ。平気だから、だって私がそうやって不幸である事は国民の義務だから。は？「君、嬉しそうだねえ」だって？「つまりみんなが戦争で不幸になるところを見られると思って喜んでいるのだろう、健康な人すべてが」って？

いいえ、「すべて」？　違うよ。つまりこの国では戦争だってけして一律にはやって来ないから。弱いものの上にまず不幸が落ちる。そして国内の強いものが弱いものを喰う。要は、それが、戦争の「一面」だ。しかも、……。

別に私はあなたの不幸を見たいとも思わない。勝手になればいい。けしてそれを不快とも悲しいとも思わないけれど。だって私、これから起こるかもしれない、自分の、沢山の不幸で手一杯だもの、つまりこの戦争前夜、この植民地前夜で。

平和憲法が無事にあった時は、どんな辛い事があっても治ると思ってた。地震は大変だけど、復興するだろうと思っていた。ただ原発はずっと灰色のままの平和なのか？　だったらきついかもと思ってはいた、でもそれから、戦争法案が来て、ＴＰＰになった。以前ならばどんな時にも猫と私がいて、もしいなくなっても思い出が残った、しかしそんな完璧な世界がもう外から上から、決定的に暗くなっている。

本当に次々と悪いものが来たね、しかもそれは私が長い事、もう十年も前から書いていたシリーズとかに出てきていたものだった。無論嬉しくはない。最悪のものとして書いたものが、日常になって出現してきたわけで。警告したって黙殺されていた、という事？

それは、タコグルメという総裁が出てくる一連のシリーズ、原発を根本に置いた国家のあり方、第一野党と与党がそっくりである事、支配者でありながら被害者面の政治家、憲法を地上げする首相の使う言葉、その主語のあり方とカギカッコ遣い。また細部では、……。

セーラー服コスプレの女の政治家が少女をいじめる。その世界では数字だけが潤い、民が枯れる、保育園がない、危険で無責任で事故を起こすアート、そこではロリエロを日本文化として輸出しはじめている。但しその時期は、……。

私の設定だと二〇六〇年代頃、ところが今と来たらまだ一〇年代だ。

しかもTPPがもし有効になれば、私のディストピアと今の世界は完全に繫がってしまう。書けば、繫がるのだ。但し、思ったより早く来たので人物の家系図を一代はしょらなくてはならなくなっている。

TPPは、経団連で働いている学生に聞いて二〇一一年にその名前を知った、当時はもう自分のクラスで堤未果の『ルポ　貧困大国アメリカ』をテキストに使っていた。それから中野剛志の本を読んでこのTPPを戦争と原発の主人のような存在と認定した。しかしこの著者のような専門的な人でさえ、二〇一〇年時点でさえ、どういうものかは把握出来なかったと書いている程、TPPとは判りにくいものなのだ。そもそも経団連さえ二〇一一年時点では損か得かの判断が出来なかったらしい。というか、それは日本の国民を食い物にするように外国の弁護士達がわざと判りにくくしたものではないのだろうか？

警告のつもりで二〇一二年から授業で取り上げ、軽く短編にもその名を出した。それはTPPの核心であるISD（またはISDS）条項のせいで、民営化された学校やおかしくなった食品、労働状況をディストピアに描いたもの。しかし面白がったりTPPを怖がってくれたりしたのは、読者だけで、いわゆる文壇内では誰も理解せず黙殺された。またその次の年の始めからいつも不具合の体が、特に悪くなり、それでついに自分が長年難病だった事を知らされたのだ。

治療の傍ら学校は続け、書くほうはやはりその年はなかなか、進まなかった。要するに自分が死ぬのか死なないのかがはっきりしてなくて、そうすると妙に、そもそも、私小説とか本当に書きにくいのだった。しかしやがてうまく寛解し、次第に動きにも慣れ、……「無理をする、悪くなる、休む、治る、また無理を」、という多くの患者が典型的に辿るパターンを辿った。つまりは「無事に元気に」生活するようになった。その間も戦前とTPPは進んでいた。

病名が付いてからそろそろ三年経つ。なんでも出来る自分にもう慣れてしまい。無意識に細かい用をして少しずつ、家の中も、片づいている?部分が出現、していたりする。それでも普通の家のようにきれいにはなって来ない。そして家事というのは？　おそらくそんなものだよ？　報われないもので？　おそらく人が見たら家はやはり散乱している家できっと、世間からは「うわーっ」と言われるに違いない「天国」。でも、誰にも見せないから（ふふー）大丈夫。

ステロイドを減らすたびに体調は悪くなる。しかし減らさないといけない。減らすと非常に頭がはっきりして、集中力が戻る。ただ体は痛む。疲れもひどくなる。でも後少しで私は学校も終わる。つまりいつしか、出講以外の外出はほぼしなくなっている。たった五年、きつくはあったけれどあっという間だったな、しかし教授キャラってあったのかな？　私、……、でも、なんか今、先生を畳もうとしているんだよな？　私？　そして時代はいつしか激動の混迷の……、は？　そういう、文学に何が出来るのかだって、お前ら、それ、原発とTPPの報道が「出来て」から言えよ、小説が「届かない」のはてめえらが隠蔽したからだろ。こっちは十年前から着々とやっていたよ。悔しかったらむしろ、お前らが文学に届いてみろ、小説を買いも覗きもしないで読む能力なくて、それで「文学に何が出来るんだ」じゃねえわい、ばーかばーかばーか。

……学校もないのに、その日は珍しく、たったバス停二つの往復をバスにして、駅前へ出た。

無論猫用品買物のついでではあるが、書斎の屋敷荒神様の「お告げ」が欲しくって、お供えの取り替えをと。大切なお伺いをそこでたてようじゃないか、と?

13　しかしこの書斎自体最近一ヵ月入ってない、

という事は先月末のお供えの取り替え以来である。大学にお勤めに出るようになってからというもの、学生をかまうのに結構忙しく、必然的に荒神様との会話は減っている。それは本に埋もれた六畳奥、下がり天井に小窓が三つ、壁半分を占めるイタリア製本棚はもう縦横に本が突っ込んである。他は箱詰めや箱根細工状態のユニットボックス七個。その西の隅、……。

やはり本を詰めたユニットボックスの上に、小さい、荒神棚がある。中には御神体の熊野の石ころ、荒神像の写真、屋根の上に小さい白水晶数個。扉の前には数珠とお経。背後の壁に仏画数枚と、この神にふさわしい三番叟の鈴。琵琶のレコード。

手を洗いまず神棚前にお供えの袋をことりとおいて、両手指を全部開き、縄の結界に拍手二回。ここで、座り込んでたまに読経（下手、というかそれ以前）する。荒神は神仏習合の存在だから。

うーむ、座るだけでほっとする。とはいうものの暗き時代の下、最近では神様相手にもつい疲れた声が出る。なんというか、まあ昔からだけど今は特に世相に、時代にもうがっくり来ているから。

気がつくと、楽しい時は過去を生きている。夢中になって過去を書いていると気が紛れるのだが、発表出来ない。元々ドーラが死んでから、過去に傾いていて、その半年後から日本は無事でなくなり、さらに自分の難病発覚で、そこから先の時間というものも治療初期の頃はまっくらに見えた。すると、ついつい過去の思い出に閉じこもってしまう。

音楽はなつめろ、ご飯はお子さまメニュー、しかしそれは小説を書くのに向いていない状態だ。今を生きてすべてから逃げない時、やっと脳内は三次元になれるのに。小説の神もそうしてこそ来るのに。

昔から神棚のある時もない時も、決断する時も悲しい時も私は拝んできた。何を？　自分の中にある自分に対する、親切心や関心やもっとも正しい感覚、それらをたまたま神と名付けてまることは信じずとも頼ってきた。フォイエルバッハが言う人間の本質。

だって自分、家族とまずいし友達もいないし、家でもひとりだし、論争はするし、書くときもひとりだし、猫に対する責任も重いし、小さい人生でもいろんな局面、ひとりで決定しなければならない事が多く、なおかつ、この世でない世界に逃げたかったから。それほどに生きにくかったから。というか要するに私は通常の人間ではない。もともとが深海生物なので人間とのつきあいなんかやってられないのだ。故に、拝む神が必要で探してきた。拝み方も考えていろいろ変えてきた。そんな中もっとも気を付けたのは。

神社の歴史である、権力者のための神を拝んでも仕方がない。ことに第二次大戦の時の戦争協力が嫌で、それのない神様を求めてきた。ところが出雲神であっても、小さい神社であっても、調べると何か協力してしまっている。さて戦後もそれについてはっきりした態度をとっているのかどうか？

つまり、家で拝んでいる熊野の石ころさんはそういうのに染まっていないのである。拝み方もなんとなく、勝手に、で済む。それはひとり宗教だ。ひとり飯の、ひとり信仰だ。

どうしてる？　うん、まず榊を供えてから、お菓子ジュースの取り替え、酒は年一回、餅は年二回、それから棚の水晶を一個とって握り、書斎の本の谷底に座ってみる。ここは仏画とか鈴の外には本しかないし、小窓の日光で、奇妙に宗教的空間が出現している。

荒神様！　荒神様！

本当に戦争は始まってしまうのか？　それ以前に植民地にされてしまうのか？　馬鹿政府の「お遊び」で気まぐれで、私達は動物として売り飛ばされて、国はなくなり、企業の植民地になる。娘は売られ、息子は喰われる。人間は金にされる。土地は外国の土地にされる。歴史は黒塗りされ、名刹は外資のリゾート地に。住宅街は核廃棄物の置き場と化し、公営のカジノ、公営の遊廓、それは税金を喰いながら赤字を出し続け、医療も学校もただ、企業支配の元、何もかもがただ民から金を毟っていく手段になる。そして警察は自国の犯罪被害者を今よりも一層、いないものとして相手しなくなる。だって投資家に逆らえばすぐ逮捕されるのだ。ていうか投資家の望みで露骨に、金儲けで、戦争をさせられる。ばかりか、傭兵にでもならないと仕方ないほどに国民は飢える。ああ、今の私はまだ自分の神棚の前にいるけれど、……。

荒神さま、本当にそんなになる？　「あはははは、日本に真の保守っていたっけか？」

話しかける私にてらいはない、長い歳月だ。平和の神を求め求めて、結局自分で拾った石ころを神様にして、現在に至った。ていうかお話してきましたよね、あなたと。そして自然に拝んで、けしてそのまま信じはしないですけれど、一番素朴な言語の神、託宣の神を小説の支えにした。震災を越えても、たまたまうちが無事だったからかもしれないけど、神棚をそのまま拝んできた。前に神社のお札を入れていた時は何度かぶん投げてしまった事があったけれど、つまり信仰に挫折したけれど、自分で拾った神をまるまるは信じずにちょっとだけ頼るようにしてから、なんとか続いている。だけどまた、国家神道は戦争をやるらしい。それでもああ、……。

14　不思議だねー、ねえ、荒神様！　荒神様！

どうしてか？　なんとか今、続いている日常。ていうか、もしかしたら、戦争中でも戦争しているかどうか判らない空間や時間ってあったのかもしれない。しかし既に、もう新聞はろくに報じなくとも、というか、こずるく隠していても、そろそろ「海外協力」の「自衛隊」から「平和のために捧げた不慮の犠牲」とかが出るのかもしれない。でもその一方別に女の防衛大臣の息子は特に志願兵とかになっていない。乃木将軍の息子は二人戦死したが。そうそう、戦争始めるのなら、大臣の子供から戦地行って貰えませんか。もしも万が一あなた方が国民を命ある人間と思っているのならば。

まあ無論、そんなのお願い事にしたって仕方ないんだわ、ていうか、「おっきいお願い」は叶えられないけどずっと一緒にいてくれる、という荒神様だもの、そして天から見たら、私たち一人一柱（と一匹）どうせ天孫のいじめの対象でしかない。

「ねえ、荒神様、最近では私め私小説の設定まで狂ってきています、そして今後の私はとりあえずＴＰＰにどう向かっていくのでしょう、というか作品と現実の位置関係が決まらないのですが」。

信仰はけして、科学的なものではないのだけれど、そこから目を背けている人間というのが、私にはむしろいかさまに思える。私、弱いよ？　私、いんちきよ？　だってそうでなければ、けっきょく現実を嘗めているだけじゃないの。それに？　拝まずに死ねるのか？　ふーん「土民（差別側のセリフです）とは違います」ってじゃあ勝手に死んでよね、私は私で拝むから、流せＴＰＰ守ってよ荒神様。

なんでもかんでも戦争とか世界経済のせいにしてはいけない？　いやー、していいよ、だって第二次大戦の時とそっくりじゃないの？　なんかあの時もみんな反対しているつもりだったらしい、そして気がつくと何かいきなり始まってしまっていたのだという。

もしかしたら、報道されないだけで。既に戦争になっているのかも、ただテレビとか違和感でもう殆ど見なくなっているから判らないのかも。だってニュースですら、ネットで裏読みしないと判らないし。ていうか大地震の時、県内で津波あったのに、テレビでずっと後に知ったのだった。戦争だって、直に焼夷弾落ちてないところでは、まだまだ判らないものなのかも。

「神さん、若宮さん、ねえ、……」、要するに、いろいろ聞いてみた。ダックワーズの福袋と榊と人参ジュース、福袋にはレーズンサンドもはいっていて、……つまり、自分が欲しいお菓子でね。
「結局はTPP流れますか」って、こんな質問本当はしてはいけない。でもあれからすぐ、……。
うとうとしていて灰色の桜を見た。異様に巨大で、自分には想定出来ない程の高いところをもう絶対逃げられないようにくるんでいる、国より大きい桜。灰色の中に毒がきらきらして粉のようなのに組織は固まっている。想定出来ない規模、レベル、ただその大きい事に心臓が止まりそう。こんな桜初めて。

私の二十年以上付けている夢日記の中、一本の満開の桜の木の夢さえ、頼る作家が死に、本が絶版になり、元気な猫が死ぬ、雑誌から干される、しかもなぜかイメージ的に放射能のニュースと桜の夢は被る。桜の夢は、見てしまったらもう駄目なものであって、でもその時、……。

地球の半分をつつむ異様な上空に、細かい花びらの隈々までちりちり見える、もう想像も出来ないその巨大な嵩は、夢の中で爆発していきなり半分消えた、……すると目の前に一本の大きい桜があって、しかも、いつしかそれも消えていた。

で？　安心させてくれただけ？　荒神様？　でも眠れたよ、消えた半分は私の頭の上のだし。とはいえこれ、たったの一瞬、消えただけなのか……。

この世の中が今の時代が、「危ない、危ない」って言っている人間の方が、一見、ずっと危なく見える。それが丈夫な世の中のルールって事。でもね、今、やっぱり国普通じゃないよね？皆さん、お元気ですかぁ？

戦争も独裁もその中にいる時は見えないのかもしれない？　見えている人は弱者とか抵抗勢力

で、彼らはまた世間から見えなくされている。そして戦争前夜とは何か、映画だと？　貴族的な人やお金持ちの人はへんたいをしているね？　集団でえろをやっているね？　そしてもし戦争中にも粛々とへんたいをしていたら、それは反戦を意味するらしいのね。ていうか「しかっし」！前夜たってなんだってまだ日常は続いているよ？　ならばへんたいばっかりで戦争が止まるのか？　この現状の見えなさと怖さ、書くよなんとかして、ていうか、干されてるとこ一杯だけど、その上に「取ってハ？　取ってハ？」だけど。

どうやって知らせる、TPP危ないよ。私はリウマチでデモに行けないし、……でもペンの力が黙っているならば、私は筆の力だからフィクションでやるよ。その方がおかみもやっつけ難いだろうしさ。だから止めてみせるよ、さあ、あのTPPを文学で止めてみせましょう、そうしたら戦争もさーっと止まるからっと、……仮にそれがただのガマの油売りの口上だとしてもよ、ていうか、口上であればこそよ?やってやろうじゃねえの。

さあ、さあ、さあさあさあ、……沈黙は戦前、なれども言及は、メタは光、希望、って勢いで思った、とき、ついつい悔しさにうっかりして、……。

つるっと歯が滑った、寝起きの私は口の中を噛んでしまっていた。ああ「税を取られた」って。しかも起き上がろうとして、口の中の血の味でだーっと貧血した。

ふん！　まったく血税どばどば。「怒ると損」？　「逆らってるひまに金儲けしろ」？　しかしこの非常時前、わざわざそんな「正しい」事言われたくない、ただ、……。

天に逆らった時、天の神は損失を与えにくる。それを私は税と呼んでいる。この税は私の場合、体にもかかるが台所にやって来る。これを取られずに「利益」を図る事、それも私の戦いである。どんな時も幸福になる事は大切である。さて、では幸福とは何だろう「ポン酢醬油（引用、有名すぎ）」ある？

15　そうだ思い出したあの時も国会見ていたせいで、……

それ故にこそ、今こそご飯を守るのだ（と誓っていた）、つまり人喰い政府から、私の台所を守る！　それは私がリトルネロと共闘してついに勝ち得た、あまたの「傑出した」おかず、炊きたての素晴らしい白飯、小豆粥、パエリャ、そしてオムライスも蕎麦飯も、サラダもピラフも、焼きコロッケも、産出する聖域だ。そこを奪われぬよう、警戒するのだぞと。さあ、手放すな享受せよ！　快適で文化的な最低限（手間暇）の料理。結果？　怒りの記憶に目の隅から炎が燃えてくる。

「あああああ、すっごい、もうすっごーい頭に来るっ！　少額年金者の飯を取るな戦争政府め！　難病患者のおかずを掠めるな、売国内閣め！」。

それはエリンギと人参とピクシーという、地産地消の肉厚ピーマンと、五ミリ角に切った赤牛と、冷凍のみじん切りタマネギと……ていうかそんなもろもろを焼き肉のタレで炒めたのの玉子とじである。それをぱらぱらにして地海苔をふりかけて野菜スープも解凍したし秋小茄子の漬物も買ってあるし、ならばこのぱらぱらの玉子を、朝ご飯に食べようと思って、というのも私は朝

が一番食欲ある上に夜は肝臓の節制で飯を軽くしなければ仕方ないから。作っておいて。

二〇一五年九月十七日ドーラの命日、お経読みおえて、夜中に確かテレビ中継とかなくて、時々台所に下りながら、戦争法案が「通る」ところを、やむなく、見ていた。無論自分的には「通すまいとするところ」を見ているつもりだった。だから途中までは「もしかしたら通らないかもしれない」という奇跡頼みがあった。だが、……その後、結局あれは内部クーデターで、あの時点でもう議会政治は死んだし、ここは独裁の国家になり、戒厳令とかあってもおかしくない国になったんだと人から教えられた。なのに、新聞はさして危機感を書かず、というか、「戦前」という事から逃げてしまっていた。そして、……新聞店の人が仰天して卒倒しそうな中、私は批判のために取っていた右系新聞を止めた。玄関が散らからなくなって理想と思ったけれど、つまり、なんで散らかるかを考えたところ、要するに「読むとこないから放置」で散らかっていたようだ。だって本当にな−んにも書いてない新聞だった。積み重ねればいいのにもう触りたくもなかった。沖縄も国会前も原発も戦争も、ていうか、そもそもTPPについて、ネット見て本買って知るしかなかった。無論その新聞、自分の本の書評も十年も前から取り上げなくなっていた。ていうか、それでもTPP書いてあれば取ってあげるけどね。

クーデターの夜、憲法の葬式と言われたその日、もうあかんと思って見ているのも怖いから台所に下りて、それでも好きなぱらぱらの玉子をつくっていた。素材をてきと−に細かく、四角に切る、この一番痛くなる難儀な行為をせっせとやって、それで政府への厭味に変えていたのだった。変だけど焦げるくらい乾いた炒め方にして、ご飯より多いくらい混ぜて食べるのが好み。しかし法案のショックで、ずーっと怒りでカタマッてて、既に関節ががくがくになっていた。だがそれでも根性でつくったるわ、ほらっ、王将の人みたいに、こーんなに、ぱっと持ち上げて、見事にぱらぱらになって甘辛いいい匂いで、緑と橙と黄色！　明日これ！　って思った時……。

するっと腕からフライパンがすっぽ抜け、というか手首がぎくん、と翻って、親指から肘まで鉄の細い棒が入ったように、きーんとなっていた。ていうか、そんなのどうでもいいわ、どうせ朝から晩までどっか痛いのだ。痛くても、食べたいからこれ、作ったのだよ、なのにその半分が床に散乱していた、頭を抱えていた。私はこういうロスが、一番殺意だよ、しかも戦争反対で作っているのによ、しかも……、おうおう、そしたら、だったらこれチャーハンにしようじゃん、掛ける料理を半分零したから一食分になってしまったけど。はい？　だったらこれ、今からチャーハンにします。あったかいのでやりたいからまだストックあるけれど、意地でご飯炊きます。私は、死んでも幸福になるから。白飯を、炒めて、で？

それも、……引っ繰り返した。どうやったのか？　フライパンごと飛んだ。でも中にチャーハンは三分の二残った。多目の二食にして、冷凍した、もう味見する根性もなかったので、それでも、ゴムべらで一粒残らず容器に、すくい取ったのだよ。絶望？

リトルネロ開けてストックを眺めるとパプリカ入りのソーセージのパンケーキがいい匂いで、やっと、ほっとした。それで。

あの時、むろん、台所でギドウは寝ていたのだ。するとそこにはまだ戦争の影は差してなくて、それに、……。

九月だったから、なんて皮肉なのか、ドーラの死んだ月、戦争法案の月、にも拘わらず、そう、そう。

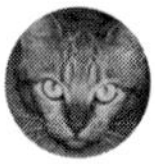

16 戦前かよ戦前かよ戦前かよ戦前かよ、植民かよ植民かよ植民かよ植民かよ、

って月末までむかむかしていながらその一方、九月は一年に一度、ギドウがまともに口を利く、神秘の美しい月なのであって。気候はよく、庭も気持ち良く猫の具合も良く、そして、ギドウの託宣月、となっておりました。それは、流星群の日のようにこぼれてくる猫語の日。と言っても一晩中、待っていたって仕方がない。ただこんな「無口」のご隠居だってたまには意味のある事を言うのだからね、一年に一度、それは、……。

おやおや、つるっと言語？　あれれれ？　こそっ、と示唆？　が落ちてくる至福。こうして、……、憲法の、危険な時にもふいに。

で？　そう、本年二〇一五年のギドウは、「……スピ、……ノザ」と言った。投薬を終えた時に、確かに囁いた。先週もそうだった。それもあの時はその他に「エチ、……カ」って。

予想外の固有名をふと呟くわけで、むろん去年もあった。つまり二〇一四年九月の終わりにはなんと、「サン、タナ」と発声。やはりその直後に「よろ、っぱぃ」とも……そしてそういう事を言うときはいつも同じタイミングであって、付け加えはさらに「くろっ、まじっ」とも……ああああ、そうそうそう、その前の年、二〇一三年は……。

「ワッ、フル、ワッ、フル」。

それは私が難病と判り、通院を始めてから何ヵ月も後、肝臓もなおって食事制限も解けた後、まだ新しいソファベッドの上で、妙に鼻の回りが赤らんだような満足気な顔つきで、しかもその時の付け加えは「まちや、あず、らずべ、くり？」って、雄弁だったよね？　それでお目目くるくる喉もごろごろ、そしてお言葉は？　ふと見ると、顔に書いてあったんだよ、つまり、私が気付いたんだ。あれれっ？　「ワッフル、ワッフル」って？　けして、同じ普通名詞を二度繰り返したのではない。その、ワッフルワッフルとは、メーカーの名前。固有名詞をそのまま、呟いてきたわけで。

買って一年もしないソファの上から、その年、それは始まったのだ。つまり、それこそが模様替えの効果なのか？

新しいソファに替えたのはドーラが死んだ翌年。つまりベッドになるタイプに、ギドウと一緒に寝られるように。

前のやつは単機能、黒の布貼り、カーブした木の腕、九州製造であった。その上でモイラが死んだのは、……十一年前、あの夜ギドウは何も気づかず、カバーの下に潜っていた兄弟の亡骸に、体をくっつけたまま、よく眠っていた。そしてその三年後にルウルウが病院で死んだけれど、入院の前夜、具合悪くって滅多にそんなことをしない彼女が、新品カバーに替え立てのそのソファの上へ、激烈に吐いた。その時もギドウはさして気にしてなかった。というかルウルウが苦しんでいる横で「おやつ、おやつ」と。しかしそれから後三年の間というもの、彼はそのソファの上にひとりぼっちだったのだ。私は痴呆のドーラに付きっ切りだったから、その間。一階は、様子をみに立ち寄る場所、台所はシャトルシェフと炊飯器がこしらえたものを取り出して小分けし、冷凍する場所だった。それ以外はまず、ドーラのための料理の場であって。

女王が死んで半年、大地震があった。確かその後年末位まで、S倉は震度四とかが当たり前だった。日本がどうなるかも判らなくなっていてこそ、なんとかギドウと一緒に寝ていようと思った。最初は小さめの家具の上で夜を明かした。猫人、一応気持ちは通ったが、それでもソファは狭い。ギドウは寝ている私の顔をつい引っかくし。というか別に嬉しくもないらしくて、他の所で寝るし。さらに抱っこして寝ると、私にリウマチが起こるし。

今の新しいソファは薄茶色で、延ばせばベッドになる、セットのスツールとくっつけて使えば十分な広さだが、しかしそれだと本棚と本棚の間のスペースにソファをぴったりと押し込んでおくことが出来ないから、分離してある。つまり結局、やや、サイズ小さめ。

しかもそこから三年、私はギドウよりもドーラの思い出や自分の病気や、折角復興しそうと思ったのに、実はひどい事になっていく世相等に気を取られてしまっていた。つまりこの上で猫はやはりひとり眠っている事が多かったのだ。ところが、五年のお勤めが終わりかけて、気が付いたら、……。

ギドウはただの留守番猫ではなくなっていた。また彼も年をとって私をとても頼るようになった。老猫なので私も気を使うようになった。気が付くと「これ、私たち仲良すぎないか？　凄い！　一心同体！」という事になってしまっていた。

で？　その途上において彼は一年に一度、今までにない単語を発するようになっていたのである。まあ普段の自分の要求は昔からしっかり口にしていたけれど。そこからさらに「私について言及」したりするように、なっていった。

猫軍団体制の時代とは違い、彼は今、私に直接言葉を投げて来る。まるで託宣だ。ただドーラと違い、何か纏まった内容を語るわけではない。それも結局、九月だけである。なぜか例年、夕方が多い。投薬の後。ああそろそろ学校始まるなあと思っていると、……。

一日四回の薬やサプリは、必ず一口分のおやつに仕込んで食べさせるのだが、夕方のは多い目でその食後はつまり、満足している時。そもそも彼は投薬しやすい部類の猫であって、抗生物質以外はほぼ受け入れる。しかしステロイドは無論注意して扱う。

というのも自分が難病と判り、この、同じ薬を飲むようになった時、私はたちまち、ギドウに謝った程で……。

こんなに苦いものを今まで、飲ませていたなんて……大昔に一度、私は服用したはずなのだが、だけどいつしかその苦さを忘れていた。つまりそれまで、猫に与えるときには、気が付いていなかった。

例えばステロイド投薬用の小皿は使う前によく拭く。もし水滴で薬が少しでも溶ければ、一層苦いから、苦みは痺れるほどに感じられるので小皿にシート状のプチマグロをしいて、注意深くくるむ。ああそれで？　その託宣の日。

食べおえた時、普段は「もうないっ、ふーんだ」みたいな顔をするギドウが、なぜか森茉莉の

「もうひとつ」みたいな顔を平気でしていた、は？　おか？　わり？　この時点ではギドウに食事制限の必要はなく、故にもうひとつ、プチマグロ？　うん、いいよ、剝いてあげよっか、という気になっていたら、ふいに始まった。

　若い猫だったらそこで体をころころして目をくるくるしてふざけそうなもの、しかしもう足腰も悪いし、ギドウは、……喉を鳴らすのではなく口回りをぷくっぷくっとさせながら私の顔を少し緩んだ切なそうな顔でじーっと見て、それから。

「ワッフル、ワッ、フル、ワッフルワッフル」……それが始まりだった。はぁ？　ワッフル？　なんでワッフル、ワッフル？　とか言ってるうちにすぐ、思い当たった。つまりワッフルワッフルが「もう一箱」冷凍庫に入っていた事を思い出したのだ。あっ、これまだあったのに忘れかけていた、なんで？　私、惚けたのか、……むろん食べた。その日は二個、抹茶あずきのとラズベリークリームのを。ギドウが欲しがるので匂いを嗅がせたら、たちまち興味なくした。プチマグロだけやって。

　うちではいつも猫の食事を先に出している。それでも私が食べはじめるとなんでも気にする。そこは、ドーラと違う。

　で、二〇一四年「サン、タナ？」の時は？「え？　サン、タナ、何、それ、いつ」、……それは古いCDを入れる整理棚に入っていた。「あれれ、いつ買った」と思いつつも。

「ブラック・マジック・ウーマン」だの「哀愁のヨーロッパ」を聴くようになった……EW&Fとかそんな、昔聴いたのと同じ段にあって、それは「懐かしの喫茶店ミュージック」だった。ひさしぶりに「若返って」慰められた。

さて、本年のご託宣？　スピノザ？　の何冊かは積んどく棚にある。ただ、ギドウはまた目で、こう言ってきた。緑の瞳は若いころの青味をもう失っているけど。

「やさ、し？　いる、よ、ねそれ？」

でもサンタナの時、こういう追伸はつるーっと一度に来たのだった。「知ってる？　あの人コルトレーンオタクなんだよね、日本に来ると必ず同好の士のところに立ち寄るんだよ」って。聴いてる最中にいきなり、それは声というより、むしろ情報の矢。だけど今回は哲学、ですと？

うん？　この私にとって？　食べる事、聴くこと、は割と簡単、無論読むことも大抵は楽だ。だけど、スピノザだよ、哲学本格的にやっている人ほど、判らんとか厄介とか言っているエチカなんて、しかも私がドゥルーズをすこしでも読むのは、ドゥルーズが素人にも読めるような設定の本を何冊も書いているからだ。つまり彼、自分の本は哲学の判る人とまったく何も知らない人の双方に読んでほしい、使ってほしいといい、その素人読みで読めば、千のプラトーは「台所」でこそ役に立つ本だ。でもね、どうする、スピノザ？　積んどく？　以外に？　この余命で？なにを？　或いは、昨年のようになめらかな解説がまた来るのだろうか。というか追伸は、……あった。

で、メモはとってある。家は神だって猫だってちゃんと口を利くから私は記録係。

……ねーーーーーーーー僕ーー、ねぐる？　モラル？とかいらないーーーーーーーーしーーー
ーー、天にーーーーーー、遍く、闇？　な、のに？　殺さない？　僕等は内側の火……ひとっっっ

つぶ、ひとっっつぶっ、らいぷにっつぶーひとっっつつつ、つっ、ぶっ……つーぶー？　寝るっっっっ。いやーーーーっ？　おいし？　あそぶ？　ひつーーーーーよーーーー。

確かに、言われた事はひとつずつ思い当たったけど。でもむろん素人読みだし。つまりスピノザ判りにくけりゃまずネグリのインタビューでも読まなきゃだし、つぶって多分、粒だろうけど、とはいえ、またライプニッツなんてそんなの私には判りようもないはずなのに、要はドゥルーズがアベセデールで言及していたのをギドウも後ろで見ていたせいなのであろう。そしてモラルへの批判というのも大切であって、つまりそれは単なる不謹慎の肯定とか性暴力の謳歌とかではなくて、むしろ逆に人に優しくすること、ほんの少し優しくして、生活保護叩きとか止めればむしろ世の中が大勢良くなるとかそういう事なのだ。しかしそれは前に岡和田晃さんからマキアベリズムと違うものかとメールで言われて考えるのをやめていた。ただそれでもそういうふうに纏める事が違うような気もしていて、つまり、要するに……。

ギドウはまだあるワッフルの在り処を教えてくれているのだ。そして結局。

ここに猫がいる。あれれ？　おしっこのにおい！

結局、油断すると私は過去を生きてしまう。でもダメだよ！　そんなんじゃ戦前を止められない。無論終活にはまだ少し早い年だ普通ならね、そして。前のソファではない今のソファの上で。

ギドウと私はどんどん近くなって行く。それは多分、ドーラのために出た「旅」つまり授業という「芸能」の旅が終わりに近づいてきていたから。そして今の私は台所にいり浸り、ひたすら、ギドウを見ているしかない。老猫の時にあまりに深い眠りを。
ていうか、結局離れた位置から観察しているのだ。まだまだドーラのような完全な人猫一体の境地にはなっていないのかも（反省）。

17　ええええ、ギドウさんのお母様はいつも細かく観察していられますね（獣医師談）

つまり今現在？　私の目の前、……緑の目の茶虎はよこたわって、……薄目を開けたまま……四足を、とことこと動かしている。肩をぴくつかせ、髭を一気に尖らせ、ざっと、全身の筋肉を起こし、やおら足先を曲げるといういつものやつ、……目はぎゅっと閉じたまま、しかしその目尻と瞼は痙攣を繰り返す、その上。

指の股を開き、四肢を一度にはね上げ、ついにその首はがくっとのけ反る。

猫がそういう眠り方をする、知っているよ、でも不安だったからあんまり凄いから心配で結局医者に尋ねた。「はいはいはいはいはい」って？　医師は、慣れた説明をするモードに入った……うん、一応私も知っているよそれ自体は、要するに人間にも猫にもある深い睡眠、生理現象だね、ただ人間の場合は普通瞼ぴくぴく程度で済む。ところが、それと比べ猫のこのときの体の動きは、平均値であっても、けっこう大げさだ。

ま、中には人間にだって睡眠中、いきなり腕がぱーんと上がったり体ががくがくしたりする人はいるにはいる（らしい）けれど、でもその場合は病気の兆候と疑わなければならない事もあるていうかまあ少ないケース、要するに人も猫も、これ、ＲＥＭ睡眠。

多くの猫にはそういう随分、「活発」、な睡眠があるってことで？「いいんじゃないですか年とってよく眠るようになったんです」と震災の前に断言した医師は、しかしこの子の本疾患を見つけてくれなかった。そして、今のお医者さんに尋ねてもいつもの回答で「お母様ならちゃんと細かく見ていられるので安心ですよ」と。でもそう言われても私は不安なまま「しかしこの年になるともう予測外ですしかもこの子はこんな病気で」。今のところ、ギドウはなんとなく無事でいてくれるが……。

その上、「そう言えば私は、今まで野良猫がＲＥＭってるのを見たことがないよ」。つまりこの、かつては池袋の激戦地で、一応ボスだったこともある元野良のギドウだって、その地域猫時代、ほんの一時の安穏な昼寝中さえ、結局警戒を解いてもいなかった。だってほんの少し瞼をぴくぴくするのだって、どの子も保護してから、時間たってからしか、見せてくれなかった。

なんちゅうかでも、なんにしろ、どのような他の猫と比べてもかなーり、心配な、ギドウさんギドウさん。

睡眠中に曲げたままの前足は付け根からぐんっ、ぐん、と前後に運動し、すると肩甲骨は翼でもあるように両耳と競争で羽ばたいてしまうし、なに？　これ？　あり？　ママ？　今から空飛ぶわけ？　いくらなんでも「アクロバット」が？　過ぎやしませんか？

厳寒の公園にて保護三日後、たちまちホットカーペットのコントローラーの上で、腹を出すよ

うになったドーラでさえ、この姿を見たのは随分後からだ。なるほどやはり、年とともに、それは、深くなっていったけれども。ギドウももうドーラに迫る高齢ではあるがでも、もし、この寝こけが。

癲癇、認知症の兆候だとしたら……、いやいやいや、だってね、女王はギドウの年にはもっと弱ってた。ギドウは膝だけだが、ドーラは脊椎が悪かったのだから。その上ギドウの持病は動きや食欲に関してはむしろ同年の猫よりも元気な場合があるから。つまり老猫が元気すぎ不自然に若くなるという病なので。故にむしろ、歩きも食欲もまあ旺盛で。

そうだよね、家にはまだ「神様がいる」、そして取り敢えずギドウの体重は危険な（個体差アリ）三キロ切りどころかまだ五キロ近くあるし、ともかく良く食べているし、なら？　まとめりゃラッキーだよ、ギリギリの範疇で？　……は？　ああ、でもまた脳内敵がなんか言っている、ふん、こまめな奴め。

……「やれやれ、ふふふふふ、お前十万人に数人、ただでさえ希少な膠原病の中で一層少ないその病になって、痛いわ苦しいわ時に家の中を転げ回る、そして世間に出れば根性だけの一旦力で、重い荷物さげてぐんぐん行くけれど、帰りゃ背中と指の力は抜け、ワープロも打ちにくい、それでもまだ神様なんか信じているのかよ」、って？

うん、だから、そういう私苛めは天の神がするんだよ、つまり私の病気は、天に上から紫外線照らされて悪くなっているからね、中にはセシウムで膠原病悪くなる人もいるらしいし、……それは、上から一律、と見せかけて実は弱い少数を狙うんだね。なんたって連中は国家戦争神だから。一方、うちの神様は、古代に彼らから追放された方、今ではただ弱者を慰めるだけ、そしてたまに、地上の小福をくれて天気予報を教え、心の支えになってくれるだけ。ね、ね、ね、つまり、たったそれ、だけ……。

うん？　だけ？　ていったってそれ凄くない？　今時話聞いてくれてアドバイスがけっこう役に立つ無料のカウンセラーなんて、しかもお礼といったら餅と尊敬だけ、だし。それでドーラが死んでからの愚痴数年分、耐えてくれていた？　しかも猫がいなくなったら、この神だけになる……。

ていうか、もう喪が終わるのかな、ドーラのための巡礼が終わる？

18　二〇一〇年九月十七日私はドーラと別れた。

それはある読者が「Xデー」と呼んで恐れていた日。その四十九日、私は「群像」出身の古い知り合いから、五年任期の特任教授になるよう依頼をうけた。とにかく自分でないものになりたくてすぐに引き受けた。ドーラを忘れようと、思い出から顔を背け、現実そのものに引きずり回された。内面に隠している「神話的真実」からも距離を置いて、人間の社会に出て行ったわけだ。荒神様との会話もそこそこにして。それは生まれて初めてのお勤め、……仮面は次第に肉付きの面になった。しかし二〇一三年、ふいに私は立てなくなり難病と判明した治療で、「無事」になった。が、激しい心の動きと認識の変化により、この「旅」のさ中、新しい荷物を背負わされていた。無論、それはさらなるショックでもあった。

結果？　自己認識の激変。

長年にわたるあまりに後ろめたい、疲れやすさ、引きこもり、しかしこれが実はわがままではなく、なんと、怠けでもなかった。それどころか難病。私はそれらを克服して受賞作家になり、小説の書き方を教える程に、不幸を寛解した、そう、つまり、実は、がんばってる人だったのだ。でも、そんなの自分も知らない。いつもずーっと責められてきたし、笑われてきた。

十代半ばからの発熱脱力、易疲労、困難。いい年して仕送りして貰ってたけれど、でも思えば、その時もう軽症でなかった。

耳慣れぬ病名は今までの甘えた、ダメな、笑われる「私」を消しそうになった。しかもなんとその時点私は「教授」になったままで、ドーラもいないのだ。私小説どうする、過去の私、そのままでいられる？　さてでも、そこは長年書きつづけた人間。

私はふとたまたまそこにある教師の仮面をそのまま使って、まるで借りた筆記具を使ってサインするように、「未闘病記」を書いた。その時点で、ドーラが死んでからもう何年も過ぎてしまっていた。故にドーラの出てこない作品が仕上がった。当然のようにギドウが主演俳優猫を務めていた。では、ならば、悲しみが消えたのか？　否？　ドーラ、ドーラ！　それはむしろ、根が深く難儀なのかもしれないと思われた。というのも長年、私はいわゆるペットロスにはならなかったから。看病のあいだ、全部の靴が固まってしまうほど外へも出なかったし。幸福であったから。その死後までもずっと。ところが、……。

「ずっと看病とかすると一年位してから、やっと、悲しくなるって」と教えてくれたのは亡き稲葉真弓さん。ミーさんを二十歳で見送って彼女もそうだったと伺った。私は気持ちが緩むと泣くが、それでも心はいつまでも幸福だった記憶で満たされていた。しかしそうなると、何もかもがただ目の前を流れて、そこから、時間が動かなくなってしまう。

看取りに後悔がなかったとしても、ドーラとの別れのタイミングは酷いものであった。いつも最悪の時に予想出来ぬパターンで猫は死んでいく。但し。

別れが、迫っていることをその何年も前から私は覚悟し、準備していたのだ。が、備えは予想外の事態で絶たれてしまった。

人生最後のつもりで「神変理層夢経」というシリーズを書いていた。無論、今も書いている。だって、これが実はその第三部に当たるのだ。目的を外れても作品は続いている。しかし本来、最初それは、ドーラと私のために書かれたものだった。それで、死を精神的に克服しようと私はしたのだった。

ふたりで、永遠に生きる場所を作る努力。……その時点のドーラは、私小説の私を形成する定点と呼べるものになっていた。というかドーラがいるところにしか私はいられなかった。ドーラの死の前の二年間、私はただひとつを望み、そのための努力しかしてなかった。

その死後もドーラとともに生き、共に書くこと。作品の中に永遠の時間を！

志したのは、ドゥルーズが「外」と呼んだ内在平面という概念、それを達成した小説を書く事。時間や現実を越える「外」にドーラを置き、ずっと失うまいとしたのだった。というのも、私は文を書いていると生死を越えたような瞬間があるからだ。それを引き延ばす事は「虚構」なら可能である。つまり、ワープロの前ならば、ドーラと生きられる。それは、執筆に関してなら「ある程度可能」だった。ただ、そうやって書いていると、私も結局感覚の上では生死を越えてしまう。つまり、危険なのだ。要するに「外」というのは大きくて怖く、人ひとりの体には受け切れないものなので。

その上、結局、予想した慢性の疾患ではなく、そこにある日ふいに加わった思いがけぬ病名、特発性乳糜胸でドーラは逝った。あっという間だった。猫はいつも、私のこころの準備や覚悟の全ての防御が、一気に崩れるように虚をついて死ぬ。

こうして……。

私は自分が粉々になる前に仮面を付け、別人になった。勤務証を持ち、出講する人間。またその前後、国にも個人にもあまりにも多くの事が起きて、悲しみそびれた。やがて判った。「外」は私小説に限れば確かにある。しかし作品とは「外」が「外」でなくなった時に現れるものなのだ。しかも「外」にそのまま作家が留まりつづければ本人は日常を失ってしまう。こうして、仮面のまま、既に滅んでいた国と失った猫への追悼として、私はシリーズの二巻を書いた、……でも今、ふと仮面をとってみると、……。

元の顔にただ涙の跡がある。

ドーラよ、……癲癇の発作が始まった歳の夏、猫は浴室に閉じこもった、二人で浴室のテレビを見て、夜中に回転を始めるドーラに、私は様々な工夫をした。すると夜も昼も、銀河や森の奥にそこが通じているような、静かな幸福が生じたのだった。凄い病名ばかりだったけれど、ともかく、絶望するという選択を避けて良かった。すべてなんとかなったし、私達はずっと一緒にいた。

ドーラは永遠のモデルだった。看病中とその直後に書いた「海底八幡宮」、「人の道御三神といろはにブロガーズ」、「猫ダンジョン荒神」、「母の発達、永遠に／猫トイレット荒神」にも「妻」は「活躍」した。要するに過去であろうが現在であろうが、ドーラあるのみ。現代文学を苦手な人が、その猫看病だけを読んで参考にしてくれた。

出会ってから十六年殆どの作品に彼女が登場し、登場しない時は必ず後ろで邪魔をしていた、一緒に書いてきた。

別れる前夜の食事は鱈のスープとシラスのゼリー、ロイヤルカナンの退院サポート、自宅に取り寄せた酸素テントにもさして入らず、早朝トイレで倒れ、膝の上で別れた。静かな朝だった。その亡骸の側にゲラを持っていって、私は直した。その数時間、左手をずっと猫の肩に触れたままでいた。そして、ある瞬間、そこにドーラの魂がない事を理解してしまった。毛並みもまだ柔らかく手を載せていたため暖かかったけれど。

死を、どうして玄関から送り出すのだろう、いつも、と無理な疑問を抱き、韓国の葬儀の歌を思い出していた。冥府は遠いけれど、家からの道が最初の道だから、というような意味の。本当は異様に隔たっているのに、目の前にいて、ぱたりと縁が切れているその感覚。

だけれどもその後も記憶は美しく、すべて手に取れた。前の流れはそっくり生きている。しかし、先に進まない。ドーラが死んでしまったとき、私は萎んだ、というか生命はただの維持になった。そして自虐と自傷が待ち構えてもいる、何の自覚もない「旅」に私は出たのだった、そして。

別れてもう五年近いこの春にやっと、私は元のところに戻ってきた、というか戻る事に決めた。ドーラが生きていた頃のように書くつもりなのだ。ギドウという次の伴侶猫を側に置いて。ほほー？　さあ書くぞの宣言？　はははははははは、ｗｗｗｗｗｗｗ。

無論、そんな予定とか決意とかいくら書いたって虚しいのは判っている。この文の一打ちが私の絶筆かもしれない、突然死含みの人生ではないか。いや何よりギドウの寿命だって判らないものだ。それに、どっちにしろＴＰＰが来たら言論の自由はネットまで塞がれる。文学は数字で計られるようになる。だがそれでも、生活は続く。猫が死んで私がクーデターでも志さぬかぎり。どっちにしろ来年からは家にいるつもりである。家にいたって、やって来るものはある。数字の化け物、人間の命や体を冷やしてお金の固まりにし、世界企業の金庫にしまってしまう妖怪さんたち。ここで昔からしてきたように、私はひたすらそれと戦う。それにもし雄が来年も生きていれば、そろそろもっと本格的な看病が始まろうし。は？　外にしたい事業？　特にありません。だって私は深海族、人の世の理を生きていないし。

人間の肉体を出られない私は、今も限られたおとなしい宇宙に、真面目に住んでいる。故郷にも生家にも暮らしにくかった。文学の世界でも端っこにいる。家の中は幸福でもその近隣からは、浮いたままで。

台所を少しずつ片づけつつある。ドーラのいた場所でワープロを打つことはしなくなるかもしれない。というかちょっと前までワープロの後ろでまだ座っているような気がしていたはずが、何か背中が寒い。ドゥルーズの「外」に触れながら、書いてはいるけれど、危険な状態は免れていて、……。

だけれどもそうして、いなくなった事を理解、していながらも、それでは今から何を書くかというと、要するに、結局ドーラの事だ。というのも……。

今までの作品にいたドーラは、「ダメ飼い主に凶暴な愛の笞を振るって、自分以外のものに関心を向けさせぬ独占的女王」だった。だがその実態は逆だった。誤解されていた。つまり、本当のドーラは、実は難病の私を気遣うあまりに、我が身をかけて、「無理な活動」を止めてくれていたのだ。ドーラのためではなく私のためだった。それは暴虐などではなく厳しい献身で、怒りの天使だった。ごめんねドーラ、ドーラ、ドーラ。誤解していたよ。そういえば出会いからそうだったのかもね。

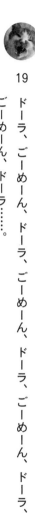

ドーラのしてくれた事をともかく書かないと。死者の名誉を復権させるために。

19　ドーラ、ごーめーん、ドーラ、ごーめーん、ドーラ、ごーめーん、ドーラ、ごーめーん、ドーラ……。

書くときにどうしてる？　ずーっと、謝っている。ていうか早くこれ書いて発表して、ドーラに押しつけられていた誤解を解かねばならない、と（この非常時前に）。

つまりそれはまあ猫への誤解、というより誤訳である。だけどなんか書きにくい、だって語りなおしとか言ってみたって一般読者から見たらそんなの、ネタの使い回しにしか見えないかもしれないし。という事はつまり私の猫的読者から見たら、とっても意味のある大切な語りなおしって事に即なるわけだが（あっつかましい？）。ていうか、ドーラの話、ことに出会いのところ、長年の読者だったら暗記しているかもしれない「条項」なのであって。それは、……。

冬の公園でずーっと鳴いて呼ぶ猫、死にかけていると思ったらそうでもなかった白鯖。で？必死の呼びかけに渾身のお願い、そこに打たれて私は連れ帰った。ところがそいつは、暴力猫だった、……。

で？　この冒頭から全部、嘘だった、逆だった。むしろドーラは私を助けようとして公園にかけつけ、私を捜し出してくれて生きさせてくれたのだ。

なのにこの飼い主は長い間その事に気付きもしなかった。というのも自分が難病だなんて知らなかったから。ただあっちこっち痛くて倒れてしまうし、なんかいつも不具合の人と思っていただけ。またそれ故、この猫を拾うのは、保護してあげるためだという思い上がりがあった。ところが今、もしドーラが生きていればきっとこのように言うであろう。

「さて、わたくし、ドーラの選んだ人、それは、……動きにも健康にも不具合のある方でした、そして万が一でも突然死の可能性があるのも、分かっておりました。なおかつひとり住まいのマンションで飼われる事を予想していた以上、死なれれば私だけが閉じ込められ残される、というリスクも覚悟しなければなりませんでした。しかしそれでもなんでも、私はこの人の生活を指導して、ずっと付き添い、無事に生きさせてあげようと決意したのです」、なーんちて。

「え？　このドーラが暴力を、いいえ、とんでもない、どんな事もこの人にとっては命に係わること、死なせてはならないから無理をせぬようにと、叱りました、余計な事はさせない、最終的に良い作品だけが残ればよい、それ故の自覚的な愛の筈でした」。

　出会いの頃、遠くから私を見つけて大声で様々に声色を変えて呼んでくれた、ドーラ、ドーラ。

「うぇっえぇーえん、べっげぇぇーん、うぇっげーぇーん」、……そして結局その正しい訳とは、……。

「さあ、もう安心していいのよ、私来てあげたわ、やっと会えたのよ」

だったのである。なのにその時の私と来たら、こう誤訳してしまっていたのだった。

「タスケテー、来ルノオソイヨー、おねがいー、ハラヘッター、早く、連れてカエッテー、頭かいーよー、ばーか」とか。そして……。

　ドーラの、「放っておいたら大変な事になる人間を助けてあげよう」という犠牲的精神を、単なる困窮の叫びと、とってしまったのだ。この恩知らずめは。

は？　この非常時に猫語の翻訳フザケルナだって？　えええええ、そうですですから着々とやっておりますよ、ですので、さあ只今から、文学でTPPを止めてみせましょう。そうすれば糞戦争内閣も少しはびびりますぜ。

だってほら今ここにこうやって誤訳という失礼な話題をフっているではあぁりませんか？　ほらほら、それというのも今誤訳って言ったらそれは、戦後最大の誤訳？　どころかもっとひどいTPPの条文、ええ、なんか。誤訳もあるようでしかしそれ以前に……。

そうです、一部の誤訳？　どころか、とっても大切なその訳本体、の問題において、である。つまり、日本語訳はって話？　ていうか誤訳も？　へちまも？　訳は？　訳は？　訳はあ、る、の、か、よ？

どこにある？　うん？　ないよ！　てこた、……元ネタの英仏スペインから勝手に訳して、誤訳し放題で、勝手にがんがん国民誤魔化せって、段取りなのさ！　さあ世界企業の奴隷の、日本政府よ、という感じでもって、要するに正式な日本語訳はない、ままに……やってのけているよ。そして我が国の大臣共はただのひとりもこの原文をまともに読んでいなくってそればかりか。

そうそうこの前まっぴるまの国会中継を見たところが、そこにはああ恥ずかしい、板に付かない背広を来た、わたしアルバイトです的な若いおメガネ男（あれ、官僚つうの？）がひとり、背後でこそこそと指さしをしながら、失言大臣様に一回一回、売国カンペを渡していますたですだ。そしてもしこれ、このTPP、完璧に翻訳されていても寒けがする程に元の文はムズカシー、はずで（えええええ、そんなの、とても読めましぇん）。しかも六千枚だか八千枚だか知らぬがもの凄い量ある。要するにこれただ単に自由貿易をするだけの条文だとしたら、本来は、そんなのノート一冊分も使わずに無事立派に出来る程少いものなのだ。要は、いらぬ事が沢山書いてあるその部分が、ただもう、日本を食い物にする悪徳ハンコ三昧。そして何も教えられない私達は、自己責任だけは取らされるのであーる。

　まあ、そういうわけでですねえ、誤訳はいけない！　母語を大切に。そしてほーら、つまり私の、猫語に対する、尊敬は勉強は？　足りなかった！　それは命の恩人であり仏典の守護獣（鼠捕るからね）である猫のドーラ様に対し奉り、本当にお気持ちを傷付け、ご厚意に報いる事のない忘恩であった。ドーラ、ごーめーん、ドーラ、ごーめーん、ドーラ、ごーめーんー。

20　なんという人間の思い上がり、そして愛し合いながらの、言葉の通じなさ。

　そして、ああ、夢でドーラが言っている（涙）。
「ほら、ドーラいなかったらあなたいないでしょ、お礼は、ドーラにお礼は？　……噛むわ、体重かけて噛むわ、ばーか、ばーか」。いつも、思い出しているよ、ドーラ、ドーラ。

　それは運命の日、一九九四年一月七日、翌日は雪に決まっている上鷺宮の公園にて、猫は厳寒にも体に四種類の虫を湧かせ、既にその場で暴力猫の汚名にまみれ、空腹でもあって、しかしそれでも血の滾る四肢を凍える地面に踏ん張り、針のような白く若い差し毛を光らせつつ、渾身の呼び声で、……。

「ここよー、ここよー、あなたー、ここよー、いまー、すぐにいくわー、助かるのよー気をしっかりとー」つまり。

べぇぇっえーーん、えっげえーーん、わーうおおう、にぃえーおう、いぃーあおー、う。

「だってあなた？　私が居なかったらたちまち病気悪くなってずーっと貧乏なままで？　何ひとつ書かないで死んじゃうんですものっ」。その時私は既に一週間程餌やりに通っていた。最初の三日程でもう捕まえようって決めていたと思う。しかし難しいというのは判っていた。ていうかそこにまだ迷いの余地はあった。一方、ドーラは「ほら、しっかりするのよあなた、ドーラをつかまえないと、あなた死んじゃうから、でもドーラ本能で逃げてしまうのよ」、と訴え続け、というわけで駆け寄ってすりすりを怠らぬのだった。むろんそれは相手を励ますすりすりすりすり、しかも、少し落ちついたら。

わぁーおぅー、ばぁーおぉーう、わぁーおうー、わぁ、おう、にぃ、おぅう、にゃっにゃっにゃっ、あーーーーーーーっ。

凡百の猫ならばただ繰り返す「にゃーおー」しかしこの犠牲的精神の傑出猫において、声は一鳴きごとに陰影も音色も百色が零れていた。そしてまたさらなる決死の覚悟で、……。

あっ、……、あっ……、にぃーおーう、あー、あー、きゃーーーー。

「さあ捕まえて！　だってそうしないと私も、死んじゃうから」。

ANTONIN
ARTAUD

遊んでいた子供達がたちまちこの猫を取り囲んだ。ていうかお馴染みさんである。「あっあっあっ、ねえ、おばさん、先月からいるよ、こいつ」、「違うっ三日前から」、「あのね、こいつ、なついて来て嚙みつくの、すっごい、嚙む猫で」、触ろうとする子供を避けながらも、猫は今度は、身振りで訴えた。

「違うわ！　違うの、私あなたを探していたの、傑作書かせてあげる！　家買ってあげる！」、にゃーにゃーにゃー、きーい、すりすりすりすりすり、片足を犬のおしっこみたいに上げて、すりすりすりすり、右、左、右、左、とどめ後ろ足で、人の靴の甲をとんとん、とんとん。「いいこと、ね、一緒に繁栄するの、よ？　私のおかげで？　文学史に残るの、よ？」、でもそう言っているわりにその顔を覗き込むと、ただひたすらぼーっとしているのだ。

虚無への供物？　それは（世間とは別に、私的には）、なんかこのような澄んだ瞳の事？　しかも無垢で、なんの哀しみもないのに、けして、あどけなくはなくて。

若猫にしてもさすがに白水晶過ぎるその表情。顔のつくりは派手、鼻も、猫のアイラインも、大きくてくっきりし過ぎ、くらいで、要はきれいだが何か癖があって、「赤い風車」に出てきた悪い美女のよう。しかも相手をいきなり驚かせる、その特技の情熱的圧倒すりすりは既に暴力的で、つまりはいくらスタイル抜群であっても結局凶悪白鯖、としか形容出来ない状態になっていたのだった。

「まあ！　大きくてしっかりしたいい猫ですのにねえ、捨てられたのねえ」、しかもその日。生来の病的神経質でスリ猫は背中を痙攣させていた。そこでまさに人間は誤解、このままだと死ぬと思い、助けるつもりで拾った。でも本当は死ぬかもしれない私を助けるために、必死の演技で拾われてくださった、だけだったのだ。

「餌だけやりに通う？　ダメ！　あなたそんなに歩いて、疲れたら死んじゃうでしょ？　だからもう拾うのよ、このドーラをね、その方が通わなくて良いから、ずーっとずーっと、楽よっ！　お得よっ！」。

芥川賞発表十日前である。確かに、受かったら通えない、「ふん！　くりゃあいいだろ少々多忙でも偉そうに」って？　だから易疲労の強い難病なの、私。かつ、雪に変わる空の寒さ、その時点で限界と思えた。失踪したキャットは交通事故でほぼ確定していて、そっくりの猫がいるという噂にひかれて遠い公園に来て、なんかもう凍えたら立てないし二度とこんな公園来たくないし……「えええええ、正解よ、それで、助かったのよ、あなたっ？　良かったわねっ」。

冬の日が落ちたら、公園にはもう、誰もいなかった。危険、厳寒、強風、そして手指の腫脹、右肩の痺れ、ならばどうやってバスケットに入れるのであろう。

……噛む引っかくはね除ける叩き返す、……すごむ、「襲ってくるよ（但し苛められた時に）」、……既にそういう評価が確定している問題美猫大柄、そこはやがて雪になるはずのひびだらけの視界……怖くて無理に抑えるとか、むしろしなかった。すると逆に、持参したバスケットに入ってくださった（脇支えて前足両方入れて、すると後ろ足、ぴょこん）。

とはいえ、筋肉の悪い私には、蓋を抑えているだけでも、それはあんまりな「冒険」であった。道路を越えるたびに、川を泳いで渡るような緊迫感、たった一キロの道が国境越えのような疲れ方で、足の浮腫も、関節の痛みも、だけど、夢中だといつも案外に強い力が出る事もあって、ていうかそれ以上に、……。

この籠を落としたら、一生会えなくなるのだとその時にもう、私は思った。それが運命だった。

……温かい部屋に戻り私が頭を撫でると、猫はきゅっと目を閉じて顎を上げた。顔面の白い斑がハーレーキンのマスクを思わせる事と、目の回りの隈取りが目を閉じると、笑い顔に見える事に、私は気付いた。「お前、笑い顔、な」。言った時自分は泣き声になった。死ぬ気は失せた。前の猫がいなくなった時から実は死にたかった。すると猫は目を開きこちらを見た、あまりにも異様だが絶対的に澄んだ大きい目で、そして次の日からこの美しい運命は私を嚙むために追い回した……命名、ドーラ。

拾ってしばらくの間、猫は一メートル程のところに飛び上がるだけで「ぶうん」と鳴いていた。最後の脊椎症状も根本は古傷が、老化で再発したものかもしれないと医者は言った。

それから十日というもの、小さい一Kの室内で私は猫に追いかけまわされ、暴力を振るわれた。しかしそれは延々と甘えられ気に入られた、結果だった。で?

芥川は落ちた。

家のすぐ近くの飲み屋さんで奢ってもらって、結果待ちをしていて、マンションに置いてきた猫の話を私はしながら、引っかかれた手をみせた。その時既に猫はそこにいる人々の半数から女王様と言われていた、するとそれは、落選の女王？

拾った猫は運を落としたのか、いや、そうでもなかったようだ。だって落ちたその「二百回忌」で直後無駄なく、私は、三島賞を受けた、材料使い切りだ。またその二ヵ月後、新たに書いた「タイムスリップ・コンビナート」で次の芥川賞。「じゃあ良かったじゃん」。

作中の一見私小説的主人公は高等ノマド、でも作者は決死血眼の取材疲労で膠原病悪化。ただそれ以前に野間新人賞も受けていたから、新人賞三冠とか言われるようになった。流行した、けれども三日天下。ただそこで興味を持って読んでくれた方の中から同行してくれるありがたい読者が残ったのだ。ま、捨てられて拾われる、結果オーライ、そういう運をこの猫は持ってきた。とはいうものの、というか声を大にして言っておくけれど、つまり。どんな悪運とともに来た猫でも大切に一生飼うべきなのだ。でもね、公園で通り過ぎる人々からあまりに冷たい言葉をかけられたがために、私はドーラをいや、それればかりではなく拾った猫をすべて福猫として顕彰する事に決めたのである。で？

「えええええ、うちの猫は鼠捕らないんですの、ただ拾って半年で文学賞を二つひっかけてきました、福猫なんですねえ」。さてそれ故にか？

十六年八ヵ月、私達は「共に繁栄した」。人間は結局未だにドーラに支配されている。保護直後から、この「特別な」猫がまったく大いなる闇のような支配者である事を飼い主はたたき込まれ、つまりその半年後、先に述べたようにけして鼠など捕らぬ彼女は、文学賞を二つ、銜えてきてくれたのだ。それは当然猫自身のためでもあった。まあひとりの暮らしならばそれまで頂いた名誉ある賞で、生涯十分にやっていけたのだ。しかし、……。

都会で害されぬよう猫を飼うとなると、できれば「安心」がある方が良い。それは最初の猫を交通事故で亡くした身で、思い知っていた。つまり、ペット可のマンション、それは敷金全没収、また保険なしの猫医療、それは一ワクチン五千円（当時）。私達はふたりで、共に生きなくてはならなかった。共に繁栄して、ふたり「世に勝つ」ため。

猫が仕留めてきてくれた三島賞と芥川賞を前に……「うん、どうしたってもうね、一緒にいるしかないしね」、「ええ、まかせといて、ほら、あたし自分の食べるの位は稼いできてよ！」、「しかしすごいね、私だけでは絶対に出来なかった事だ、君の仙術なしには……そうだ！　刺し身を買ってくる！」、「あら、良い考えね、ならば赤身と、シマアジも少しばかり」、……そうこうするうち、「ほらあなた山手線環内に引っ越すのよ、あたしこれ以上日陰の身でいたくないの、そして日当たりもよくて狭くないところにね」、「ああ、頑張ってみるさ」そして……。ペット「公認」の高いマンションへ。あたかも「聊斎志異」における狐仙女のごとし。

ところがね、無論幸運には影が差す。ましてや私ごとき、この（むろん病態の個人差は激しいものの）、混合性結合組織病の典型的症状、易疲労性にいつも、ふうふう言っている人、すぐに痛くなり時には立てなくなる人、その他にもいろいろと誤解されるタイプ、とどめ、なかなかテレビが映したがらない外見の持ち主、さて、そんな人物がやっと手にしたものは……世間からは、許され、ません。つまりはネトウヨでもない人らが、それ同然になって、襲ってくるわい。「ふんあたしの方が若くて美人で高学歴だから天才なのに」、「え？　十年持ち込みの笙野？　あんなものが？　絶対許さない……」、「舞い上がるんじゃねえよ、私大学士風情、しかもブスっ！」、「売れない癖にえらっそうに」、「まっっっったく鬼の首でもとったようにねええ」と嫌われつつ、さあ誤解が始まった。疲れ果てていて、せいいっぱいやった取材対応も「たったそれだけか」と思われるしかない日々。サイン会もしない、講演もほぼ断る。誰が「時の人」か？なりすましもなりすまし。嫌がらせの原因に学歴差別もあると、当時は思い至らず。そうそう、何も知らずに悩んで、あの時その理由が判ってたら、せめて、ただまあ……。

どっちにしろ分不相応なところに入り込んだ身、権力やマスコミが近すぎて毒気にも当たる、ぼろぼろになってゆく、というか芥川賞の決定当日既に思っていた事だって「落ちてくれ、落ちたら休める」と、そこまで疲れていた。つまり、膠原病とは、疲れる病気なので。

記者会見に向かう車中ラジオのニュースから自分の名前が聞こえ、直後連れていってもらった銀座のバーで、昔読んでいた沢木耕太郎さんの姿を見かけても編集者がシャンパンを開けてくれても、全身が泥の中を泳いでいた。首が硬直して倒れそうに眠い、いつだって「私、駄目人間、頑張れない、どうして？　ごめん……」でも一瞬でも起きられれば精一杯やってきた。「あの病的な集中力は一体、どこから？」と思われながら。「凄い文章ですね」と言ってもらったりして。でも他には何も、出来ない、起きてさえいられない。

どんな華麗な夜でも、ただドーラのいるところに帰って眠りたかった。ひとり暮らしだし、預けられる猫ではなかった、というのもある。そしてあの日黒塗りのリンカーンで帰してもらったのに、私は途中でコンビニに寄って、明日から三日分位の食べるものを買った、そこで猫缶も買ってドーラのところに帰った。紫色の顔で鼻血も出して。本当は料理したかったけどそれから何年もろくに出来なかった。

なんだか判らないけど人と違うというこの不安及び、人と同じように出来ない罪悪感、このすまなさ、身の置き所無さ、そして書くことしかできないこの体が獲得してきたものの多くは、「代償」である。今も、世界についてのどのような認識にも慣れる事がない。そして、慣れる事がない、というその事実にも、また慣れない、ていう以前に、私？　人間をやっていないかもしれないもの、だって金毘羅なので？

論敵のひとりは、何を書いても小説になる作家というけなし方をした。味方の瀬尾育生氏からは非人称のエスを書いていると評されたりした。だけどそれは別にラカンのお蔭じゃない。ただ天然に言葉と自分の肉体がさっと離れていく。それは十代半ばからは顕著であり、つまりこの難点ある肉体がすーっと世界と離れ、自分そのものから後退して、書く「機械」を作っていったのである。それを可能にしたのはやはり私小説系の技術かもしれないけど。そして主体がからっぽになる程虚脱した時、それは時に自分のない私小説、となったけれど。つまり、健康な人って、そこまでは滅多に、疲れないらしい。

私も自分の状態って結局把握してない。人間が家族でいる事も恋愛する事も、テレビで見るバラエティやオリンピックも私はほぼ、理解出来ない。

自分であって自分でないものが自分の身体を食い荒らし、自己を消しに来る日々、おのれの欲望や正義までが肥やしとなって小説に食われていく。小説化とはなんだろう？　それはどのように辛いストレートな作品でも自己を外から見る事だ。一旦は消すことだ。どのように強固な自我を描く時も。

例えば、……なんか食べなきゃと思っていても、そしてとてもお腹が空いていても、体の後側の筋肉が全部痛くて力が入らなければ、肋骨尻背中首ふくらはぎまで鈍痛していれば、大きいお茶碗を手に取ろうとしてもふと怖くなる。殺す代わりに食ってやるわ、と思う程になっていても、たかが茶碗、それが「怖い」のだ。いつもより大きく分厚く感じて人を威圧する。それは、親指と人指し指を開いてその茶碗を掴む筋肉が既に疲れているから。

そして全身の炎症が私に風変わりな夢を見せる。しかしそれは所詮人間の身体の病から発生したものなので、描写に使えば、赤の他人にでも通じる事がある。

また、例えば「生きるのに疲れた」とある人の書き置きにあるとしよう。多くの人はその時、何か疲れる理由を「外に」持っている。或いは「疲れた」という言葉がまさに心理上のレトリックである。ところが、私が、「生きる」のに「疲れる」というと、それはまさに、呼吸や運動や姿勢の保持自体が、筋肉関節皮膚、つまり全身の炎症を引き起して易疲労となっている、というそのまんまの意味である。いわゆる離人感や、アノミーではない。

そんなわけで、「ついに流行した自分」さえも、欲しいものを買えるようになっていたというのに、うまくいってなかった。むろん一時とはいえ、どこに行くにも困らなくなる程服を買ったりした。でも、それはただ積んでおいて「どこにでも出られる」と安心するためのものに過ぎなかった。どんな人が会おうというのも拷問でしかなかった。人間が恐く、物質が重く、するとすぐに高校生のころを思い出した。ああ、あれがまた来たのだよ、あの難儀な眠り。引いてゆく喜び。そしてお腹すいて眠いのになぜか文字だけは追える。そこにいつも、ドーラがいて、……。

21　なんというか本当に食べる事と「語る」ことしか出来てないじゃないか、でも

食べていて？　味が分かるのか？　分からなくても充実する？　言語を生きていて、言語が止まると食べる。食べおえると書く、その合間に人のを読む。書いてお金を貰うと、食べ物と読むものとCDを買う。その他に粉とか下着とか缶詰とか辞典とか買い溜めてしまう。そういう買い物のあり方は野坂昭如的だ。欲望というより、ただ蓄える。それらを見て、これがある間は生きられると思う。

どんな人間もある日、いきなり死ぬ事から逃れられないって事を、隠すための缶詰。

高校では通学中、太陽に当たっただけで立てなくなった、半年で十六キロ痩せ学校に行けなくなり、教室でどうしていても眠ってしまった。当時大切だった、夏の夕方の異様な幸福感、それも今思えば繊細だからじゃない「日の光を避け、明るい世間に疑問を抱く」わけでもない。紫外線が弱くなる時、私は楽になった、それだけのこと。

しかも、同病の方だって同じとは限らない。三十年読者や非常に読める方が同病であるということになるほどと思う、その一方で、読んでいる本とか真逆もいいとこな同病も多いからね。つまり、ひとりひとりの症状が違いすぎる病なので。

私には何か昔の琵琶法師のようなところがある？　と子供の頃から思う事があった。良い衣食と住を与えられて、その一方跡取りでもなく嫁に行く子でもなく、という以前に、……食卓でも自分の室でも居場所がなく、言葉は、身内にこそ永遠に通じなかった。矛盾を指摘され出来ぬことを通達され、そんな中父母の言うことは道理に適った事、立派なことしか言わない。ていうかひどいことといったときは別アカで言ってるから、「覚えてない」。

部分的サバルタン家庭内ノマド。他の患者さんに、多分そんな人いないと思うけれど。というのも、ともかく御家族と同居してうまくいっている方が、いくらでもいるから。ならば？　葛藤のある家は健康難病に拘わらず軋むだけという意味？　いやそれも違うってば。

多くの難病患者は他人の痛みが判る人が多い、そして。うん、私だって優しいよすごく判る、なのに私は金毘羅。私の回りは闇。私が来たところは海の底で、今地獄で何が起こっているのかも、私は関知している。

22　芥川賞は授賞式の後も銀座だった。ついに会話しながら眠ってしまい途中退出した

……何してた、夢？　何もかも、儚い。なのに翌日もまた「作家の一日という企画でエッセイをテレビを」って、でもね、別に、私、いつもただ疲れて仕事しているだけなんだもの。そしていまや知る、働く難病者の嘆き「うわーあるある」、「仕事していると他のこと何もできない」で

も当時は自分がそうだなんてまさか、けして、そんな……。

「ふんたいした量でもない癖に」、「売れっ子気取りでさ」。

当時山手線環内に暮らしていたというのに、仕事が終わってキャベツを切ろうとしていた。外に出られないから、向かいの八百屋で買って、包丁が滑って手を深く切った。疲労と炎症で動きがあれだから。それも、鼻血と二重奏にして。なのに、なぜみんな聞きたがる？「どのような一日を」？　たまにライブにでも行けば暫くは外出不可能の私。ていうかなんで料理する？　そんなになっていても？　でも一方、なんで私の同業の人は締め切りが終わるとゲラを持って飛行機に乗るのか？　そんなことをしたら私だったら、きっと死んでしまう。

だから私は休みになった日にこそ、私のキャベツを切りたかったのだ。食って生きるのに。人のためではないキャベツを、私ひとりのための台所で。「みんな鬼、みんな閻魔、家庭は地獄」。

この病気になる以前子供の頃から、もう、朝起きると体が大変で、なんというか昔から動きもなんとなく少し変だったし、それで子供の頃から今まで……例えば小春日和の枯れ草の中に住みたい、古シーツに吸い込まれて消えてしまいたい、それ以外の事ってあんまり望んでなかった。で？　そういう私がドーラの所有物となった時に「ただこうしていたい、ドーラと寝ていたい」と思ったのだ。その後猫のために家を買った時「そうか！　なるほど！　私は！　これが欲しかったのか！」と納得して……。

疲れやすい私を選んでくれたドーラ、猫は無論飼い主をこき使った。が、同時に寝ていなければならない私の側に、ずっといてくれた。体に悪いことを全部禁じてくれた。ドーラ、ごめーん、結局そればっかだ。

例えばかつて、「私だけを見て、見ないと嚙むわよ」と翻訳されていた横暴猫のパンチ、あれが実は誤解だった。誤訳だった。真逆だった。それは人が仕事していると机の下に滑り込み、いきなり襲ってくるというものであった。猫は私の足を嚙む、体重をかけて、しかし私がワープロを「下りると」、「ふう」と言って部屋の隅に行き、丸まって落ち着くのだ。

つまり正解はこうだった、……。

「お願い、どうぞ死なないで、あなた、冷房は控えめに冬は暖かく、そしていつも出来るだけ横になって、ドーラと休むのよ」、と。

私の病に冷えは禁物、猫の温度が良い。自分を甘やかしてはいけない、という気持ちがいつもあったけれど、猫故に温かくてゆっくりの暮らし。

「御仕事は少しだけ、外出も最小限ね」。女王は二十四時間私を監視していて、執筆しようとすると徹底して止めた、そして。

「ドーラ、ドーラ、買い物に行っていい、そろそろ親戚にお祝いを贈らないと」、「いやよ、嚙むわ」、「ドーラ、ドーラ、故郷に、日帰りでいってもいい?」「だったら七回吐くわ、ワープロの上にもね」、「ドーラ、ドーラ、一晩田舎の親戚に会ってきてもいい? 動物病院に泊まってくれないかな」、「駄目よ、ならばドーラ、おしっこしないから、つまり尿閉よ、そして、死ぬわ」。

「ごめん、これから一晩親の看病に帰るからね、キャットシッターの人にお世話して貰っていて」、「いやだ、あたしジステンパーと間違えられてよ、全部のカーテンを駄目にしてまっ黄色の液を噴出して通院してやるわ、飛び上がって吐くわ、でもそんな行動はけしてわがままじゃないの、だってドーラ、あなたを、心配しているの」。

「ドーラ、ドーラ、今度はニューヨークに行くんだよ、そこにはタイムズの記者が待っていて外国で私の研究会が開かれるのさ滞在の場所も素晴らしい部屋で、飛行機やお金や案内も何もかも、心配がない、皆さんの御親切でね、そういう段取りなんだよ」、すると拾った当初の異様に頭の悪そうなぼーっとした目つきにドーラはもうなっていた。

「死ぬわ、ドーラ、きっと、入院して死ぬわ」。猫嫌いの家に私は生まれた。母の看病で帰省したときも連れていった。四ヵ月後に東京へ戻ってきたとき、私は九キロ瘦せ、ドーラは五百グラム瘦せてしまっていた。猫を動物実験に使ってやると英語で怒鳴られていた。真夏にエアコンが壊れているのに気づいてもらえず、「妻」は猛暑の締め切りにぐったりとしていた。窓一枚外の敷地内で工事をしていても、場所を移動してもらえず、机の下でスライムのようになってしまっていた。「あの子はお前なんかよりよっぽど優しい、よく世話をしているのだから、お前なんかよりよっぽどなついている、さあー、猫と遊ぶのはやめて看病をしなさい、さあー」って言われながら私は、母が亡くなるまでドーラに我慢させてその結果。

「あなた、故郷と私とどっちをとる」、とドーラは言った。「……き、決まっているだろう、一生帰らないよ」、……看病のさ中、既に私は激しい胸痛に苦しんでいた、肋の激痛にも。今まで煙草等吸った事もない。なのにレントゲンの肺には大きなもやもやが被さるようになった。胸水の跡があると膠原病の検査の時にやっと判った。胸膜炎だった。

東京に逃げ帰って身内と連絡を絶った。殺されると思った。胸の激痛は続いていた。「ドーラ、ねえ、ドーラ、読書委員続けてやるように頼まれたよ」、「駄目！　死ぬわよ、あんなに疲れて嫌がってた癖に、あたしも死んじゃうから、どうか止めて」、「ドーラ、歩くと心臓が千切れそうなんだ、打ち合わせは近所の喫茶店でと」、「判ったわ、でも百メートルでもあなた、タクシーを使うのよ、使わないと嚙むわよ、嫌われても使うのよ」。

「どんな会も断って、どんな式も出ては駄目、ほらあたし死にそうでしょあたし今血を吐いて死んでしまうから、あたし骨が折れて垂れ流しになるから、あなたの目に映る私そんな顔してるでしょ、あなたが急死したらあたしはここにいて飢え死にしてしまう、だからあたしを見てどこにも行かないで、ずっと一緒にいて、何もしないで、そしてお風呂とおトイレは、いつもこのドーラがお供するわ、見張ってないと、あなた、溺れ死ぬから」。

風呂は最初の頃良く怒って出ろと鳴いたが、長風呂にすると諦めて敷居に腹を載せ、出てくるまで寝て待った。トイレも外で必ず待っていてくれた。「あなた、あなたったら、ねえけっして、おトイレで考えては駄目よ、魂を落とすわよ、そしてお風呂にはゆっくり半身浴でね、ほーらそしてここに寝て、お魚を召し上がれ、食事は途中で一回休みましょう、あら、このヒラマサって、ちょっとおつだわねえ」。猫のためによく魚を買った。刺し身と一緒にゴマ豆腐なども買った。魚屋にそういう程の良いおかずがあった。自分で料理する事がなかなか出来ず、二十三区のそのマンションに作り付けてある、大きいオーブンを五年間私は一度も使う事なく、千葉に引っ越した。でも使いたかったのか？　いや、オーブンは本格的過ぎて、思えば怖かった。母ならシビアに使いこなしただろう。だけど私はもっと普通で経済的で、凡庸な料理をしたかったのだ。「毎日料理しなくていいように、まず纏めて作りたい」。

だって私の母は料理が上手過ぎたし、食べ物についても知りすぎていた。それが不幸だった。料理で身を滅ぼした。料理で周辺をいたたまれなくし、結局は自分の寿命も縮めたのではないか。ところが私にとって料理とはもっと別の、自分のためにだけ日常を楽にするものであった。つまりは、……。

男尊女卑とかを脱構築するための下手な、破れた、満足な、楽しい料理を、私はずっとやっていたかった。だからそこでの私はオーブンなど使わず、またお節も無理しないで、普段の煮物やちゃんと切ってないなますを作って、ひとり正月をしたのだった。私のお節はけしてお節とは呼べない代物であったが故に、まともに作ってないが故に幸福を呼んだ。

どんなひどい変な粗末なお節を作っても、誰も文句言わない、当たり散らして来ない、嫌がらせされない、ねちねち絡んで来ない。つまりそこがいい。そういうやつがいないところで評価ゼロの食物、天国だと思った。復讐に近かった。だって全部で、数品だし。

千葉では生協のお節をとり、大いに楽しみ、後は食べたいくわいと蓮根を炊くだけになった。「そーんなものはいらない、女のものは無駄」って言われないで、年末こき使われて正月は給仕しながら親の雑煮論争で両方に当たられて腰痛起こして、呼吸変になって、そういう地獄のような正月がない世界で猫達といた。

自分に出来る事は本当に少ない、その事を自覚していてもしていなくても、周囲との軋轢は発生する。「お願い、何もしてはダメ、何か見ると、疲れるでしょ、話すと、疲れるでしょ、ドーラといて、ドーラの背中かいて、ね？　背中かいて？」すりすりすりすり、すりすりすりすり。

室内で身を引きずるような感じになって、のぼせと寒けが交互に来る時、ぬるい風呂にゆっくりと入れば調子良くなった。しかしもしそれを人間に説明すると、「忙しいと言っといて長風呂はないでしょう」という顔付きになる。一方猫相手ならば、言葉は通じなくても不審がりはしない。そしてドーラのために無理して越したそのマンションで私は。

最後に、運命としてこの「伴侶」を泣かせた。

23　「あなた私とあの連中のどっちが……？　大切？　ていうより、あなたの健康に悪いと言ってドーラ、怒っているのよ」。

マンションのゴミ置き場に他人がいつかせた野良猫の集団、そこから子猫が生まれ、保護のための餌やり、そして手術、……協力者と相談していたある日うっかり、ドアを開けていて、……。あっと言う間に私は伴侶に脱走された。

その日「幸運の女神」は足元をすり抜けた。その頃はもう拾った子猫と同居させていた。しかもドーラはもう七歳で、……「良いママになるつもりよ、なのに、蹴ったのよあの子たち」。と言いつつも、子猫のケージの前に、ドーラは自分の刺し身を歯で小さく切って、並べてやったりした。

そんな中うろたえて検査してみるとドーラの体重はがくんと落ちていた。今までずっと無事だった腎臓の数値までぎりぎりとなって。

玄関から共同通路に走り出した時は勢いがあった。ただ筋肉の落ちた体でふらつきつつ、共同玄関の手すりに上るのがやっとのようだった、しかもそこで躊躇した。猫にあるまじきよろけ方で、振り返り、かたまった。飛び下りるのが怖い？　具合悪かったのか？　横抱きで抱えて連れ戻すと猫は既にへなへなで、あまりにも軽過ぎた。

「もっとかわいそうな」子猫を構っているうち、肝心の家族は急激に年より老けていた。結局家を買ってＳ倉に越し、無我夢中で猫用フェンスを張って、ふと気付いた。それはドーラだけの時、いつかこうしてやりたいと夢想していた家だ。猫フェンスのある庭と追い出されぬ住まい。ただ、皮肉にもドーラの外領土はネット張りの二階部分だけ、その分彼女の屋内テリトリーを大きくした。すると窓も階段も二階のベランダもドーラは喜び、たちまち回復した。

ところが私はというと一目見て気に入った家の中を、階段に手を突いて移動するしかなかった。下りる時は腰掛けて一段ずつ。「もう東京にも、どこにも、出ては、だめよ、あなた、ずっと寝ているのよ、お掃除もしてはダメ」。本当に何かすると、ドーラは怒ってくるようになった。

建て売りではあるけれど高台の上、外見はささやかでも好む色の内装、掃きだし窓から公園を眺めながら、私は掃除しない二階の廊下に座って、コーヒーを飲み、伴侶は壁紙を好きなだけ

引っかいた。一方、高額のローンという難儀が始まった。「そうなの？　でも、ドーラここ大好き、この壁も素敵だわ！　とても研ぎ易い、ねえ、でも……、外猫どもの声、最近近くない？」災難が長年の夢を叶える、皮肉な運命と将来の不安、でも願いはかなえられ幸福は淡く長く、……体は痛いけど。

芥川賞作家としてはひかえめな家。しかし私は「あんなものにやるな！」系の地味な書き手だったし、何よりも論争持ち（貧乏上等）、四匹の猫の医者代もかかる。頑張るしかなかった。

そんな中再燃した論争はひかず、私はそれも止めなかった。ところが、……そうしていてやがて先天性の心臓でモイラを、随分早くになくしてしまったのだ。その後はルウルウを、これも先天性の、多発性嚢胞腎で亡くしたのだった。ルウルウの方は当時医者も病名を知らなかった程の病だった。随分後になって、千匹に一匹の生まれつきという、その死因を知った。その度に、横暴なドーラが優しくなっていった。嘆いていると背中にくっつき寄り添ってくれて。ぼーっとしていると後ろから見ていてくれて。ところが、……。

24　ドーラがいなくなった時、私を慰めてくれるドーラはいなかった。

要するに、……私は「何をしても良いように」なった。すると、ドーラがいなくて「何をしても良い」私などというものは既に、私ではなかった。共に繁栄し死ぬまで、一緒に書いてくれた、救ってくれた。その、ドーラを失ったのは誰？　最初からそんな人いませんから、という感じ？

笙野頼子を止めたくなっていた。というか、一旦死んだのか？

五年の巡礼から生き返ると、いろんな経験をして記憶も残っていたが、それでも書く自分は同じ自分だった。

「違う人間」をやっている五年、ドーラの死は隠された。包帯しておいたので傷が治った。そういう事らしい。

千葉から東京へ、満員電車で通った、何もかも初めてで、……。

学生の中には他分野の本を週一で読ませても平気な上、論文をきちんと書いて小説もやって来るのが複数いた。その後も年度ごとに書ける子が現れた。そんな中で、一見向いていても、子供の頃居場所のあった人間には小説が書けないのかもと、思うようになった。格差社会になっている事も恐ろしかった。離れて十年もたって外から見た東京。本当にこんなところに私は十五年も住んでいたのだろうかと、そこにある富自体が、存在自体が病んでいるかも、と。東京、……。

それは共感能力も権力への恐れもなく、他人を犠牲にしてなんとも思わない町、目の前にあるものさえ見ない都会。ちょっと教えると書けるようになる沖縄や東北や北海道の人間。何も困ってない自分を普通と思っている金持ちの子供。戦争は他の学生が行くと思っている「保守」、自分が行かされると知っているので、必死の「野党」その両方を、私は教えた。

私、というたかが「我慢強くて止めない」というだけの人間、そんな自分のする事が人に出来ないという事実に戦くしかなかった。というか、もし自分に才能があったとして、それがどこにあり、どのようにして人と違うかという事が自分でも判らないと思うようになった、同時にここに来なければ、自分が笙野頼子である理由も判らなかっただろうとも。

　震災直後の学生は世界の激変に殴られて起きたも同然、何人かは夢中で社会に目を向けていた。ホットスポットの近くから通学していた子は怯えていたし、被災県の出身者は授業中に、怒りで眼光が切り替わった。無論一切から目を背けて大声でなんでもないと言い続け「過度の文学的繊細さに立てこもる」学生もいた。戦争法案通過日、別の学生の遊びたいと言い続けるツイッターを私は見た。賛同人として、私は大学関係の反戦署名をし、コメントも出していた、結果優秀なはずの教え子のひとりから、馬鹿の数に入れられた。彼を死なせたくなくて出した言葉を。

　目取真俊の研究をしている学生が、沖縄で普通の事が本土では左翼だと言った。戦争があった時、原発を建てた時、自分が戦地に行かされる、自分が掃除をさせられる、そう思っている人間は小説に向いている。しかし全体を見渡すように語りながら、……自分以外の誰かが代わりに死ぬから戦争してもいい……と思っている人間は書けないのだ。そこに尽きる。

　五年もの間人間という、知らない種族と、かかわってみた。家族とさえうまく使えなかった言葉を、授業という語りものの世界へ出て、使ってみていた。私小説は書く芸能、書く放浪だと、学生に言い切って結局、授業でさえ、独演会でしかない。

　そうしていろいろあって、結局帰ってきてする事と言ったら、まず、……。

　ドーラに対して、謝ることであった。

　ドーラ、ごーめーん、ドーラ、ごーめーん、ドーラ、ごーめーん。

学校を止めるとなったら二年ぶりくらいにそのドーラが夢に出てきた、死の直後はむろん、しばしば現れた。その後もぽつぽつ尾を引いて出てきた、しかしそんな時はむしろ救いになるよりも、不満があるのかと気がかりだっただけだ。静かに寝ていられるようにお供えを工夫し、ペットシーツが嫌なのだろうと思えば小さい箱に入れた猫砂を骨壺の横に置いてみたり。しかしその日見たのは明らかに違う系統の夢であった……。

お下がりにしてからギドウにあげるべきお供えの猫缶を、あんまり欲しがるからと、先に半分以上も渡してしまったのだ。つまりその残りを仏前に、と、……むろん気に食わなくってドーラは「ちゃんと出てきた」。「あな・た（噛むわよ）？」それでまたお供えを先に上げるようにすると、今度はなぜか二、三歳頃のつやつやに若返った形でとてもうれしそうに、ちょっとだけ来て。夢の中で、……。

「妻」の、柔らかくてそこだけ漆黒の尾の先端が、私の足を掠った。

膠原病治療のステロイドが多かった二〇一三年はほぼ（意味のある）夢を見なかった。

しかしそれにしても、なんて旅なんだ、ドーラを忘れる旅とは。

荷物は？　天災に人災に難病に看病、上方落語や安吾まで洗濯せず何年も身にまとって歩き、通じぬはずのリウマチ患者の言葉に、奇跡を祈る旅、……大昔に貰った読者からの手紙は今も有効だ「なにもしてない」とは思考していない事を言うのであって、行動について言うのではないと手紙には書かれていた（言葉は通じているか）。

老猫よ！　老猫よ、お互い年取ったねえ、そしてどうしてまだ目覚めないの、ドーラ、ドーラ……じゃなくって、……ギドウ、ギドウ、ギ、ド、ウ、さーん。

気が付くと私は台所で書いている。ドーラの世界にいて、ドーラの話を打ちおえると、後ろのソファベッドに、離れた位置だけどちゃんとギドウがいる。死の世界はない。そして、生きている猫のその眠りは、というと。いや、結局それだっていつ死ぬかもしれないから。おおおお、困ったちゃんズよ。生きていてくれても心配は続くよ。

今は、このギドウの甲状腺の他に、やはりREM睡眠というものが、気になって仕方ない。でもだからと言って、起こしたら起こしたで猫というものは、また睡眠不足になって危険になるらしいし。ふん、どっちにしろ心配！

25　そしておじいちゃんはついに、……。

口許ぷるぷるのまま、前足を片方ずつ丸めはじめている。夢の底で両前足を交差させて、大きいふみふみを続けている……でもどうしてそこまでできるのやっぱり不安だわ、だってそのふみふみ、ドーラが死ぬ二日前にやっていたやつだから。あの時、……。

ドーラは二声大きく、嬉しそうに急に、にゃーん、にゃーん、と鳴いた。起きてはいたけれど。病院で死んだルウルウも確か二日前にそうしていた。緑の瞳よ、……緑の。

ギドウの瞳が老けてきたよ！　それで綺麗な緑が濃くなるのだけれど。


……ギドウさんは昔から瞬膜に傷があったからね。しかも今は老化のレンズ硬化症で、視力は無事でも、緑のなかにぽつぽつと黒斑が出てきている。でも若い頃のあんたってなんとなく「ひねこびていた」もんね、それで「結構年じゃないの」て言われたりしていたね、つまり、……野良猫は緊張して生きていて、体調も悪いから老けて見えるんだよ。それが保護されて若返り、しかし今、ついに、結局は？　まさに老けたのかさ。昔のボス時代の疲れがその姿に再び宿って、そうそう、そう言えば、ドーラもそうだった。

「おやドーラ女王様がふと見れば保護直後の姿勢で座っているよ」と、「しかしその座り方するとすっごく変な模様の猫に見えるのよね、なんか腹のまともな斑が全部どっかに手繰り込まれてしまって」って。

ごめんねドーラ。

私二十年前のその頃に「変な模様め」とか書いてしまっている。ああドーラがいた時にデジカメ買っておけばよかったのか？

携帯も持たぬ私だけど、ドーラの紙焼きから前よりは進歩して、ほんの二年前、デジカメ撮影になった。そして傷に満ちた戦士のこの瞳は読者のお気に召して、つまり評判作「未闘病記」のカバーボーイとギドウはあいなったから（コネ疑惑？　うん？）。

だけれども、あああああ、人間はもとい、猫は猫は猫は猫は、どうして？　老けるのか？　死ぬのだろうか？　ねえ「千年も万年も生きたいわ（誤引用）」。

こうして見ると、……雄の濃墨を散らした、濃いサーモン色の肉球さえ、若い頃と比べると先が荒れて乾き、ところどころ白くもなっているよ。爪はよく出たままに、寝ている足先もしばしば曲がったまま、一旦開いた指もなかなか閉じないし。「そうですねーそうですねー、ギドウ君はもう老齢ですからねーそしてレントゲンによれば左膝に少し骨の変形もありますけど、これは年齢のせいでとがった小さいものが出ているんですねえ」

もともと一、二歳から本棚の上など高いところに登ることができなかった。

……ギドウ、ギドウ、若いころから登れないからだで、ボスやっていたんだね、そうして、一緒にここに来て二人で老けてきた、君は年のせいで爪が出て足の指が開き、私の左足の人指し指と中指の股ももうひとつ開きにくくなっている、でもまあこれは歳のせいじゃなくって例の難病のせいらしいですけれど。だけど……おっ！

がくーん、と上体を落とし、頭を静止させ、顔をしかめたまま猫は「生還」！　が、なぜか呆然とし困惑し、立ち上がらない、ふいに背中をなめ、あらあら、おしっこの？　臭い？　おおっ、そうか。ここ数年、ふいにこうしておしっこの臭いがするというその原因がついに、判ったっ！　私はふと彼に駆け寄りティシュ片手に、彼のその、バンビ尻尾を、はね上げる。ふわふわした毛の固まりのかげにシトリン二粒、をたちまち拭きとり……あああ、漏れるほど熟睡してようございましたね、ご隠居。じゃ、私めちょっとツイッター読んでくるね、別に自分はツイートしてないけど。検索で見られるの。そしてけしてその間に死なないでお願いっ。だって必要なんだから。というのも、過去の思い出ばっかりにひたっていたら、食べる事も書くことも虚ろになってしまうから、ていうか、現代、この国を生きるとは、地獄巡りの旅、生きている人間を見ておくしかないのだから。

26　ものいわね、おやはながらのひとばしら……きじもなかずばうたれぬものを！

ああああ、それでもものを言いますとも！　今から言って誰殺される？　不明？　原発の話だと殺される事があるって誰かが、言っていたで。

二階は、ドーラがいた時のままになっている。トイレは片づけたけれど、まだしまってあるし、使い残したドイツ製のベントナイト砂も大量に残ったまま（というのもギドウが木砂なので）。その一部をまた、よせばいいのに猫トイレそっくりの小さい箱に蓋をして、遺骨の入った猫ベッドの横に供えている。

死んだ猫のトイレをさて、どうするか？　それを私はモイラの時に教えられた。つまり彼女は私の夢に出て来てしまったのである。それも、とてもおしっこをしたそうにして、しかも夢の中にさえ出現する生前のトイレには入ろうとせず、また庭に下りる気もないようで困っていたわけで。で、……。

生きている間は布類におしっこするのが彼女の趣味だった。まあでも普段はペットシーツにしてくれていたから、……折り畳んだその一枚を骨壺の下に敷いただけで、それでぴったりと夢に出てこなくなった。後を追ったルウルウにもシーツを供えた。

が、ドーラの時は迷った、というのも完全な砂トイレ派であるばかりか、死ぬ直前までしっかりトイレに行っていたから。たまたまトイレそっくりの小箱が手元にあったので……、結局これも一年に一度取り替える規則となった。というのも、もし怠るとドーラは、なぜか夢の中に一部豹柄になって現れるばかりか、その姿で一階のギドウのトイレの中に巨大化して座り込んでいるし、次の年にまた止めようと思ったら、なんと夢に雪が降り猫は粉雪まみれになって（多分内トイレがないと思い込んで外へしに行って）その姿で帰ってきて私にすりすりするし……。

そういうわけで家の猫の祀りは、エジプト方式だ（ミイラにはしてないけど）。生前と同じように全てを求める。猫の起源はエジプトらしいから不思議はないけれど。しかし、……トイレはともかく、ギドウがいなくなったら一体お下がりは誰が食べるのか？

二階での用は何時間か眠る事とパソコンを見る事だ、大抵は朝に、猫と自分の投薬を済ませてから。或いはギドウが寝ている間こっそりと。

いつも、階段を上がるとまだどこかに「ドーラがいる」と思う。

それは私にとっての創作の現場、つまりドゥルーズの言う「外」なのである。ただし執筆以外の状態で「外」を見る事は絶対避けたい。

危険だから。とはいうものの、結構長居する。

すでに、ツイッターなしではいられなくなっていた。だって新聞だけでは私だって、そもそも「戦前」なんか言いださない。ＴＰＰの具体的恐怖は山田正彦元大臣の新書で理解したけど、そのさらなる実態も、以後刻々と暴かれるようになり、すでに怖さのユキダルマと化しているのだった。そして「大本営下の植民地情勢」はネットなしでは、収集不能だしね。

台所でギドウとの日常だけを静かに暮らしたい。しかしこの二階の情報は今後の私達に影を落とすもの。というより、弱くとも筆の力を持っている身なら、少しなりとも、これを学んで、「報道」をするよ？　というか、見えないものを見せる事こそ普通に、（私の）文学だ。うん？文章の人なのに？　えっそうだったんですか！　でもむろん素材がなんであれやってのけよう。だって、例えば文学は表現だけだ現実を持ち込むな、と最近の私の、「メッセージ性」を批判する方々さえ、別にそんなに圧倒的に（私より）表現力あるとも思えないから。ていうかいくら表現だけ集中したって元々ダメなもんはダメなんだし（だって筆持つ手はいつもと、同じだからね）。

いわゆる３・11、または３・12後の危機からさらに進んで、この国をもう普通じゃない、と感じ始めたのは、そもそもＴＰＰの異常さに気付いた、二〇一二年あたりからである。学生にも余談でもせっせと教えた。そんな中マスコミはずっと黙っていた。

この、人間を地球レベルで資材と化してツブして行く「自由貿易」の恐怖は、山田正彦氏や内田聖子氏のような専門家の手で、また時には英語の得意なツイッタラーの力によって明らかになっていった。一方、憲法学者の中にさえその恐怖になかなか気付かない人物もいた。

そんな中「普通じゃない」、という言葉がストレートに声になったのは秘密保護法のデモを目の前にしたあたり、またシールズのような個人単位の素人学生が、いきなり勤務中（カギカッコなしね）の学校の近くでしょっ引かれた時、……S倉から二時間弱、学校帰りに味付け卵パンや白バラ数本を買って帰るだけの町並みは一見、なんの変化もない（はず）。それでも東京の昼日中、ふと悪夢感が足元を抜けて（いきなり空襲とか）。

そして戦争法案が国会通過した後、その審議過程についてデマを書いた新聞、「野党は行儀が悪い」とだけ受け止めている（国会中継を見ていたらしい）大学生のツイッターにも出くわしてしまう。もう戦前なのに。で？　とはいえ？　そんな中、……。

「自分の体験ではないことをどうやって書けば」、「私小説にして引っ張りこめるのか」、それ？取材あるのみよな、むろん今までに何度もやってはいる。しかしそもそもどこでこれを発表出来る？　一度などはしっかり反戦をやっている教員達が、そのための集会に大学のホールを使えなくなった。外からの妨害や嫌がらせに負けたらしい。しかもなぜか選挙のたびに大本営感がましてゆく世間である。

さらに、本当にここが軍事政権下同然と、「もう日本じゃないのだわ、なんか変な名前のよその国なんだわ」と思いはじめたのは、レイシストへの抗議行動に参加しているだけの、小柄な女性の首を絞める機動隊の動画を見てからである。むろんネットの画像や情報はしばしば（私が見たそれらの悪質なものはほぼ全て関東大震災の時そっくりのヘイトデマや基地賛成派のものであった）加工、「演出」されているものだが、しかしけしてそういう話ではなく、実際にあった事だ。また、この件については、福島瑞穂氏が被害者の話を聞き、警察と交渉する事で、警察側も調査し適切な対処をすると回答したそうだ。とはいえ、——その画像は大柄の、本物の屈強な戦闘要員が、銀髪の肉付きのいい頬を硬直させ、片手だけで喉輪のようにして、華奢な女性の首をがっ、と抑えるもの。その女性の首には跡も残り、怪我になったという。また、それについての報道はさして、ないのである。つまり、……。

私は幼稚園で「ケンカでは首絞めない腹を殴らない、それをやると死ぬから」と教えられた。平和？　灰色の平和？　違うもうまっくろで一触即発。

激戦地浦添市出身の学生金城君などは、「前の時もそうだったって、みんなで反対していたら急に、戦争になってしまったって」と、……。

気が付くと戒厳令の夜とかそんな映画に出て来る怖い世界が、自分の国なのだ。なのにどこを見ても、一見は、というよりマスコミの世界は、何も変わらない。またそこで働いている報道側のほとんどは、とてもおとなしい、何を聞いてもただぶるぶるとした応答でひたすら当事者意識がすり抜けて行く。「こわい世の中になりました」と彼らは言うけれど、怖い世の中を作っている側なのだろう？　そして「表現の自由」とは、ただ広告表現の自由にてんこもりにした、少女虐待や女性虐殺煽動、外国人差別、あるいは「国威発揚」にすぎなくって、そんな中「戦争の前に文学は」などと気が向いたときだけこっちを恫喝しに来て、無料でコメントを毟っていく実質サブカルの自称文芸誌は、裸縄飛び等の特集をやって見せている。或いは「貴族の戦前感」というへんたい様式美に従っているのかも。

一階にワープロを置いて久しい、しかしそれからも随分長いこと二階で書いていた（つまりワープロは二台あるのです）。というのも結局、こういう「見えてしまうもの」が見える空間の方がはかどるからである。

というか身辺雑記こそ魔界で書かなければならない「最近」になってしまったから。

最初のパソコンはイイヤマというメーカーのＸＰだった。電源の切り方を間違えたまま（強制終了ばっか）で何年も使っていた。ウィルスソフトは入れていたけれど、時々悪いものを踏んでしまうような、場所も見ていた。論争相手の黒歴史がずらずら出て来る所。但しツイッターが流行し、動画が普及しても、機械が古くて、見られなかった。が、パソコンを新しくして貰ってから（それは家で使う用のだけれど大学が買ってくれた。というか大学の用は家でするしかない程多かったし、電子専一の書類とか増えつつあったりして）、動画もツイッターも見放題になった。

ツイッターというものは一見明るくて印象も良い。が、実は匿掲より誤情報がある。例えば、笙野は同性愛の少年強姦もので性的興奮を覚えたという発言をしていたと書かれていたり、母親依存の溺愛されたひとりっこで今も毎日電話していると書かれていたり。批判のレベルでも例えば遠い遠い親戚（美人一家で顔自慢）がツイッターをしているのに出くわしてしまうと、笙野頼子のような顔に生まれなくて、本当に良かったと家族に言われた、などと書いてもいる。ごく最近では私に子供がいるという設定でその子供を罵倒するものまであって、「お前のかあちゃん……（――引用）」。

まあなんにしたって書く場所は本来、魔界である。夢中になって長居すれば魂を取られる。ドーラは一緒にいてそれをふせいでくれた。しかし今は私はひとり、うかうかしていたらギドウにも魔が差してしまう。というか私ごときが人並なことをしてしまっていたら必ず何かひどい事が起きる。

27　ていうかお正月は怖いよ？　ねえ荒神様

二〇一五年の正月ギドウが足を悪くした時など、珍しく、二階でテレビの狂言まで私は見ようとしていた。しかしその後の私は油断しなくなった。

なんというか、一瞬、驕り高ぶっていた、「何もかも良い状態になっているだろう」？　って。だって年末は大願成就野間賞を受けた。学校は冬休みで体もそこまでは無事動いていた。そしていろいろ心配したけれど猫はついに十六歳、我が世の春だよ、とか思っていて、ただやはり、……こんなに長閑でいいはずはないと急に我に返り、とはいえその時の滞在時間はせいぜい一時間強だけれども下りていくと、……。

ああ、ああ（涙）、正月は怖い。正月さえ無事だったら猫は生きるのだ。

で？　ギドウはいきなり、具合悪くなっていた。二〇一四年末、私はトイレ二つの大掃除や大洗濯（殆どギドウのもの）もしていてあまり構ってやらなかったから、その間になったのだ。またその年の新年用に買ってやった寝袋の生地が滑りやすくて、一層関節を痛めたらしい……つまりこの猫の膝はもともと悪く、それがまた老化で悪くなって行く。取り敢えず、歩こうとすると痛がって吠える。それも絶望恐怖激怒、ブザー鳴きに近い雰囲気の声。十六歳おめでとうとか思った瞬間に「ぼーん、ぐおー」。

猫、その片膝はがく、ぱた、と脱力し下半身ごと落ちて、ソファからさえ、下りられない。こういう時、私は膝以外の病をすぐ想定する。というかひとつの病気が前景化していても、その治療だけしていたら隠れている別の病が生命を殺しに来るかもしれないからだ。それは、全身麻酔までして歯を治療し、すっかり元気になった直後、急性腎不全で予想外の別れとなったルウルウの経験から。いつでも何か心配、それが私の「無事」。

で？　その年の正月の当番医は冷静な若手。しかし飼い主は震え声で、足が、下半身が立たない事を告げてもう、もう、ガクブル、その様々な場合についても泣き泣き質問、既に、夜。「せんせいっ！」さて、せんせいは、おとなしく、

「はいぃ？　もしぃ、下半身のぅ、麻痺ぃならば？　血管拡張剤を、いますぐぅ、直ちにぃ……」

う、わ、……子猫も、姉妹も、心臓で、……なくしているんだよっ！　肉球を触って冷えていれば心筋症と教えられ、触れると温かいが、……しかし、これではこっちの心臓が止まりそうだね？　家の猫は正月医療を毎年受ける運命？　まあ心臓じゃないとしても、痛みの原因は、もっ

としっかり特定するべきなので、タクシー。

レントゲン三枚と爪切りによる検査、他、血液は年末に検査したばかりだからしなかったけどさて、この新年において臓器の大きさは？　すべて正常！　腰椎も大丈夫、じゃあ、だったらもう膝の老化しかないじゃんねえ、だけれども関節の進行による、立てない、歩けない、それ、……いつ来るの？　予感はむろんあった。レントゲンのたび、膝は、進行していたから。

しかし、泣かなかった。脊椎湾曲のドーラでも最期まで歩けたから。ともかくもその時は、そんな急には来ないと信じてさあ看病！　心臓も大丈夫だったし……でもさて、そこから一週間経っても、……。

「トイレ、おかあさん、トイレ」。「はいはいただいま」って猫部屋の隅から十キロのを持ちあげてソファの上に置く状態。ビニールシートも敷いて。用が済めば下ろす。私は筋炎症状がきつい日など、ほぼ、腕が抜けそう。しかしそんなのずーっと側においとけばいいと人間は思うのだけれど、そうすると猫は落ちつかない。「ダメだ、そこに置くと、トイレばれて、敵が来るよ」、「離れていないと、臭い消さないと、キケン、キケン、キケーン」って足を縺れさせたままソファから必死で逃げようとする。これ、これ、「宇宙家族ロビンソンのフライデーかお前は」。まあどう説得したって、野生猫の本能でトイレからは離れたがる。

そうです十キロある砂入りの大型トイレを、いちいちソファの上にビニールをしいて、あげおろし、するのです。すると？　それで？　猫は、安心するのであある。で……「おかあさん、おしっこ、違う、お水、違う、もう下りる、違う、そっちじゃない方の、おやつ、オヤツ、キケーン」ってどさくさに紛れて、要求しきり。

やがて少し動けるようになったら普段と違って、抱っこ移動の時まで絶叫する。アタると痛いのか不安で叫ぶのか、けれど、動かさねばならぬ。というのも少しでも言えれば、勝手に普段の場所のトイレに行ってしまい、戻れずにうずくまるから。しかもこうなると本人からは、「ソファで？　しない、出ない」って通達されて終わり。なるほど、「言える」、それは回復に向かっているという証拠、しかし完全復帰はまだまだ先なのでこの二代目宝猫は、トイレ傍でぱたりと止まって、その場で寒そうに固まったままの丸まり寝をしてしまっていたり、……。その丸まりがまた、痛いほうの膝だけ上に挙げて伸ばしているので（涙）。結局、ネットで調べ、……バスマットの上に寝かせておいて、くるむようにマットごと持ち上げて移動、すると。

「おかあさん、寒い、でも抱っこ嫌っ、でも、これなら怖くない、ね、もっと早く運べ、ていうか、もっと早く思い付け、ね、ね、ね」って目で訴えてくる。でももしこれで落としたらまた、えらいことになってしまうから日々恐怖と緊張、結局……。

一ヵ月かそこら、そんな事になっていた、とどめ。

ソファすぐ下の、猫用階段から下りてすぐの場所に、三個目の、大型トイレ増設。しかしこれとて、本人はぶり返した時たまに使うだけだ。なんでそんなに元の離れたトイレがいいのでしょうか。猫って因習家？

でもまあとりあえずギドウさんは今も歩けているよ。最近はおトイレダッシュまでするように回復。しかしどういうわけか、この猫は相当な病気でもずっと一緒にいるだけで結局治る、また

ネコのトイレ

は寛解となる。一方、飼い主が忙しいと気候の良いときさえ不具合になる。つまり、もし、油断したら、また今後だって、「ほーらあたしは猫トイレ持ち運び世界一の？　おかあさんよっ！」とか絶対そういう事態になるに決まっているのである。だからその前に普段から気を付けて消耗をさせません。ということは、傍に居るときは必ず「おかあさん、だっこ移動、ね、僕、今日はなんか、足突っ張っているの、でもソファに上がる」、「ああ、はいはいはいはい」。

要するに私はけしてもう二階でそんなに長時間ぼやぼやしていてはいけないのだ。

とはいえ、ギドウは何回も二階に上がってきている。むろんドーラが死んでからだけど。すぐ帰ってしまうけど。っても最近ではそれさえ抱っこでの階段移動だから飼い主はひやひや（ああそう言えば忘れてた。「エチカ」は、二階ベッドの枕元なんだ。一時、睡眠薬にしていたのですわい）。

ギドウを二階にあげてドーラのようにベッドに乗せると、けして女王のように枕に尻を載せて人の頭を蹴散らかしたりはしない。しかし布団の真ん中辺りにでーんと伸びて寝るので、結局私は身を屈めていて、……筋肉固まって痛い。

28　そして白内障に手指の腫脹、関節脱力手の滑り、クリック間違いも怖い体です

パソコンは直接木の床に置いてある。先週国会前がどうだったかだの、沖縄の抵抗運動でどん

な物資が必要になっているかとかを、殆どその、床の上で知る。大新聞の政治部等はまるで頼れない。むろんアカハタなどは始終検索に引っかかってくれてとても役に立つ。ならば日曜版だけでも取ってみようかな八百円だしね、とついつい思う（まだ取ってはいない）。しかしツイッターなど、以前はせいぜいが拙作の感想を教えてもらうだけだったのに、まあもともと機械類は全部「感電するから怖いよ」。

二〇一五年に入ってからそれまで絶対しなかったネットの書き込みを、というかコメント付きの署名を二回だけした。世の中が戦前化して来たからやむなくである。むろん筆も荒れる気がしたし、最悪の場合、個人情報も写真も全部、間違えてネットにぶちまけてしまいかねぬという恐怖があった。

だがそれでも敢えてした。その二回とはまず、通っている大学の戦争法案反対署名、その後は志摩市公認萌え海女キャラ、碧志摩メグに対する公認撤回要求への賛同署名である。戦争反対の方を最初にしたのだが、その時は専任の先生や研究室相部屋の特任哲学者から、署名のやり方と参加資格等を教えてもらった。そもそも自分のような腰掛け勤務が、大学で署名していい立場かどうかも判らなかったし。単純な話教え子を殺されたくないと思ったので。

この法案が通ればまず自衛隊から、海外の激戦地南スーダンなどへすぐやられるなどという、話が出ていた。また、いわゆる経済徴兵、奨学金の代償に自衛隊へ入れるなどという読み筋もあって、それはアメリカの現状から予測出来た。

戦争は自分より若い人が戦地に行かされる、というだけではない。「前」の時は沖縄の人口四分の一が日本の暴虐により殺されている。つまりは国と国が殺しあうだけではなく、その核心のところで国内における強者は、少数や弱者を生贄に差し出すのだ。そもそも戦前多くの大学では学徒動員に抵抗せず、教師やその責任者が、学生を殺してしまっていた。私の勤めてみた大学でも、ミッション系なのに沈黙、加担していた。

そんな中でこの署名により、私はお約束のネトウヨにたかられた。呆れた事が、あった。戦争反対の署名の時はなんでもなかったのだ。なのに、次の碧志摩メグの公認撤回を求める署名により、私はこのヒノマルB層（造語）から目を付けられたのである。つまり、反戦より萌エロという「憂国」なわけで？

そして私の顔画像を張った上でお約束の「基地外」、「売国」、「婆」を使用し一晩罵り倒したこの「近所の若い者（私の故郷で勉学中らしいのよ）」ときたら、自分は戦争に行く気はないとまで言い切っていた（つまり他の人が行くと）。じゃあ理論派なの？　いいえ別に、萌エロキャラの公認に関してもただひたすら、経済効果は正義だと決めつけるだけで、……。

三重県で勃発した碧志摩メグ問題はもう忘れている人も多いだろう。普通観光宣伝用のキャラクターというと子供にも喜ばれるゆるキャラが多く、着ぐるみにもしやすい。ところが最近では、マニア的成人男子のお財布狙いなのか、萌エロのキャラクターが参入しているのだ。するとあちこちで反対意見が表明され、しばしば中止になる。それはけして性表現の自由の問題ではない。つまり、公認とは全員への、また三次元への、特定萌エロの強要なのである。

私の高校時代、海女さん見習いが同級生にいた。付き合いがあった。彼女はスポーツの選手で理数系が出来てきっぷがよく、高身長の人。私の誕生日に自分のコレクションから、一番良い素晴らしい人形をくれた。そもそも、海女は女の跡取りでそこは昔から女が生まれても喜ぶ希有な土地柄、かつては鮑漁で一月三百万稼ぐ海女もいたし、夫は船の上で命綱を守って妻を大切にした。

海女見習いだったその十六歳も、私のひとつ上だから既に還暦、むろんもう連絡もない、しかし「彼女怒るだろうな」とつい思った。その他、大昔三重県の国際化委員になれと言われて断っているのでやや責任を感じた。コメントを書き、ネトウヨ以外にも公認護持派からけっこう叩かれた。つまり、とても勉強になった。それはこの萌キャラを公認にしておくべきかどうかで、まさに萌オタが二派に分かれて意見表明をしていたから。というか、護持派はけして萌命ばかりではないし、二次元だけの人ばかりでもなかったのだ。

まず公認護持派の中にはこのキャラ自体に魅力を感じないと明言する人物までいて、時に居丈高であった。一方、本来の愛好家はそっとしておいて欲しいと言い、中には海女さんを気遣う方もいた。

空想だけを愛好している人間の多くは、大変おとなしいのではないかと私は思った。しかしそんな考えも実は甘いのかもしれない。

少女強姦の代替物である性暴力マンガを取り上げられれば、本当に強姦してやるとツイートしている輩のいるすぐ隣で、気が付くと、萌エロマンガの作者が未成年に痴漢をして捕まっていた。県民の女子高生を狙って遠征をし、個人情報が判る方法で蔑みながら萌エロ絵に仕立てて、UPしている。そうやって「権力の表現規制やナチスのようなラディカルフェミニストと戦って」いるらしい。しかし彼らは秘密保護法なんて知ってるのだろうか？

幼女をトイレで拷問したいというような画像やツイートをやっているのもしばしば見たが、そんな中の一人は、成人女性に対し実際に暴力をふるっていた。

つまり、「萌エロの公的強要はやめてくれよ」と「文学で戦争を止めようじゃないか」、それらはこの国においてまったく同一平面の問題であり、一枚の絵のように続いていたのだった。白内障の目でツイッターを見つづけて全てがひとつながりだという感触を持って、その上で自分の古い小説を読むと、作者本人にまでそれが判るのだ……。

そのひとつながりとは、「投資家視点による人間の資材化」である。それもネアンデルタールが共食いしていたというような生物レベルのさし迫ったものではない。マルクスの言う労働の搾取よりもっと食い込んだ、家事もセックスも人間性も子孫も、歴史も全て、数字化し、苦しめ尽くしむさぼり尽くす悪、というか、……何か人類の経済の根底にあるものであった。ことに女性搾取は、女子を間引きする事や売り飛ばす事にも長い歴史がある。

「日本残酷物語」に引用され、「木枯し紋次郎」に使われていた、間引きの歌を私は思い出した。「かか」を貰い「昼はまま炊き、洗濯に」、「夜はぽちゃぽちゃ抱えて寝て」、「抱えて寝たけりゃ、子ができる」、「女のお子ならおっちゃぶせ」、「男のお子ならとりあげろ」、と。私でさえ身内から言われた事がある。「うちは成功率五十パーセント男ひとり女ひとり」、それは、……「また

雌《メンタ》がっ」と女の生まれたのを罵る相手の前で、父親が得意そうに私にそう言ったのだ（とはい
うものの一方、私には女のあととり成分が含まれていて、そこで大切にされるという一面があっ
た）。

二十一世紀、G7参加国のツイッターを見ていて呆れていた。
性暴力ビデオを擁護するツイートの多さ、電車の妊婦を流産させたがる男達のおぞましい執
念。実際に妊婦やベビーカーを狙う男性がいる。現実の事件で男子中学生が女の先生を流産させ
ようとした事件があったという。しかもその映画化において、加害者の性別は女子になってい
た。つまりシンデレラの悪い母だって最初の話では実母だった。それがいつしか継母に差し替え
られたのだ。ということは、……、この妊婦を殴り殺し人の種を絶やしたいという気持ちはこの
国の男性に通底し、それ故に隠蔽するしかないものという事になってしまうのか？　たとえイス
ラムでも妊婦なら鞭打ちの刑罰も延期だそうだが。しかも、なにかあるとこの国の差別的男ツ
イッタラーは自分達とイスラムを比べて「ありがたく思えよ」と言うのである、……。
そもそも最近は腹を殴るのを軽く腹パン（腹パンチ？）というらしいのだが、だけど腹パンを
すると内臓に来て死ぬ事があるよ？　なのにそれは流行物のようだし、また、アダルトビデオと
言っても実は暴力が主体なのか？　複数の男性で抵抗出来ない女性の腹だけをずっと殴りつづけ
るものがある（紹介文だけ見た）というし、通り魔のように制服の女子を殴っている絵もあっ
た。拷問的な事をするだけのものがあるという事？　暴力が性をのっとった状態？　でも、なら
ばそれは演出か？　でも、本物が売られている。かつて、事件になり主犯が懲役十八年になった

ものでは、現実にバーナーで焼かれたり本当に水責めにされたり肛門や子宮にひどい事をされて腸が破れたり後遺症もひどかったという。しかしこれを表現の自由で擁護出来るのか？　なかった事にしたがり、全部を擁護する人までもいる。その中には女性もいて彼女らは平気でフェミニストを名乗る。反表現規制をするフェミニストである。またこういう擁護をする男性も時にフェミニストを名乗っている。

妊娠している女性を憎み、あるいはその腹を殴るのに性的快感を覚える男性？　男女平等なら殴ってもいいという理屈のツイートも大量に見た。だが結局は体力が不平等だから勝てると思って殴りたがるのではないか。ならばもし女が集団で積年の渾身の憎悪を籠めて、刃物を手にそいつを取り囲んで「ほらこれくらいで丁度体力平等に釣り合うよねえ」、と言っていた場合、殴れるのか？　というか不平等の時もずっとずっと殴ってきたではないか。というか今だって妊婦の腹を「普通に」狙っているよ？　でも自分だって妊婦から生まれたんだろう？

なのに殴る理由？　それは妊婦が究極の実在、三次元だからではないだろうか。三次元を二次元化する事は究極の暴力だ、妊婦を襲う事は立体を平面にする殺害であるから。

ツイッターで他に恐ろしいのは盗撮や盗んだ下着を売買する男性達である。妹の下着や同級生のトイレの中、中学や高校のものも普通にある。警察はろくに取り締まらない。ツイッター社の対応も実にもどかしい。またそれを告発して報告する女性達は「表現の自由」をおかしたとして取り囲まれ、時には不可解なまま、凍結させられる。

ならば、……女性とは何か、それはこの国において殺したり潰したり売り飛ばしたりして見えなくしたいもの、三次元から二次元に落としたいものだ。その根拠となるのは、女性の存在自体が罪悪だというすりこみである。つまりそこから発して、女性に対してはどのような場合にでも侮辱でも略奪でもなんでもして搾取しようとする、例えば性差別闘争をやっている女にさえも「この問題もやれ」などと普段は興味もない癖に差別男は命令しに来て絡みついてくる、それは要するにせめて女のやる気だけでも搾取したいからだ。なんとか命令して支配下に押し込み、侮辱したいのだ。また「そんな男などごく一部だ」と反論する男性は電車の中で痴漢に見て見ぬふりをしたことはないのだろうか？　というかさして罰せられないこの国の体制に、別に異を唱えもしていないではないか？　そして結局、「ああ、それ知らない」だ。エリート程「へええ、そうなんだー」で偉くなっていく。

言葉に出せば、文句を言われるから黙っているだけ。その上で言葉にさせれば、最初からおかしな事や冗談のふりをした暴言しか言わない。

豊かでも、貧しくても、身内でも、王女でも、女性を収奪する事が自分の得になる事だけは知っているのである。得だから止めない。女を何人殺しても足りない程に、得がしたいのだ。

マルクスは経済が精神を規定すると言った。無論、それは極端だし、そもそも文学だけでもそんなの、けっこう越えられる。しかし、九〇年代初めに見た売上文学論が投資と経済政策の反映に過ぎなかったのと同じように、エロ表現の中にも、経済暴力はむしろ王道的なものとして侵攻して来ている。

だって、間引きはけして「貧しさ」だけでするのではない。年貢があるからこそ間引きされるのだ。飢饉の時に蓄積がないのは税を取られた、その結果だから。そんな農民は？　女性からの収奪によって「暴政に耐えてきた」、弱者を喰う事で「我慢強く冷静に生き延びてきた」、というよりも権力を見ないことは特に農家でなくとも、すべて、日本の伝統だ。首相がばくちで老人の年金を十兆すってしまっても、マスコミは怒らない。農政改革とか言ってやれば、農家はまた騙される。

この国においては、女を、少女のうちに消費し使い殺すのが「経済的」なのだ。そして結局、妊婦もそうでない女も成人していれば憎まれるのだ。生きているだけで「女性特権」と言われる理由、それは、女は死ね、全部死ねというデフォルトである。ただし、古来の女性差別や現状の差別それ自体とは異なる最悪の新要素が加わっている。それは新自由主義がついに、究極完成させてしまった共喰いの原理ではないのだろうか。人間の外で、投資だけが動いている。そんな中で、……。

要するに差別と収奪は同行する。ナチスが財閥に寝返ったのも必然である。もともと差別とは権力を隠してしまい敵を見間違えさせるための悪い、経済装置なのだ。無論それは「だまされた者たち」に一定の「快楽」やおこぼれをまき散らしていく。

二十年以上前から、「タフなカナリア」と私は言われていた。だって危機感を鳴き立てて原稿料や印税を獲得して（報道するならただでやれと言いたいかスポンサー持ちのマスコミがなあ、そしてそんなのこそウォール街の規則だよ）まだ生きている。つまりこのおかしな言説の初期的なものについて私は十年以上前から作品化してきているし（予言は当たったたし）。

でも、最初は文学を売り上げではかる言説だったのだ、それは「外部」と称する評論家のものだった。その言説には、主語がなく、文脈もない、匿名性の強い無責任な発言で、署名はあるのだが、言うことはころころ変わる、それ以前に自我が一貫していなくて、どこから発言しているかが不明瞭だった。しかも文の意味するところはタマムシ色でもただ文学を攻撃する気分と、文芸誌を廃刊させろ文学不用、書き手は消えろという結末だけがあった。その上にまだ立場がころころ変わり、勝手に何かの代表（マンガとかの）を名乗っている事もあった。一方「殺す」、「痛い」、「腹へった」、「子供が犯される」等の切実な言葉にでも、それらすべてを単なるテキスト、表現としてしか受け止めない「学術的冷静さ」に溢れていた。そんな彼らは無論、自分だけは特別でなんでも保留する。そのくせ「公平に、みんなの立場」で「未来を考えて」ものを言ったつもりでいた。また、常に反権力を気取り被害者のつもりでいた、同時に、当事者意識というものがまったくなかった。当然芸術は係数化しようとし、機械によって作れると言い張るのだ。まあたまには芸術とて売れてしまう事はあるのだけど、しかし売れれば売れたでその「変節」とやらをなじる。むろん内容には触れえない。「読んでない」と自慢気に言い立てて、資料なしで発言出来る自分を保留していて、……。

いつしか、二次元評論と私は名付けていた。そして生きた人間を平面化するその言語の正体を、ＴＰＰ前夜にやっと理解した。最初はヲタクの受け身、と思っていた。消費一辺倒で世間知らず、故にどこへでもクレーム用語を垂れ流すのだと。しかし実はもっと本質的な正体があった。

つまりそれがまさに、投資家の意識だったのだ。こうなると性暴力と経済収奪、ヘイトスピーチはまったく三位一体に見えてくるものだ。要は弱肉強食のためのヘイトデマである。経済収奪のための、被害と加害との、逆転であった。

もしTPPが通ればかつての中流とその下は医療も食べ物も壊滅させられて死んでいく事になる。格差が開くのは必然的で、というのも、グーグルやアマゾンから税金をろくにとれない今の法律を、TPPはしっかり固定してしまうからだ。下流は冷たい街の野良猫よりも短命にされ、減った人口の後へは騙して連れてきた移民が入る。今この日本で留学生が騙されて奴隷化される事件がよく起きるし、入管での虐待もしばしば起こる。つまり日本の金持ちが奴隷制アメリカの白人のようになり、メイドを沢山使い贅沢な暮らしをする未来になってしまう。他の方々は、死、ぬ……。

TPPを支える戦略的経済特区、それを作ったのも、ひとつには大土地所有制を復活させるためだ。そこでは発展途上国のような児童虐待労働が再現される。普通の農家は壊滅してしまう。しかも他国を見ると、児童虐待労働をさせている農場など監督者が労働する児童を強姦している。

純文学叩きに声を上げたのはもう四半世紀も前、売り上げで文学を計るなと訴えて、気が付くとウォール街の前に来ていた。無論、中には入れない。ただ、敵がどんなものか理解出来ただけだ。だから小説に書いた。

さて、「合意、ＴＰＰ」で内田聖子先生のツイッター検索、氏はけして知人ではない。大筋合意の後アトランタに行っていたという報告のラジオをきく。これならば、まだ、逃げられるかも。その他、これは「同僚」の香山リカさんに教えられたのだが、やはり同じ学校の先生が書いている農業系新聞のサイトを検索して読む。こうして少しずつ冷静になる。要するに取り敢えず批准までは大丈夫なのか。

マスコミがひどいと思うのは、国側の「もう決まりました、逃げられません」と嘘を流して諦めさせる策略にずっと加担している事。希望を絶ち、黙らせる。でもね、ああ、ぴいぴいぴいぴい、私は「タフなカナリア」です、だって、あと少しで、そう、来年還暦だわ。

29　さて、このカナリア原稿料貰って生き延びて今は難病と判明、しかし胸膜炎やっていても声はでかいよう、ぴいぴいぴいぴいＴＰＰ

で？　先述したように、このＴＰＰ発効で世界中のエイズ患者から薬が奪われる。無論、この日本においても、また、エイズでなくとも、私ら、難病患者の薬も寿命もねえ？

すると「さあ患者の命を助けよう」ってテレビはキャンペーンをするのだろうか？　そして、浄財が集まるとむろん寄付された方は善人、ありがたい、死ねばきっと天国に行くでしょう。しかしね、そもそもＴＰＰを報道しなくして、この患者殺し事態を招いてしまったマスコミが素知らぬ顔で？　そういう善行を勧め、騙され続けた良い視聴者からあえて金を（値上げ分を）集めるとするよ、そうすると？　ね？　例えば世界的企業の医薬複合体、地球レベルの民間保険会社、そういうスポンサー怖さで黙っていた関係者さんたちは、ね？　どうよどうよ？

計算合っているのか？　順序それでいいのか？　ならばお前らが死んでも、天国は難しいよ？は、「何がエイズか？　人の不幸まで言い立てるなよ糞カナリアめ」、だって？　でも、この薬危機という事態の前に、なんというか私だって当事者なんだよねえ。だって世界の九十九パーセントの生命に響くのだよ。だったら私なんかでも言う権利ある。だけれども、自分ひとりの事を書くだけでは事態が大きすぎて、その怖さも伝わらない。

ああ自分の命惜しい猫の薬も大切。だけどそれ以上にね、もっと早くから、仲間は、殺される。それは不運にもステロイドの効かない、同病の方々。ねえ、ねえどうか無事にいさせてよ。ていうか大きい世界の大きい動きの前、ああそういえば。

以前、小説のモノローグの、語りの声がでにくくなってしまった事があった。たしか二十一世紀から、その後は作品にいきなり複数の、それも幽霊や神様の声が出てきてしまった。自然にそうなった。無論今までだって、空想、脳内のレベルで、技法としてならば使ってきた。しかし、自分でないものがどんどん出てきて語るようになったのだ、その理由？　或いは、……。

市場経済のどん詰まりで地球全体が大きい物語に飲み込まれたから？　つまりジョルジュ・ルカーチの論よりももっと先にあるものだ。でもそれを自覚したりコントロールしたりして、文学はウォール街の外に出ようとするほどの、ものなんであるよ！　つまり私ごとき三文文士とても、けしてそんな現実をスルー出来ない。それが原始的根源的「私小説」ってもの。

二〇一三年二月二十五日膠原病と知ってからここまでの日が経ち、二〇一五年三月三十日、心臓エコーを受けた。検査の重要度は知っていたし、様子は身内の医者から教えられていた。彼は私がこれを嫌がって受けないと思い何度も勧めた。が、その実態は、この病院、千二百人も難病患者のいるところである。肺レントゲンやCTの結果「大丈夫そう」となった私が順番待ちになり、その待ち時間が結構長かったと言うこと、だと思うのだが。

で？　心電図と心臓エコー、針なし切開なし皮膚？　穴あけなし、そして絶食なしバリウムなし「なーんにも怖くない、針ちくっともしない、ご飯も我慢しなくていいし、お水も飲めるしね、受ければいいのになー」と身内は言っていた、「簡単な検査だよ肺の事は肺だけ見ていても判らないし心臓の事は心臓だけみていても判らないからね、受けてね」と。

当日、うん、朝からもう、いろいろ、し損じたよ。

通い慣れているから大丈夫か？　月一行って二年越えたというのに、科の受け付けからすぐ側の採血室に行くのに、いつも反対方向に行って大回りをする。しかもその間一回必ず、道に迷うのだ。なんで？

血を採られる事は昔とても怖く、若い頃父が献血に行かせようとした時も抵抗し、その時は針を入れても血が出ず、機械を使って四百cc取られ真っ青だった、まあでも今思えば膠原病の抗体が入っている血だって、献血する分には大丈夫なのだね……ああ、……そう言えばここで採血されるまでに一度、大学で教えるための健康診断があった。「採血って三十年ぶりです」とひきつりながら、まあ痛くはなかったけれど、よろけてしまい、やはり「顔色真っ青ですね」と言われ、ベッドで休んで帰った。痛いからというよりも単に針とか怖いのだな、だって小学生の時……日本脳炎の注射、一度逃げたし。

……検査室のある廊下は、古びてても新しくても結局同じ色目、均一な空気が満たされている。ここに入ると既に、違う気分。

総合病院となれば廊下もいろいろだ。一部を黄色く塗った放射線科への道は、そこにいるだけで、ガイガーカウンターの音を空耳してしまいそうで落ちつかない。検査室の並びには人の常にはいない窓口もある。ガラス戸で隔てて施錠した通路にも繋がっているし。そして、……この病院のこの廊下は、各扉の前にワゴンが出してある。反対側に椅子、それは診察室前と同じ合皮とスチールだけど、数は少なくて、一ヵ所にただ四脚。

窓のない壁の前を歩く時には、空気がたゆたって、胸が騒ぐ。ああ、そうそう「この廊下の検査はその上に出ている番号札を拾って、自分で自分の診察ファイルに挟む」のであった、しかし既に二年も前の記憶なので無論忘れていて、故にそこで待っていた初診の方と相談して、一緒に戸惑う。

その方はやはり私と同じようにシンプルな前あきシャツの検査ルック、但し髪形も体型も私とは違ってずっといい感じ、でも、同世代の同性。同病なのかどうか？　とても痩せている。咳もしている。でもなぜか彼女はもうひとりの自分のような気もするのである。なんとなく、視線がにじりあうというか……「あの、恐れ入りますが何番でお待ちです」「ええとこの札のそちらが一番ですか」、そんな会話がうまく通じて薄色の寒い時間が少し和み、へっへーん、いつだって私は役に立たないのだね、と反省はするけれど、ま、お互い付き添いなし、ここに通院して初めて、患者同士でまともに会話したね。といったって、……。

「いえ私よりあなたが先ですよ」、「いえいえ、気付かなかった私が悪いのでお譲りしますのよ」、「あらそんな」、「だって予約の時間決まっているのでしょう」、「ほら、この札をここに入れれば良いのですお先にどうぞ、ていうか元々、あなたが先なので」。

同世代の女性と会う機会はない、編集者も私の年齢だとほぼ年下だ。だからってもし近所付き合いとかしたとしても、何聞かれたって、するする答えられるようにはなっていない。動物病院でドアを開けてあげても「今夫が開けるので」と婉曲に断られるカップル地帯。ばかりか、……。

「ふうん、猫の種類は何？　はぁ雑種？　はーっはっはっは、うちの猫はね、二十三なんです、貰った純血種で、前世にいいことした飼い主だから長生きなんですよ、私に愛情があるからね、いい猫をきちんと飼っていればはたちは当然だね」と、タクシーの運転手にいきなり言われる街。けして人を避けているわけではないけれど、「言葉が通じない」。

なのに通院以来、沈黙を共有しながら落ちついていられる時間を、ここでついに、私は手に入れた。細菌恐怖症の私が感染と無関係に起こる自己免疫疾患の患者になり、同じ悩みを持つけれど時には症状も全く違うという人々の中で、なるべく会話せずそれ故に和んでいる。

だって「ひとり一病」程、お互いに違う病体の膠原病同士、深いところで話が合うわけでもない。どころか、重症ではない私が重症の方と近況を話し合えば、むしろ相手方にストレスを与えてしまう、いつそんな無神経さを、放つかもしれないのに。

またそもそも病院に来てまで誰かと一緒にいようという考えがない。今のところ「元気に」歩いているものだからして、付き添いとか要らないし「誰かいなきゃ」という、感じもない。そんな中、さすがにしんとする検査室前廊下で、お互い少し寛いだからそれでいいのだ、と勝手に思って……。

ていうか、私寛いだですどうもありがとうて私の前に待っていた方にあの時言えば良かった？でもその割りには多分今度院内であっても顔を忘れているか声をかけないかのどっちかだと思うつまり。

この病気は現時点治らないもの。私はここに一生通う予定。死ぬときだってここで死ぬかもしれないのだ。先生はよく軽快させてくださったしそんな病院が家からバス一本。ここまでうまいことトラブルもない。要は出来るだけ目立たぬよう静かにしていたい。

……「相方」がエコー室に入って、ひとりになる。別にいつだって猫といるけれど「人間はひとり」。なのに珍しく手持ちぶさただった。孤独とは思わない。ただ、心が漂って、いつもより寒い。まあ三月だったしその四月は雪が降ったからね。そこで、気が付くと、……。

病院の廊下で、生まれる前の自分に戻っていた。それはまさに「金毘羅」に書いた通り、生まれたままの自分、背中に第三の目がある、黒い翼のある魂だけの自分。

短い時間だけれど、半世紀放置しておいたらしい人間としての問いに取り囲まれた。だってもう無いと思っていた心臓の検査を結局やることになって、最初にびびっていた「死ぬの」がまた入ってきたからねえ、つまり心臓の検査ってそういう検査でしょ？「そんな大げさなｗ」て笑われたって、自分の体だもの。

ていうか、還暦目前の人間なら、別に金毘羅でなくっても死ぬときのこととかちょっとは考えるわな？

また、私の場合、難病の中でも変わり種というか予測不可で、人に相談もしにくい。主治医も専門家も「判らない」を連発。故に、全身に疑問符が生えてくる。肺、どうなってんの？心臓は？大動脈？無論肺に来ていても症状も出ず長生きの人だっているかもしれないし、新薬も良いのが出たから殆ど解決されたのは確かであって。

でもだからって膠原病にさえまれと言われる、肺高血圧、うん？心配に決まっている。判定はなかなか難しく、疑いの期間が長く続くことも。というか確定診断は心臓にまで入れるカテーテル検査をしないと、判らないもので、というかそれでさえ軽いものは判らないらしいし。つまり、ああ、ややこしい、心配。

むろんカテーテル検査は要入院だし大変だから、普通はまず肺のレントゲン、さらに肺のCT、その後、おそらく急ぎの患者さんから心臓エコーに進む。

自分のケースは二年前のCTで出てきた胸膜炎のあとも古いやつだったし、治療も少量のステロイドがよく効いたので、でもそれでも。

通院し始めてからその七月までは、肺と突然死が心配でならなかった。医師とのコミュニケーションも当初は難しく、一番心配なそれについて、聞いても通じない。また医学書を読むようになってからも本にある用語と、先生の使う用語は微妙に違う。本には「脱力」とあるけれど、先生は「消耗」とおっしゃるし、またこの混合性結合組織病から他の病、強皮症等に「移転」すると本の記述にあっても、先生は「移転するのではなく、併発するのです」と。「昔はそんなこといってたんですねえ、移転だなんて？　ははははは」。本はアマゾンで五つ☆が並んでいてレビュアーの殆どが膠原病医である。ただ内科の医者がひとり、全体を認めた上で膠原病以外の記述についてきついことを書き、平均点を下げていた。

その本には現場の医師が経験を経ないと身に付けられないような、患者への対処やステロイドの使い方が書いてあった。たまたまかもしれないが、私の病である混合性結合組織病について、不安に思っていて知りたかった事の回答がほとんど載っていた。例えば仕事があってどうしても入院できない人はどうするかだとか、通院と入院でステロイドの量は違うのかとか、検査の必要性も、腎臓の予防も、今後肺に来る可能性とその期間も。

「肺？　なんで？　肺が心配なの、ずーっと、心配していた？　はははははは、はははははは」。それからはなんとなく納得不足のまま、ただ医者を信用して「ともかく」安心していた。しかしそれでも、結局、やっぱり撮るのである。見るのは左心室の大きさ、動き、右心室の圧力、心室中隔のあり方……。

だったら振り出しにもどったのか「死ぬの？」無論、肺とて「滅多に死なない」のはもう判っていたけど。でも、だったら心臓は？

なんでもかんでも怖がっていたらやっていけないよ？　でも時に杞憂が杞憂でなくなる、それが全身に亘るのが膠原病、しかし、でも多くの場合は長生き、でもね、それでもね、やっぱり生涯注意し続けるしかない慢性病ワールド。そう、とっても地味に、うんざりと、難儀で、ずーっと痛い上に……。

そんな中での、「死ぬの？」の廊下である。そして「死ぬの？」となったらもう、ひとり暮らしの私は決定すべき事を沢山抱えてしまう。もし杞憂でも、ただ。あ？　来年の勤務？　それは別に……。

だって今のお勤めは特任教授、任期五年でちょうど終わるところ、悩む必要はない。

ここが終わったらうちに来てよ、というお話はあった。しかし一般的に言えば、難病の特に軽症の場合正社員の就職では黙っている（しかない）。そして、隠れた困難を抱えつつ工夫して働く、あるいは告白した上で安いパートを生きる。その結果、この混合性結合組織病の就労率って、パート含め、十五パーセントとかそんなもの。つまり、……。

ブログとか見ていると心から働きたいと思っている人が多いし、就職すれば喜ぶ。工夫して続けようとする。労働は一面「権利」でもあるとついつい思う。ただ私の場合はそれ以前に、条件が合わなかったから、……。

「授業は専任と同じだけなんだよ、つまりコマ数は今の三倍ね、試験の監督もゼミも全部同じだけ、ただ教授会は出なくても良い、それで収入も専任と同じくらいだよ」、こりゃー無理だね。

ていうか、まだやるってか？　だってそもそも、書いていればいいじゃないか。まあ一言言えば、なんでも一律で調整きかない日本、働きたい人が働けない国である、と。

　ドーラのいない日々をやり過ごすための、別キャラ教師だった、……教師じゃない人からだと「遊びに行ってるのよね」と言われる量のお勤め、でも実態を知っている専任教員からならば「けっこうハードですね」、「そこまでしなくていいよ」と言われる働き方。

　週一のたった五年が、ことに治療前は綱渡りだった。ていうかもうギドウも既に要介護なんで、物書きが外に出る理由はない。結論？

　勉強になった！　少人数でも老後の「財産」と感じられる学生を獲得した！　でも気が付くとどうせみんな卒業して私はひとり。ひとつの成果は「労働小説」が書けるようになった事、もうひとつは教師の仕事って独特と理解出来た事。うん、短い期間だけど。

　教えるのってうまくゆく事は稀だけれども、でもうまくゆけばね、死ぬほど、面白い。ドゥルーズが集団のなかで自分はマイナス一になるっていってたけどあの人も教師。なる程、「自分を消していていて孤独ではない状態」は不思議に癖になった。

　でも結局それも本に書いてしまったら、……「書かれた教師キャラ」は書きおえるといつしか体から離れている。しかも気がつくと、なんと言う予想外、つまり、あの本を書いてそれ故、三十五年間欲しかった野間賞を受けた。野間賞、それは奥座敷の最高峰、なので素人様は野間新人賞と平気で間違えてくださるわけだが。だからって業界近辺では「次はノーベル賞ですね」のあの野間賞だよ？　それ私か？

二〇〇一年の確か十一月頃、「何が純文学論争だ、あんなものの何が純文学作家だ、悔しかったら野間賞でもとってからそう名乗ってみろ」って、言われたと、当時自分の担当者から聞いた。その事は直後の論争文に書いた記憶がある。で？　歳月早すぎ！　取りましたが何か？　それも王道の難病私小説で？　そして既に思い残すこと何もないはずの状態、白髪三割り増しリウマチ付き。

ああ、猫といる郊外の一軒家の、庭に花、昼の風呂、夜は星空。なのに、……。

幸福な余生のはずが薬を奪われる？　戦争に突入する？　政府は文学部をなくそうとしているよ？　変な軍事研究なら大学でもお金出すといっているよ？　と、つい現世に帰っていると。来るんじゃねえよばーか、ってもわらわら寄ってくる「いやーな連中」、こんな「死ぬの？」の廊下にまで、人喰いの声が……、「ねえねえもう諦めたら、だってあなたはアラ還、すぐ死ぬんだし」、「そうそう、死んだあとの事なんてどうでもいいでしょう戦争がなんだって」って、来るなよこんなとこまで、私の産道だよ、ここ（じゃあ、何て言い返す？）。

死に支度に、「戦争を片付けて」死にたい。

他？　それは本とか紙類の整理。家のものは出来るだけ捨てて手紙も書いておく、可能なら自伝と全集（出るのか？）両方纏める。で、論争関連には残る告発二種。その後は保険証書だの、いろんな証拠だの金庫にしまって、でもそれをしながらも、一番肝心の死に支度って何？　それも文学者の死に支度な。

決まっているじゃないか。中河与一みたいにならない事だろう。「群像」で生まれたんだ、野間賞貰ったんだ。今は戦前なんだ。で？　戦犯作家になってどうするんだよ、昔、「天の夕顔」を読んで面白いと思った、でも、「あの人はね、戦争協力とかそういうレベルじゃない、もっと、告げ口までしたからね、だからすごく恨まれているんだよ」って何も文学に関係のない理系の昭和一桁までが言っていて驚いた。

ね？　私が死んでから生まれた読者に対して、私文学者笙野頼子は、一体どういいわけするんだよって普通すぎる話。「ふふ、ナイーブな」ってか、ならば「ふん、シャルリ・エブドかよ、しょうべえ、はんじょうだな」って、ここに書いておく。まあ冷笑するやつの文章が私より「凄い」確率はけっこう低いしね。

しかし、まあ片付けはともかく、本当のとこ、一体？　どうやって？　死んでいく？　未だに私は生きるって何なのか判っていない。死後？

海の底に帰ってひたすら孤立する？

今言うけど、死後の世界を私は信じていない。授業で驚いたのは今の若い人が結構信じていること。半分近かった。だけど今の私にはそもそも生の感触がない。生きていてもここまで儚いのに、肉体を失ってしまったら一層何も、とらえようがない。終わるときの苦しみは凄いのか一瞬なのか。でもともかく。

この廊下結構深海ぽいんだよね、外は晴天かもしれないのに薄い光が漂い、ドライアイスのような危険性で、地上の物体が配置されていて、半世紀超の決算を私は迫られている。そこで正体を現して、ビニールの椅子の上……でも、そうしている間に背中の濡れた黒い翼がもう乾いて伸びている。しかも、暖かいそれに私はくるまろうとして、……失敗した。ほんの五分程でもう成長したのですかねえ？

だってすでに、翼の端がもう重くて、自分の体にぴったりとあってくれない。どうしても絵本のコウモリのようにはなりえないのだ。またふと見ると何本もの猫の尾が羽の中で動いていて。「あああ、暖かい場所と見れば、潜り込みやがって、ふふふふーん、だ」。

自分の魂の原形ってもうないのかもしれん。だって気が付けばまるで眷属みたいに、翼の下に隠れて動いているドーラも感じられたし。ルウルウ、モイラも？　でもあれ？　一匹足りないや、そうか、……。

家で待っているのがいるから一匹少ないのか。

どんなに裸になっても猫が暖めに来るよ？　生まれついての金毘羅さえ、生成変化する。この体の手が足が目が口が、死者を覚えている。むろん死後の世界さえ生きているうちだけだが。

スポーツもセックスもまったくしなかった。紙をまっすぐに切る事も線をすっぱりと引くことも糸を余らせずに玉結びをする事も出来なかった。肉体を食べることと読み書きをすることにしか、使わなかった。そんな一枚の紙が、風に揺れながら文字を浮かべる。しかしいつかその紙を越えて私のふらふらした命は尽きる。普通の人がするささやかな事が私には大層な大奇跡で、その上私小説を書いたつもりでいたら、その「私」の元になる私が虚構の私だった、難病とも知らず、自分の出自も知らず、だまされた仮の設定を真面目に生きた私、ならば真実に気がついてしまった時、……。

このゲームは？　面白いか？　面白い、たとえこれがただのゲームだとしても、ゲームを生きた駒の内面から、湧き上がる喜びは誰にも奪えない。もしひとりの人間が労働を出来ず、一生ゲームや音楽だけを楽しむとする、それでも内面の幸福は湧いてくるだろう、ならばそこには生きている価値があるのでは？　人間はけして労働によってだけ社会的存在であるわけではない、教える仕事も執筆も通院も今やっていても、尚且つ、心からそう思える。

そして、……私の「異様な」、「凄まじい」、「ものすごい」本は死んでも残る。書くことしか出来なければ、この戦前を書く。どのような醜いものをも、全部をよけないで書く。よけないでいてこそ、私の本は売れない。そして死後も残る。戦犯と言われたいか？　言われたくない！　どうか百年後も読者よ私を見つけて、そしてうっとりして、嬉々として「ああ、誰も読んでいないのよ私だけが読むのよ（といってるやつがあっちこっちにいる事はともかくとして）」と呟いててください。

どんなに歴史を修正しても、フィクションは永遠だ。なおかつ、もしこのまま戦争になり、日本がその戦争にずっと勝ちつづけるのならば、いや、負けても、もう文学はなくなる。害は世界に及ぶ。戦いどころか人類の語り物がすべて無に帰すのだ。

故にどっちにしろやるしかない、「文学で戦争を止めてみせよう」、「それで戦争になったなら？　無駄って笑われる」、いいとも、いいんだよそんな時は「だってお前らは止めようともしなかったんだぜ」って全集の後書きに書いて（しかし出るのか？）世を去るから。

立ち上がるのもおっくうなはずなのに気が付くとふらふらと歩いていた……前に受けずに済んだ、多分苦手系だと思う筋電図検査の部屋が開いているので、なかをのぞいてみた。しかしこうしていると、なんかお休みの日の学校みたいだね。検査室は灰色でリノリウムで、カーテンとベッド、誰もいない？　他の部屋も覗いてみたが、人影はない、けど多分どこかに人々は隠れている。そこを、物見遊山としてではなく取材根性でもなく、ひたすら不安だから見ないではいられなくて、彷徨う子供のような素振りをして、見ている。廊下をふらつく？　短い廊下なのに、うまくふらつけた理由？

それは、ひとりぼっちの迷子、のキャラを続けていたからかも、でも、……とうとうドアの向こうから名を呼ばれてしまったので。

採血と採尿は先に済ませていた。さっきまで産道だったはずの廊下でいつしか、私の後に、もうひとり待っていた。反射でなんとなく顔を避けると、逆に、まるで耳元のように咳が聞こえた。ふいに私も咳き込んでいた。私と？　同じ？

扉を開けると、目の前はカーテン、右側に机、白衣の技師。こちらへと言われ、この結果次第で日常の色が変わる？

「検査は前開きの服装で」。でも実に持ってなくて、故にボタンダウンのシャツを、カタログ販売のバーゲンから選んで、着た。するとそれは「なぜか」遊ぶ用のみたいで、……白地にマルチライン風な色目の派手な線描き……ふーん結局私これ気に入って買ったんだわ、あほか？

その間ずっと、ＭＲＩの検査室からの、音が漏れていた。大腿骨頭壊死の検査かもしれないとすぐ……。

大腿骨頭壊死は、膠原病患者がステロイドを大量に服用した時になるかもしれぬ症状でもある。要は大腿骨の付け根に小さいひびが入る。軽微なものなら安静にすることで修復される。しかし時には、その位置や程度によって様々な影響が出る場合がある。例えばそのひびが修復不可能だったり位置が不運だった時、そこから大腿骨の骨頭が圧潰する等の悪化が起こる。そうなると激痛し、人工関節の手術になる場合もある。故に心配性の私などは、音を聞くだけで、股関節にひびく気がしてくるのだ。膠原病に合併する場合のある、これも、特定疾患。

私の投薬量だと確率は低いけれど、なる時はなる。本人にしてみれば少しでも心配だ。それはＭＲＩを撮れば判るのだが暗闇恐怖症なので出来ないでいる。

検査向きのブラジャーは病院の側で調達した初老用のもの、フロントホックではなく前ボタンである。金属だったら写真に写ってしまうけどこれならよいだろうという判断によって。が、結局はレントゲンの時「素材はどうでもボタンなら写りますので」と言われてしまい、出してくれた白衣に着替える事になった。力の抜けた指でする脱ぎ着に焦りながら、待ってくれているレントゲン技師が、こわいはずなどないのに、びびりまくった。

学校でも家庭でもいつもちょっとした事が出来ず、動作がのろければ笑われるか怒鳴られ、なおかつその事を気にしながらびくびくすれば、それをまた一層嫌われ、罵られてきた。

しかし小説家になってからは、手続きや買い物やローンを組む時などまったく嫌がられず、事情を話せば信じて貰えるし、出来なければ待ってもらえるようになった。銀行も弁護士も講演の依頼先も私を疑わない。しかも私が少々不器用であったとしても、相手は少し戸惑ったり想像力を働かせたり手伝ったりしてくれて、親切、こだわらない。だけどそれでも、根底で何か、いつも怖かった。どうしても相手に感謝し続けてしまい、無理してでも好かれたいと思ってしまっていた。それで自分が不利になる事もあった。長い間、家族にはお金を貰いながらも、ずっと嫌われ、迷惑かけて来たので、なんとしてもよそで好かれたかった。

新人作家の頃なら、駅のホーム等でまごついたりすると、ただ見ているだけでいらっとする編集者の様子が判った。ところが今は、病気と判る以前からでも、気が付くと複数で囲んでいて、私が迷う前に面倒を見てくれる。しかしそれで望む原稿を渡せなければ最低だと冷や汗が出てくる。しかもそんな編集者とさえ縁が切れる事がある。そのきっかけはほぼ、純文学論争だ。或いは「取ってハ？　取ってハ？」だ。でも、そうなると、……私はその時に何も感じない。つまりいくら愛されよう愛されようと頑張っていても、私の根本に「愛され」はゼロだから。

家族に嫌われて嫌がられて生きる価値のない自分、所有物も自分も全て最初からない。どんな人間ともいつかは終わる。もし相手がこちらを蔑視していると思えば三十五年の縁でも、ふいに、完全に切れてしまう。そのまま黙って仕事していてもそのまま切れている。作品を好いてくれる担当や評論家も読者に含めてしまえば、要するに私には読者以外何もいない。言葉しか持っていない。実生活は猫だけ。だって自分の身体は病気という他者の占領下にあるから。猫が幸福なら自分は幸福、猫が無事ならば自分は無事。

東京に住んだとき血の気が引いたのは、その動作が遅いことや遅れることを愛されている証拠として、うっとりと誇示できる同性の存在だ。県にはそんなのいない、いや？　つまり、秘書にそっくりのが一杯いる東京。また地方でも、ゆっくりゆっくり何かする娘を平気で母親が待っているのに出くわすとホラーだと感じた。そんな母親は洗面所等で娘が化粧をしている横で、娘のバッグを平気で持ってあげている、なんで？　とはいうもののここ、つまり病院に限れば、もう誰も私を、まず、怒らない、出来ない動作もその多くは筋肉や関節の症状のせいと相手が知っている。

病院は私の居場所、死に場所。検査は死ぬまである。無論、医療制度が崩壊しなければの話だけど。

当日？　ずーっと足が上がりにくかったけどでも、まあまあ良かった。指は動いたから。そして両肩に三角のナイフ入っているけど。足首のボルト一本抜けかけだけど、それ、取り敢えず折れていなかったから「うまく行った」。しかし、……面倒かけないようにいろいろ考えたつもりで結局またボタンで失敗した。レントゲンの方でね、「金属でなくってもボタンはいけない」。とはいえ、結局心臓エコーの方は前あきの服じゃないと駄目だから他の方法はない。そして、出来れば今の自分は検査向きの、その場にうまく適応できるキャラになりたかった、と思っていても、所詮？　恐怖が？　押してきただけで。

初対面の、心臓担当の医師とすぐに聴診器、するといつしか、私は余計な事を言ってしまっていた。声が出切らなくて嗄れたままになっていたし、懊悩で心の縁もフリル化した挙げ句。「まさか？　変な音？　してない？　でしょうね」と「？」までも声嗄れるのに自分で驚いて……肺が悪いとき独特の呼吸音が出ることを例の医学書で読んで、知っていたのである。しかしまあ医師はそんなの動じないよ。来る人来る人、全員、心臓に何か？　なんだからねえ。で？「あ、ちょっと、黙って、て？　く？　だ？　さ？　い？」その後はカーテンで仕切られた部屋の保健室ベッドの内。

横になって胸部にゼリーを塗られた挙げ句、機械に接続している硬い小さい球を、主に心臓や肋の上部にぎゅうぎゅう押しつけられていた。この感触に関し、「マウスでころころクリックするような」と腹部エコーの時の記憶があったのだが、しかし今回は「ころころ」ではなくて、「ぎゅうぎゅう」に変わっている。そう、そう、なんつーたてもう、ぎゅーと押しつけて押すんだもの。そうすると前のも結構？　痛かったのか？　それとも部位によって違うのかな？　それに……。

「痛いですか？」だって？　え？　予想外のお言葉で、……。

痛いか、いたくないか、時々自分でも判らないときがある。それは今までずーっと何十年も痛かった人生だったせいで、しかも、病気のせいとも知らなかったために我慢しつづけて、……要するに声を上げる訴える習慣がなかった故に、……だって外で重い荷物を持ちすたすた歩いている私を見たって、別に「痛い」と言っているわけではないし。以前なら痛ければ立ち止まって自分でも変だなあ、とか思うだけだったし。また時に、……。

あまりに痛いときは痛いというより、死ぬかも、あるいは「理由なく死にたい」という感じになってしまっていたから。まあ、でもね、この心臓エコーって、特に「痛くない」よ。つまり私にとってなら、「痛いにカテゴライズしていいかどうか判らないレベルの痛み」にすぎないからね、しかし健康すぎて普段痛みに慣れていない人や、立っているだけで死にそうな重症の方なら、これを痛いと訴えるのかもしれないと思え……。

で、私？ これ？ 痛い？ ていうかどうせ、わたし、わがままなだけ？ がまんできないだけ？

リウマチさえも、家族からずーっと不審の目で見られていた。しかも医者やってる弟とは五年に一度も、会わないから、まあそのたびに彼だけは確実に何か気付いていたのは凄いけれど、でもそれは別にあの人はたまたま国手だからであって、けして「弟の力」とかそういうのではない。

リウマチ患者の痛みは絶対に人に伝わらないって書いてあるブログ見た事ある。本人じゃなくって家族とか姻族の痛みらしくて、物凄くうざがって小馬鹿にしていた。もし難病と判った後家族と私とが暮らすようになったとしても、せいぜいこんなになっただけだろうか？ いややはりこれ家族と私の間の最大の壁だったのかも。でもまあ小説の方ならばね、私の生きにくさは作中の痛みと共に、読者にならば、十分に伝わったから……。

ていうか、そもそもこの「痛い」という言葉だって主治医に「習った」。私、うん？ 仕事？ 作家ですが？

小説では痛みについてならば目一杯書いている。でも自分のリアル身体についてとっさに痛いという言葉を出すのは大変難しい。だって、言うと、冷笑される、見捨てられる、誰かを犠牲にしてしゃあしゃあと言っていると非難される、と思っていたから。そして、……そう思っているうちに自分のリアルの肉体と痛いという言葉は切り離されていた。わがままな気分屋さん、と思われていて、なのに病気になってから四十年越えてついに、病名が付いて、……ある時、先生に必死で伝えていた。

「熱い、なんか全身が動かないというか首が固まって、どこもかしこも、体がなんか力抜けてあるけないし何も出来ない、指の関節のところだけが、皮膚が赤剝けになっているかのように、ぴりぴりしたりします。手首も回らないし、なんの原因もないのにわーっと、叫びたくて、そして、手からぽろぽろと物が落ちて前に進めません、すべて固まっていて、何も原因がないのに、涙がだらだら出て死にたいです、しかも気がつくと体が、止まっているのです。体がすぐに止まる、止まる時は、少し動いてすぐに止まるので、出掛ける支度に二時間かかります。お化粧しないといけない日なのにふとうずくまってしまい、そのままずーっと時間がたって、何もしないのに、肩も指も上がらない。不思議とまったく、なんでも、遅れて、出来ないのです。うずくまって半日、布団に二日」。

「は？　はあはあ、うん、要、する、に、痛いのね？　つまり、痛いの、ね？」と、先生はちょっと困ってパソコンに打ち込んだ。痛い？　私？　痛い？

三十代のなかばに手が腫れ上がって肋が激痛した、それを「痛い、泣いていた」などという言葉を使って一冊目の本に書いた。しかし書きおわったら、というより痛いという言葉をその時診てもらった医師に使いおえたら、そこからは「痛いから出来ない」などという理由付けを思いつかないでいて、そのまま生きていた。

その、三十代半ばの増悪以前は、帰省のたび、母の家事を出来るだけ手伝っていた。風呂洗いひとつでも私が帰ってくると思ったら母は洗わないで待っている。迎えにも来なくてそのまま居間で倒れて、足先だけ動かして起きようとしている時もあった。私がいると母は眠り続けた。父が帰ってくるとぱっと起きた。起きて用をしようとして手足をぱたぱたし、立ち上がると玄関まで走って迎えに行く。母は掃除だけは駄目で、帰るといつも家の中は荒廃していたが、洗濯と料理の方は三人前以上だった。クリーニング屋が嫌いだという父のために、大量の衣類にアイロンをかけていた。下着にかけるのだけは私も手伝った。食事は三食とも帰ってきて取る父のため一日数時間、毎日作っていた。しかしもし母が実家の跡をとっていたら、もう少し楽な展開だったかもしれなかった。無論、養子娘としての苦労というのも別の意味ですごいものがあるらしいのだが。ことにあの祖母との葛藤なら大変だろうけれど、でも、……。

母の料理の下ごしらえは私も手伝うが、その事を父の前で言うと無視された。しかし三十代半ば、最初の悪化から、私は帰省するだけで疲れ果ててしまい、それも、手伝えなくなってしまった。帰る時の電車の階段だけでもうくたくたになった。帰省中も結局、母が雨戸をしめ、段ボールを潰し、風呂や食器を洗う。その側で、時には手に包帯を巻いたままの私はただ、横になっていた。父の肩も揉まなくなっていた。自分がなぜ遅れるのか、なぜ出来ないのか、なぜ固まるのか「変だね、私動かないよ、変だね、ああ死にたい？　なんで変だね、私、悪いやつだ」。でも十代からそうだった。独特の病態、発見まで四十年、母の看病の時も、疲れに疲れた。頭の中を、ごうごうと怖い考えが流れ続けた。それは心身がねじれ曲がってしまうような苦しみで、この恐怖はなんだ、と思っていた。が、おそらく要するにそれは悲しみではなく、地味な激痛、動けない体の痛みだったのだ。

五十代でまた、痛みを描写した小説を書いた、もう病名はついていた。編集者だった猫先輩から手紙を貰ったら、「あなたの痛む手」と書いてあって、驚いた、結局なぜか、今も自分のリアル身体と痛むという言葉はなかなかくっつかない。まあもともとどんな事でも、うまく自分の肉体について対処するのが苦手である。だって昔から暑いとか寒いとか疲れたというと睨まれたから。そもそも稼いでいないし、親ののぞむ成果とかあげたことないし。

親は自分達の学歴と資産にふさわしい投資を私にしたのにその回収を失敗してしまっていた。しかしそれでもアルバイトをしたいというと、非常に怒って送金してくれた。その一方仕事を探しに行くだけで次の日の私は「あれ？　変、なんで、動きたくないの」、となって起きられなかった。で、がたがた震えていて起きると夜、なのにふいに動き出す。よたよたしながらも用をして、それでもあちこち物を落とすけれど、ふいにお弁当二個くらいは食べてしまうしおいしい。言葉も次々出る。しかもそれは毒舌で、電話では母のすきを突いて攻撃しまくる。母は困り、ウソ話を作って父に言いつける。少しのことで私は疲れてずっと眠る。そして、眠ると気持ちいい。すると、……。

「あんたは暑さも寒さも何も感じないから羨ましいね」とか言われ、そうやって生きてきた。

「さっきまで痛くて動けませんでした」なんて言う言葉なんか、出ようもなかった。

なのに、今じゃ、「痛い」、……気が付くと最近ではリアル会話でもメールでも、やたら使っている。だって一発で通じてしまうのだもの。小説の言葉じゃなく肉声が通じている。ああ、ナントイウウンメイノイタズラ……。

膠原病の痛みは地味にどーんとずーっと何十年も痛いから我慢し続けて言わなくなっている人や、否認してしまう人も多くて自分自身でもなかなか見えないのだそう。

痛い？　私、痛い？　痛くないよ、私は、なんか自分についてもよく判らないし、とずっと思っていた（病名がつくまでは）。

病院だと、「痛いですか」って技師の人が聞く。だってこの病院において私は患者だから。けして看病人ではないから。すると怒鳴られずスルーされず、ばかりか、「どこが痛いですか」と続けて聞いて貰えるのだ。いや、全ての看病人が黙殺されるとは限らないが、ていうか私以外の看病人ってどんな感じなのか？　母を、――看病した時。

四ヵ月だけど毎日通った、一度疲れて家の門柱を足に落とした、足指に丸い傷が開いただけだが、なかなか塞がらなかった。うまく言えなかった。ていうか、昔から家族といれば、痛いと言っても苦しいと言っても結局、通じない。私がまだ家にいた時など何か訴えても、……「私の方が痛い」、「あいたたたあいたたた」と急に親がステレオで、競争で言ってくるだけで。まあその一方、医者にならどんどん連れていってくれた。しかし開業医に行っても「何も出てきません」、そこまでで終わり……、今？　思えば恨みつらみなんかいくら書いても意味ないのだよ。だって健康な人どころか医者にも判らない程の希少な病だった。

さて、で？　当日の検査における対策とは、……前の腹部エコーの時は検査受けるのが「とてもお上手ですねー」と褒めてもらったから、今度もきっと褒められると思って「いえいえ」って言う練習と心構えだけはしてきていた、しかし意外にも今回、それはなし。は？　褒め要求？　別に！　だって普通膠原病の検査はもっとハード、しかし自分は今までさして痛くない部類のものしかあたっていない、採血も取りやすい血管なので、つまりそこに気兼ねがあり、つまりは前向き、むしろがまんモード、そして、……。

「あ、……ぜんっぜん、……痛く、ないです」。おおおユってみると、なんと冷静な自分！　ついに検査用キャラが湧いて来たのかよ？　しかし、そこでなぜかふと調子に乗って、いらん事を言うてしまう。——「でも、そういえば前よりは強く感じますね、まあ私は脂肪が多いですから、強く押しつけないと」。

「いいえいいえ、女性はだいたい胸がありますから」……ふーん……いくらキャラ出来たって結局、はずれだわ……「余計な事をっ」てよく怒られたもんね、子供の頃からね。

さてカーテンの向こうに一旦技師が消え私は起き上がる。そして、さっき女性を女性といったこの女性の技師が、新卒かもしれないとふと思いつく。すぐに戻ってきた彼女から「お疲れさまでした」と熱いお絞りを上手に渡されて、私は下手くそにゼリーを拭き取っている。彼女？「お洋服大丈夫ですか」、って親切だね、……「あ、恐れ入ります、ええ、なんでもないですから、つまり、もし、ついても大丈夫な服ですので」、そうしていて、ふと気が付くと、なぜか、……。

全身が軽い、としか言いようがなかった。なんというか、世の中にあるのは目の前の事だけで過去も未来もない。死ぬの？　今一瞬、死んでなかったか？

なんでこんなところまで歩いて来られた私？　ことに去年なんてあんな、夢の都にいた、野間の、ほんしょう（新人賞と区別するためにここはこういう）貰ってパーティ、何年ぶりかのみんなに会えたのに、今は、これだけ……要するに検査の時にどんなキャラでいるか、ってことだけなんだろか？　人間は？　人間は？　生と死においてさえ？　キャラまかせですかい？

少し寒かったせいでふいにまたここで指が強張り、それ故にあちこちがボタン付きの服を延々と時間掛けて着てから、カーテンをはね除ける。するといつものようにもう、方角が判らない。出口さえも。しかし蛍光灯の下に出るとさっきまで声のきつかった心臓担当医がとても丁寧に案内してくれる。

そんなに検査に疲れたわけでもなかったのに、ＭＲＩの音に縛られたように、廊下の空いた椅子にしばらく座っていた。本当はとっとと診察室前に移動しなくてはならないのだと思うが。あそうかでも検査のせいで「お疲れでいらっしゃるの」、「お具合が悪いのねえ」、とか母だったら私が凍結するぐらいの意地悪さであまーい声で言うかも（というのはさすがに悪意過ぎるかのう！）。

30 でもね、どうせ母には私しかいなかったさ？　いや、それ誤解だってば、母親にだって、時には「つきあうしかない子供」がいるんだな、多分、ソレガワタシデアッテ

母？　良いところ多かったんだよ、すごく。つまり子供の私に、細かくきちんと面倒見てくれた。殊に赤子レベルだと完璧に、お世話してくれてたんじゃないのだろうか、私のお母さん。それに、料理も教えてくれた。死ぬ前まで「あんたは育て難い子供だった」って言っていたけれど、でも仕方ないじゃん、私、母の産道が狭かったせいもあって、生まれて一昼夜死んでいたのだもの。なのに「あんたさえいなければ離婚出来たのに」って、じゃあ弟生むなよ、ていうか私だけを実家なんかで産んでさ。ふん、病院入っとけ。その上、「子供なんか別に欲しくなかった、出来てみたら可愛かったけど」って、だけどそれ出来たんじゃなくて作ったんだよ？　というのは父。まあその上に私は「女だから失敗だ」、「女はアンドロメダ」って言われていたんだ。しかしそれも男の方がむしろ、天王星から来たんじゃあないんですかい？　まあ別にどれも百回もは言われてない。二桁止まりです。そういう、私でして。

家族の中で唯一母とまともに係わって口きいていたの私でしょ、て私思っていた。なのに結局最後まで一番許されてなかった。かと思うと「えへっ」とか笑われて完全黙殺された。死ぬ前？なんたってあの人の息子は名医だから、週一で来るその看病と毎日ずーっと比べられて「出来るか、お前に、ええ、出来るか」とか言われて、私？

病気で、関節固まるから、下の世話していて手が不器用な時があった、と言っても、一度だけしかそれは起こらなかったけれど無論、母は怒ってきた（そりゃあ、辛い時だもの）。しかも強迫神経症かなんかだと思ったみたい「いちいちいちいち、ほんまにとっととせんか」とか、でもね体の症状なのそれ、その他、弟が疲れて家で眠ってしまって一度来なかった時、髪洗っていたら叫び始めて「いらいらする子やなあんた！　温いたら温い何言うたらわかるんさうわーうわー！」って。でもそれ位かなあ、基本頼られていた？　うん、すごくいい時間あった。でもそれさえも奇跡だよ？　だって治療にモルヒネが加わるまでは私に感謝したりとかはまずしなかったからね。ただ病人本体は一貫して私の揶揄やお邪魔はしなかったから「助かりましたです」。酸素や栄養、薬の管の他に、モルヒネの毛細なチューブが一本増えていろいろ怖い事が起こるようになってからも、母を抱えていたら後ろから「はいそこー、タオルが落ちてますなー」と愛想良く注意される。疑われる時だって動作レベルでもうすべてインチキ、と思われていて、「今すぐそのプラグがちゃんとコンセントにさせるかどうかやってみろ」、とか言われ何度も抜いたり差したりしてみせる。一方秘書は何も絶対に間違えないし絶対に信用出来るらしく、要するに永遠の美少女ロボットだ。「下は娘さんが洗ってくれるのでナースは断ります」と、下の世話しか信用されていない実子。一方、「お父さん、男性なのに看病かわいそう昼も夜もあんただけで看病して、お父さんは、家にいさせて」って秘書。でも母、結局私を頼りにしてはいたけれど。無論、父にはいて欲しかったに決まっているよ。「三井三菱にも養子に行かない男」のために将来就ける仕事も財産も、親の会社も、株も土地も、全部捨ててなった「嫁」なんだもの。挙げ句に「猿と女は運転するな」と言われて生きている間中秘書に頭を下げねば、どこにも出られず（タクシー使うと父は機嫌悪くなった）、ずーっと台所の囚人であった。秘書の方はと言えば、「お前は男だ信用出来る」といきなり男になっていて、会社で車買って本人の通勤にも使うのだし。

まあでも私は家族に借りが多いからね。「感情的で一切信用出来ない」しいい年まで働かずに仕送り貰っていた。ただ若くして新人賞取ったし、就労率十五パーセントの病気も十代から軽症ではなかったので（今振り返れば）結果大破せずに、要はこの病に向いた仕事に就いた。まあでも、実はそれ以前だって結構借り三昧だった。生まれてまもなくから。

まず赤子の頃月賦払いはじめのお高いラジオにいきなりおしっこかけて壊した、何十年もずーっとそれだけが私の本質として父の口から、繰り返された。三歳の時御稽古するとひとこと言ったからって親はその自由意志を重んじてピアノ買ってくれた。結局しなかった。やはり三歳、嫌いなものを残さず食べろと言ったら数時間ずーっと茶碗をつついていて泣かないけど食べなかった。しかもそういう「普通に困った子」の部分だけしか親は絶対に見ようとしなかった。うん？　そんなものよりも、実はもっと幼いころからの、身体や能力等のトラブル？　っていうの？　なんかそっちの方が凄かったわけだけどそれは、全部スルーされた。十歳くらいの時まだ夜驚症あった。一度失禁もあったし、鉛筆の芯までがりがり嚙んでいて止まらないし爪もぼろぼろにするし。そもそも朝起きたらなんかもう体が凄いことになっていて動かない日がある、目の前が霧、皮膚とかキモチワルイ自分で何も出来ない。痙攣とかではないの。ただ寝ぼけの凄いのと言い切っていいかどうか？　人の言葉が判らないの、宇宙人が言ってるようでじっと顔見てて後からまた聞く。

小学校の、ある年の授業参観、母は「あああああ」といいながら私の顔を真っ白のハンケチを丸めて持ち、涙目で拭いていた、教室の中、鼻からなんかはみ出ていたらしい。そしてタイツのまたのところがスカートの下から出ているのだがそれはタンスの中に、サイズが最初からあってなかったのがひとつだけあったからだ。しかしわざわざそれをはいてくる私の「悪意」よな。しかも私の髪の毛はどんなにといてやっても逆毛になって来る。いわゆる逆髪、皇女様とかだったら、謡曲や文楽だと山の中に捨てられるあの逆髪。

でもそれ以前にそもそもその日は、推定、他の生徒が出来るすごく簡単な事を多分、おそらく私は「何だったんだろう？」何か、出来なかったはずなんである、しかし「恨みつらみ記憶抜群」の私が、その内容を具体的に、覚えていない、つまり、その日の私はきっと「自分の心身に何か起こっていて、度を失っている状態の子供」だったんだろうね？

産婆の手で生まれて、一晩の仮死状態から蘇った私。小四で二次方程式を解けても（ほら、母がちゃんと教えていたからね）、角度の四十五度と三十度がとっさに判らない（というのはスルーされてしまっていた）。また、植木算の「間」、というものもどうしても判らない。ＩＱテストの図形をほとんど空白にしても「クラス一位です。ならば本来の実力が出せるように躾けて下さい、それがお母さんの責任ですよね？　え？　無理？　だってそーんな高学歴のお母さんなのになんで出来ないの？」って担任は「冷静」？　ふん、結果この「小学生で金毘羅」の責任を取らされる母。でも今も私、例えば、しばしば縦からみたものを横から見たとき、それと判らない。最近も一度あった。

……電車のなかで落とした自分の財布を上からみて認知できなかった。紫のネクタイの若い男性が拾ってくださった。色？　たまーにごく薄い色の認知を間違えるよ。それは、角膜の疵のせいで。

授業参観だからって下手くそなお化粧真面目にやってきた母、なのに母？　うん？　いつもの怒りも怒鳴りもなく、それどころかただ困ってがくがくしていたよ、でも、……。

それ以上に腹の底でわーっはっはっはて心から、歓喜して思っていたであろう参観中の他の母親達、の視線の意地悪とすさまじい悪意、今もフラッシュバックする、私のお母さんの涙。なんでみんな母をあんなにいじめたの？

「英語教えてって言うから、教えたら、嫌われるのよ」って、でもその一方で「あいつらって、結局、なんにも知らない」。母が子供の私に強いる一流の洋服や流行の持ち物は必ず他の子供達の憎しみの種になっていた。

母は子供のころから虚弱体質で勉強しかせず、お菓子や玩具が苦痛で、物を食べること見物すること、笑うこと、幸福そうにすること、差別成分なしに物を言うことを憎悪し、軽蔑していた。髪の毛も体型も幼児のようで胸だけが異様に大きく、表情や額の形も子供そのままだった。しかし「本当はやさしいの、あの人が一番女らしかったわ、世話女房になると思っていた」と同窓生は母の葬式で言った。子供の頃から「嫁に行くだけ」の同級生たちから崇拝され、女学校ではバスケットボールのエースだった。「私、男なの、女は嫌いよ、本当は男なの、あなた、せめて中身だけでも男にならないと駄目よ」、……。

戦後初の共学女子として国立一期校の理系に進み、それ故に新聞のインタビューを受けて、これからの女性は海外にも進出するだろうと答えていたわけで、大企業に就職した。差別を受けてやめた、精製した金属を四回捨てられて。次の職場は上司にプロポーズされ殴ってやめた。それでも跡取り娘でいれば親の会社があった。家を継げばそこで子供を生んで両立出来たはずで、祖母が家事や育児を手伝ってくれただろう（たとえケンカしても）。

名家の美男を養子に取れなくて、全てを捨てたのだ。継ぐべき財産と父親の会社を諦めてでも、そして「嫁」になった。「可哀相なこと、嫁にやるなんて」。何もかもなくした母は男にはあたらず、私にあたった。「あら、お父さんの生活力に私は引かれただけよあの人は労働者だから（大嘘）、食べ物の味も判らないし言葉も知らない、少々繊細でも蓄積がないの、ああいう家のお育ちを許してあげないと、マナーとか全て受け入れてあげて」。だけど父は外に行くといつもちゃんとしていた。「私はお父さんのお母さんなのよ、自分が誰かも判らないほどあの人は疲れて、弛緩しているの、ともかく絶対に逆らわないで」。

大学の同窓会に行くと父は羨望の的になった。旅館の会食でお魚が並ぶと、……「おい、どうやって喰うんだ」、と父は母に向かって言う。すると母はかけよって芸者さんのように、その膳の魚を毟るのである。「まるで赤ちゃんに食べさせるようになあ、僕らのただひとりの（世界にはばたくはずだった）女子学生を」。

近所を歩いていてその長女はいきなり、こう言われる……「あなたのお母さんものすごい頭の良い方で、ものすごい学校出ていらして、ええええ、私らなんてどうして口きいていいか、女なのにねえ、信じられないような高学歴の方で」、……母？　今だったらごろごろいるっていうか、その学部なら女の方が多いし、でも当時は国内に数える程ってやつで。でもだからって、……「結婚もそれで反対されたの、ちょっと口を利くと学歴の事言われて陰口を」。「田舎の女学校出ただけの小姑が四人、私には絶対勝てないから嫌だって言われて」、でも父は養子に来なかった。理由？　士族だから、それが真相だよ。「たとえ三井三菱が土下座をしてもわが家系の男子は養子に出さぬ」って。差別、差別、差別。母はそこを否認した。母方の女性は基本差別好きだった(ていうか庄屋の旧家自慢)。自分が差別されるなんて想定外だったから。

「何が三井三菱ｗｗｗｗ」、母はその言葉をおそらく私にだけ言っていたのだ。「ねえお母さん、あの田舎の家どうして門の上に屋根みたいのがあるの」、「ああ、あれはね田舎の百姓家がごく普通にやる事よ」、それは亀山県から分解して持ってきた武家屋敷の冠木門だった。「なぜ冷泉という名前の墓がうちの墓の中にあるの」、「ほほほほほ、田舎の庄屋とかでよく、勝手にやる事よ」。

さてでは姑は？　「自分の息子」は仕事が出来、自力で立ち上げた会社が大成功した。ほーら養子に行かなくて良かったと、きっと思っただろう。そして私のお母さんの実家の後は、その妹が継いだ。でその妹？　「あの子ったら頭がぎりぎりなのよ、本当に面白い子でまったく劣等感ばっかり強くてねえ」。祖母の一生は、母と葛藤する事よりもむしろこの叔母を抑圧する事と、外国人差別とに、費されていた。祖母は母と叔母を両方苛めていた。嫁いびりの百倍？　で、その横にいる外孫は？　まあ溺愛していたよ、ただね、自分の母系跡取りである下の娘・叔母を牽制するためのツールでもあったろうけどね、だって叔母が子供出来なかったのを、つまり内孫いないのを母と祖母で、ずーっと、でっこでこに、批判していたからね。とどめ？　祖母は叔母を、私がその死後全ての財産を受け取る中継地点であるかのように扱おうとした。ていうかそういう、ポーズだけを取っていた。でも無理だね、私があの叔母からどんなに憎まれていたか、当然だろ。彼女は私の弟がかわいくてならず、養子にしたかった。母？「あげるもんですか男の子を」。で？「失敗作をどうぞ」ってｗｗｗｗｗ。

　母は、いらない私を押しつける事で自分の失ったものを最終的に取り戻せると考えたのだ。しかも、それで最後の最後まで叔母の一生を徹底的に支配出来る（かつ面倒見てあげる）つもりだった。でもハンコは突かれた。相続は終わっていた。

「あの子なんで女学校に入れたか判る、私の妹だからよ、勉強出来ないのにねえ、あの子の卒業前に、私を贔屓していた先生が退職して行った、お別れするときに私に、言っていったのよ、あなたに置き土産をしていってあげるわねって、そしてあの子ったら、ははははは、優等賞もらったのよ」。「あの人が不妊治療を受けなかった理由、決まっているじゃないの、私の優秀な子供と比べられるのが嫌だったからよ、身分相応が嫌いな人だからね、プライドがお高くて」。子供を比べられたら嫌だとは本人も言っていた。

　叔母は、問題があるというよりも厳しくされすぎて成長出来なかったのではないだろうか、戦時中まだ幼くて貴重な角砂糖を全部食べてしまい、殴られたり、一晩家の外へ放り出されたりした。叱られてばかりで洟を垂らし泣いていたと、母は生涯（根本に方向の間違った愛情を込めて）繰り返した。「おかしいのよ、あの子ったら、空襲で学校に置いてあった文房具が全部焼けたって、真っ赤の夜空に洟たらして、おーお、おーお、って、うわー、うわーんって」。「庭に一晩出されて、あの子、挙げ句に、ねええ、ねええ、家に入れてえな、おねがい、おねがいて（つまり心配ではあったらしい）」、「海で浮輪したまま、船のいる沖に行ってしまったのよあの子ったら」

私の、叔母さん。私と顔そっくり。ただ、体は母方の女全員ていうか秘書もだけど、とても小さい。父方の女は逆に大きくって私はその事で母から忌避されていた。母から見た私？　「顔は頭がぎりぎりのあの子、体は馬の骨のがさつな姑」。

一時、ほんの何回かだけ私がテレビに出た時（画面だと客観化されるからか？）、母は「お前顔色が悪いからもう死ぬよ、それにあの子にそっくりになってきたわ」と鬱っぽくなっていた。

——祖母が母を比較的怒らなかったのは母が虚弱で、二十歳までに死ぬ予定だったし勉強も出来たから。母方の祖母は差別成分の女、侍自慢だった。自分の父親、つまり私の曾祖父から、軍刀ではない日本刀で追われて何度も殺されかけていたのに、それを自慢した。「おばあちゃん、ちょっと不良だったの、なんたっておばあちゃんのお父さんはさむらいだからねえ」。父方の叔母が死ぬとその枕刀として、赤子の頃から持たされていた懐剣が立てられた。母方の祖母もやはり懐剣を立てた。でも母と叔母にはない。私？　男の子用の玩具の刀を母方の祖母がくれただけだ。金属製で結構危ない奴。「これの方が良いよ懐剣もっていると男の家来だから」ってなんというかすごく珍しく、差別成分のない言葉を祖母は言った。

「懐剣は、男に恥をかかせないように、我が身を守るために、自害する刀」って。母の死んだ後、父方の伯母に聞いた……父方の一ノ倉には刀ダンスがありそこに刀が何十本も並んでいると……。

中学三年、私は普通のつまらないナイフを持って登校していた。でも自分では人が殺せるくらいのやつだと思い込んでいた。学校では暴力事件とかあった。先生が殴られ、血まみれで入院した。

なんだよう、さむらい、さむらい、さむらい、って人殺しじゃんかよう。

結局、……あの悪夢の授業参観の後、私のものの言い方が「歯抜けのようにふがふがしていて」、「ロがネアンデルタールのように開いている」、「おかしい、ちくのうだ」、って母は心配するようになった。それで庭のドクダミの葉を摘んで自分で汁絞って、私の鼻に、垂らしてくれた。私を抑えて鼻の穴に何か垂らすのがすごく大変そうで気の毒だが、なんというか静かな時間だった（そう言えば母は私の左利きも矯正してくれた）。そんな母は例によって幼児のように見えた。今だったらアニメ声の二頭身とか言われそうだ。ああツンデレも入ってたし。そんな母の産んだ子だから、優秀なはず？　で、右と左の区別がつかない子（しかしこれ案外いるらしい）でも「やる気がないだけよ」と。

「理科と数学五でも体育は三や、通信簿落として」。でもその体育、前に一だったやつなんだよ？　それを学校の先生がたが、鉄棒にぶら下がる方法を知らない私を、竹竿に引っかけてつり上げるところから始めて、教育してくれたおかげなのさ。そもそも子供のころお金とは何かとかお尻の拭き方とか知らなかった私。でも弟は知っていた（習ったのではなく？ごく自然に）。

ある時「こいつらが百点取らなかったら家に入れるな」と父は母に思いつきで言ってそのまま忘れてしまった。母の目はつり上がった。私は怯えて九十八点のも学校の机に隠していた。すると私が紙をまっすぐに切れないことを絶対に許さない女の先生がそれを見つけてしまい、私を一時間その悪いテストと一緒に教壇に座らせてクラスに晒してから、全部に親の判子を貰って来いと命令した。母は悔し泣きし全部に判子を押し、私は箸を持ったままの父から拳固で（っても一発だけ）殴られた（しかしここまでのイベントは一生に一度だった。私は父母あわせて全部で七、八回しか殴られていない）。

「あなたのお母さんはすごい高学歴なのね」って弟は複数の女の先生から、けして明るくはない目つきで言われていた。そして紙がまっすぐに切れないのを絶対許さない女の教師から、私は叩かれた（ごく軽くね）、と言ったたって全員が教室を出て行く時にひとり本棚の本にしがみついていたからだ（ごめんね、そりゃあ困ったろうよ？　でもな、後ろから叩くなよ？　母も私を、前からは叩いたり怒ったりしにくかったらしいけど、その先生も小柄だったけれど）。

まあどっちにしろ自分の体には子供の頃、何か起きていた。しかしそれらが脳の可塑性によってほぼ克服されると、私の体は、なぜか難病になりやがった。母はそれでも私がエリートと結婚し女医になり完璧な家事もしてなおかつ無医村で働く事を望んでいたわけだが。まあでもそこまで望まれても仕方ないほどにお金とか手間隙をかけてもらってもいたから。

そして十代、体に真っ青な大きい内出血が知らぬまに出来ている、登下校時にうずくまる、食欲がなくなり急激に痩せる、何かしていて疲れて動作が止まる。おおそうそうね、これこそそれよ、きっと「痛い」のだ。

しかし、その時はもう父も母も医者に見せなかった。先生もノイローゼだと思っていた。

私の目が悪いと判った時も父はやはりきちんと医者に連れていってくれた。彼は医者によく頼んでくれて特に丁寧に見てもらった。但し両方の親から「家にこういう系統はないから」と同時に言われ、でも帰ると母は私の好きなしかも値段の高い、生海老の天丼を作っていた。後ろを向いてね、帰ってきた私の顔を見ないままね。は？　泣き顔を見せまいとしてですって？　ありえないね。だって、……昔小説に母が私を庭に引きずり出してドッジボールをぶつけて「訓練」した事を書いた時、結局母は泣いた、と書いたけれど、別にそんな事は無かったです。得意になってほーほほほほーほほほと笑って上機嫌でした。これが真相です？　否！　でも心では泣いていたのかも、母は強がりの弱虫だったから。あの時はまだでも「痛い」という言葉を私は平気で使っていた。ボールが痛いよーって、大声で泣きました。

しかしその後生理の腹痛で数学の家庭教師が来ているのに立てなかったとき、母は倒れている私の体に足を掛けて、「あー見えない誰もいない」と言って本当に見えなくなっていた（ただ、そういうのがしつけだと思っていたはずで、母は自分自身にもきびしいとこあったからね）。痛み止めのバファリンは癖になるからと言われて禁じられていた。今の先生からはバファリンなら飲んでもいいと言われているけれど、痛みにのたうち回っていても飲むのを「どうしても思いつかない」事が未だにある。しかしそれでも今思えば薬の選択自体は本当に良かった。ていうか、私の場合混合性結合組織病なのでロキソニンを飲むと何も感染していなくても、髄膜炎を起こしてしまう可能性があるのである。薬の注意書きにだってそう書いてあるよ。ちなみに、「難病になったお蔭で」生理痛が凄かった原因も判った。腹部エコーかけるとSE（子宮筋腫）の小さいのがある。「多分古いのだと思います」って先生に告げて、放置、「様子見でひとつ」。

そう言えば弟も、一度などずっと痛いと訴えていて、親が「おおげさな」と言い続けた挙句、ついに医者に見せると、本当に足先が骨折していた。

ほんの幼いころは死が怖かった。しかしふと気がつくとほぼずっと子供なりに世の中が嫌で消えてしまいたかった。死ではなく消えたいのだ。十代、近所の神社のお札がなぜか家にあったからそれを自室に飾り、毎日早く死なせてくださいとお祈りしていた。

何を持たされていてもそれは自分のものではなく。自分の力でした事はひとつもないと思いしらされ、したことは全部やり直しされ、立っていられない時に無理をして用をしていても「立ってやれ素手でやれ」と叱られ、さらに「ほれ、ほれ次はこれ」とはやし立てられ、ひとつの用をしている時に後ろからどんどん次の用を言われ（秘書はすべてできる）、食べ方や歩き方も常に気に入らないと追及され、疲れ果ててやむなく口にした定型フレーズや流行語は両方からすぐに口まねされ揶揄されていた、食卓では食べおえた食器はついつい私の前に押しやられどんどん目の前は散らかっていった。しかしその事は誰も絶対に意識していないし覚えてもいない……。

庭に滑り台やブランコのある家で小学生の私は真珠を縫い付けたカーディガンを持ち、おとなのような数字が入ったお年玉の通帳を持たされていた。しかしそれを使う事は許されなかった。三十代前半、帰郷した正月、母がお茶の缶を引っ繰り返して絨毯の上にぶちまけた時、家族は私が部屋を出てくるのをずっと待っていて拾わせた。「すーっと通りすぎて無視すればいいでしょう」だからそれ出来ないんだって、だって私は三十なっても稼げなくって、親に借りが多いからね。そう言えば、一柳展也の金属バット事件があってしばらく、母はおとなしかった。ずっと「殺さないで」といい続けて泣き声になっていた。しかし母を殺そうと思った事は実は一度もない。母はなんで私が怖かったのか。

ある時は帰郷中のテレビのニュースで「自活できれば結婚できなくても良いという女性が増えている」と言ったのを父が聞き咎め、食卓で私に当たりはじめた。「食えず稼げずでもしたくない女もいるしなあ」、塩をとったり、食器を除けたりする「サービス」は私がするのだがそういう時はそれが苦痛になる。一晩泣いていて起きて来ると「ワープロを買うといい」と十万円を父は、お年玉でくれた。私はそれを貰って初めてのワープロを買い、執筆速度を早め持ち込みを有利にした。結局、支援はしてくれた。

十分なお金を貰っている。しかしそれと引き換えに全てが奪われても仕方ない設定とこちらからの感謝が全凍結される程な毒舌が積年降り続く。無論言い返せる時の私の毒舌ものすごい。しかしその一方何も出来ないから稼げもしないから、仕送りで家を出ても罪悪感は倍。二浪決定の日、電車のとなりの席で子供から受けた今回の損失分を電卓を叩いて計算した母、新人賞取ったあと母が心配で毎日電話していた頃ほらほらと言いながら二年分の電話代の領収書をぶちまけて父の前で計算しろと幼児の目で、私に命じた母、一方、母が秘書の悪口を言うその電話はずっと父が横の回線から聴いていたのだが、盗聴という概念も言葉も父にはない。「盗聴て何」と素直に聞く。外にいけば商談でもなんでも出来るし、数学は天才だ。

秘書は個人で饅頭を貰っても父に報告する。父はそれを持ってこいといい検分し気に入れば何個か取り上げて残りを、秘書に「下げ渡す」。秘書がまだ子供だった頃に私の母が教えたコーヒーの入れ方を秘書だけが絶対に省略せず何十年もやっている。「まずい食べ物はお前にやる重いものはお前に持たせる」と父に言われてもにこにこしている。故障しない。動揺もしない。秘書の、全部の時間と身心は父のためにある。どんな場所にも父は秘書をともなう。母と同じ服装を秘書は志す。母の持っているものは宝石でもなんでも探して同じものを買ってくる。いつしか母は外出しなくなっていった。同じ敷地内の建物に秘書はいるから、ついに庭先さえ出なくなった。「私の紬を寄越せって代々のを」、電話口で泣いていた、私のお母さんの涙。

「くだらん悪口を言うな」ってか？　そうだよ、そんなの言っているひまはないよ。だって戦前だからね。うちの親は悪くない。悪いのは戦争と、一番最初養子話の時に出た「〇〇家」という家格差、武家と庄屋をへだてる「差異」だけだから。もし養子に来ていれば、……父は絶対服従の夫になっていたはずなんだ。

若い頃の母はいつも私には男言葉で怒鳴っていた。一年丸々ずーっと怒鳴られていた年があった。ごくごくまれにだが一発だけ殴った、でもその殴りは平手だけど気合が入っていた、父も一生にたった数回だが私をなぐった。私の頭よりはでかくないけれど、でかい拳骨。しかし親自身は、二人ともその親から殴られた事はないと言っていた。私の弟もただの一回も殴られていない。何より、父は、母を絶対に殴らない。つまり、私だけだ。そして、父と母と弟は同じセリフ「え？　自分、だって自分いい子だもん」って。父は多分教練で習ったのだろうね、人を殴ることを。乳母とにいやと女中の中で「とてもおとなしかった」父。

子供の頃たまーに母に何日間かずーっと怒鳴られていると頭の中で真っ白の空にマンタとか鮫とかトンでいる感じになった。ボクサーが牙を剝いて繫がれている絵が浮かんだ、つまりそのボクサーは多分母方の祖母が飼っていて、たたきはしなくても焦らしたり怒鳴ったりしていじめていたやつ。じゃあ祖母が悪いのか、でも祖母も日本刀で追われたんだよ、だったら母が悪いの？「お母さんもう家の用も宿題もしましたから外にいっていいですか」って当時の私が尋ねると、母はにっこにこで鼻の穴を開き、そのアニメ声で「だったら自分でするべき用を探して自習しなさい」と命令した（でもそれは多分淋しくて私に居て欲しくて）。しかし私は家のどぶに向かっていって、いきなりひどい方法で昆虫を殺した。でもその後すぐに「宗教」になった。地獄がない事は判っていたけれど、生きている間に地獄を感じるって。殺さなくなった。で？　母親はどこで暴力を習ったのか。

戦争中、恵まれていた事は母の自慢だった。「なんでもあるのよ、うちだけ、大きいお魚も肉も、石鹼だけは作ったけど香水を入れて」、……「おかあちゃんは私のお誕生日にお善哉を食べようて友達を呼んだの戦争中なのによ、そして三時間小豆の良い匂いをさせてから、みんな帰れて言って帰したのよ、それは来た人数が多すぎたから、量が少なくてはみっともないって」。だけどその一方で母は覚えていた。

母は殴られて、教練をされて、「男になった」のだ、勤労奉仕で徹夜させられて覚醒剤を配られ、鉄砲の弾の「おしゃかばっかり作って隠しに行った」って。一番こだわって言う記憶は、被暴力の事だった。「教練には、殴られる練習というのがあるのよ、足を歩幅に立てー、下を向けー、歯を食いしばれー」。勇敢な顔になってその姿勢をして、「男」になっていた。

父に禁じられたから母は一生運転免許をとらなかった。たとえペーパー免許でも実際に資格を持っている「女」達に向かって、スマートな運転やメカの知識を自慢しながら。

父は秘書を女の跡取りのように育て、実の娘には間借りの判子を押すのもまずうたがってから、血の繋がった人間は外へ出したがらず、公的機関は秘書に行かせ、家族には財産や仕事について何も教えなかった。私？　何もかも貰って、文明的で豊かな暮らしを与えられていて、なのに一時も心の休まる事のない、生きた心地もない寄生虫の、一家のガンの私。

父の命令でしばらくの間非常勤講師に出ていた母、大学の同窓生はまず父に依頼した。人手がないと言われたから。しかしその後、人手が足りたら、「生活かかってないでしょ」とその同窓生に言われてくびにされた。それでも教える母は別人のようだった。というか、それが本来の母に見えた。戦中女性は習えなかった微積分を、授業に使うため練習する母、学生は恋愛相談でも母を訪ねてくる。母はいつも、お給料で私と弟にサンドイッチやパイを買ってきてくれた、私の学生時代、……母が働きに出ていた間、内緒で家の文学全集を読んだ。その期間成績はがたがたに落ち、でもそれは受験勉強よりもずっと「就業につながった」。

父が留守の時、台所で父の嫌いなハンバーグやまぜご飯を母は作ってくれた。普段と違って私は手伝わなかった。「お前が長男だから」と母は言った。「長男」だけど私は台所には入っていた。そしてたいていその翌日、食べすぎの腹痛で保健室に行った。例えば十歳の肥満児は「豆ご飯の小さいおむすびを昨日八個食べました、本当のえんどう豆の、それに添えてキャベツとベーコンとジャガイモの炒めたのも」、と特別な自慢顔で先生に報告して、当時はそんなものでも珍しかったのだ。「ピッツアパイというものがあるの、六本木に行けば食べられるのよ」。「何が食べてみたいと聞かれたらフォンデュと答えなさい」。

女が閉じ込められる場所とされる台所で、母と私は母系制の幻想に浸っていた。跡継ぎの身分も財産も捨てて夫を得た母、その母が夫の留守中そこで、私を自分の跡取りとして遇したのだ。母といて幸福なとき、弟も、父もいなかった。「女だけになるとその女達は、全員、男になる？」。

そんな母が死ぬまでの四ヵ月間、私は母のために台所に立った。ボルヴィックで炊く米、新蓮根をすり下ろして衣にした生海老の天ぷら、昔母が教えてくれたように、どんな料理にも必ず、緑色の野菜を添えて。私とは何者か、泣きながら嫌われながら料理を作るものだ。その四ヵ月は私のその後の、一生の基本、主要部分になった。「ああ点滴になってせいせいしたこれで無理やりいやなもの食べさせられずに済むわ」、「騙して食べさせた詐欺だ罠だ」と言いながら涙ぐむ母。

母が死ぬ日の朝も母のための朝食と昼食を作って病院に行った。義務というより本能のようになって。母が死ぬ直前まで、私は母が食べると信じて料理を作った。その朝もジャーにおかずを入れて持っていった。男性の前で母は、自分が癌だなどと一言も言わなかった。娘に向かってだけ後々の事や死の覚悟を話していった。娘？ ゴミ箱扱い？ ていうかこれってただ単にまさに、母と娘という事なのかも。「ほら、この血の出ているところよく見ておいてね、どうせ書くんでしょ」。

母が一時帰宅している時、父は私がお皿にかけるラップに小さい方を使ったと言って激怒してしまい、五分に四回その理由を繰り返し尋ね、非難し続けた。「何もかも気に入らない」。「気に入らない」と叫び始めると会社に行ってしまった。でも会社にはもう秘書しかいなかった。母の死後、父と一緒に住もうという約束をその時に私は反故にしてしまった。というかごめんなさいこれ終わったらいなくなりますからと報告しようとすると、父は昔から飲んでいる睡眠薬を倍にして飲んでいていびきをかいていた。

父は弟と交代で夜の看病をし母の洗濯もしてくれていた。下の世話は（ただ一回をのぞいて）看護師さんに頼んでいたようだ。私は昼間の看病だが一日も休まなかった。「遊んでいるな」と始終、父だけは私を疑った。母は昼間も、最後酸素チューブを千切ろうとしたり、胸の点滴を抜こうとした（二回抜いた）。ある日、私が父の洗った父の下着を家に取り込もうとすると父は悲鳴を上げてそれを嫌がった。自分の身に付けるものを私が触る事を、恐怖していた。そして母がとうとう再入院する時、私が自分がした後のトイレに換気扇を忘れていた。父は激怒し、飛び出してきて母を支えている最中の私をずっと怒り続けた。つまり、――父はただ定った事や習慣が変えられるとパニックになるのである。それ故に秘書に私を監視させた。何よりも変わった事をされたくなくて。それは私が父の車のなかで叫び始めるまで続いたけど。あの時、……ほんの少しでも母が私に感謝したり、稀に幼児のような素直さで私を庇ってくれたりしたのは、ただ単に私の看病や汚物片付けが必要だったからなのだろうか。そして何よりも秘書が嫌いだったから？でも最後私に「お母ちゃんを許してね」と言って死んでいった。

母は、大体のところ、やさしくしてくれた。でもそれは「困った子供」を生んでやむなくつきあうしかなかったからかもしれなかった、つきあい、つきあい、つまり母にはそういうバランス感覚はあった。だから差別成分全開で偉そうでも、同窓生などにはちゃんと好かれた。何よりも私よりずっと弱い人で私が怖かっただけかもしれなかったのだし……。

父とまだ一緒に住む予定だった時、私が家事の一部は自分の費用で人を雇うからと通達すると、父は私の姿が見えなくなったかのように顔を逸らした。母の死後、たまに日帰りで帰郷すると家は完璧に片づき、秘書は母の湯飲みを使っていた。そう言えば昔から、「三十五まで子供はやしなってやる、そこから自分は仕事を止めて好き勝手にするから、こんなくだらない仕事絶対に子供には継がせない自分だけで充分だ」と父は言っていた。会社は、秘書が継いだ。癌にならなければ母が住むはずだった新しい家の台所も秘書が使っている。母は新築のそこに、むろん、一度も立たないで死んだ。

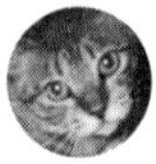

31　さー、では、気分を変えてっ！「膠原病、心エコー」で検索いたしましょう、その後？「カツ丼ざる蕎麦セット」で画像検索です（つまり、検査前の深夜ね）

普段は患者さんでぎっしりの廊下、総合窓口まで人がはみ出している、しかし今日は特別、時間帯が違う。それは一年に一度、椅子だけを眺める日。まあ二、三人は残っているけどね、彼ら？　むろんその日に一年検査を受ける人だと思う。この日だけは先生と長く話す、と言っても二十分程度だけれど。

ん？　しかしさっきまで産道にいたはずなのに、今はただの「人けのない道」を歩いているね。寂しいの？　うん、海の底みたいだよ。そこでたちまち名前を呼ばれてカーテンを開ける。採血を最初にしてしまって時間経っているから、もう結果は出ているの。そしてエコーの方は割と早いみたい。うむうむ、本日は段取り良いのだよ。つーたて、心配？　死ぬの？　本当は心配？　いや、大丈夫だってば、信じているからね。

三日程前に荒神様が満開の梅の木の夢を見せてくれた。だから？　うん、助かるって思ってた。でも、そんなの信じてどうする？　信じていたら駄目？　だって医者はちゃんとかかるからさ、結果が判るまでは、せめて、冷静に過ごさせてよ。というわけで……家の食器でも袋でも梅の花模様はあるが桜の絵柄はない。自営業者の縁起かつぎだもの、そりゃあもう死ぬまで続くよな？　それとも？

「あああ夢占に騙された」って泣きながら死ぬの私？　だけれども今のところ、梅の夢は「大丈夫」のしるしである。

診察室に入ると、荷物置き場の左右をほーらまた間違えた。しかしここのところちゃんと、覚えていたのになあ、ところがまた、ふと、初期化されているよ？　だって気になるから。「死ぬの、死ぬの」と来ては？　え？　でも？　そこにいるのはただ、検査結果を指先でぺんぺん叩いている膠原病専門医。「これっ、なんですかこれっ」。

さて、先生は珍しく怒っていられるのだ。それはまるで病名が付く前のような、つまり私が健康人かもしれないという可能性がまだ少しはあった時のような、愛想のなさ。その上怒りの対象はただの肝臓の数値。つまり、脂肪肝疑いのALTである。

「これっなんですかっ！　この、肝臓、これっなんですかっ！」凄い、でもなんだろう？　コロッケとか食べていない、すると案外にサンマの洋風とか？　しかし節制はしていたで。その上最近ではコンニャクで数値を下げる事を覚え、今までのマンナンライスに加えて検査前のコンニャク祭り、をやるのである。ふらふらになって涙出るけど、眠れないけど、しかし、夜は蒟蒻だけ、時には三食とも、そして検査前夜は、病気の検索をしてから、「ああ明日で、明日で、もう、コンニャクは、終わるのだ」って御馳走の画像検索をやって自虐のスパイス、頭ぼーっとして、「そうそう、この店どこ、ホームページ？　鳥海山？　行けないけど、でもでも、あと何時間かで同じもの食べられる」まったく、……いやしんだから。

「お昼たべちゃったの？　それでこの肝臓っ？」って、つまり、……ああ生きられるんだ私。要するに心臓が大丈夫だったから彼は安心して怒っているの。そして「糖質？　切りすぎると却って悪化するよ」、と結論する。つまり、……。この先生難病モードの時は本当に優しいので。

……夢で見た梅の花は薄いピンクだった。バイパスみたいなところの、グリーンベルトのあたりに咲いていた低木。しかもその日は聞きたかったことを二つうまく聞けた。ひとつは突然死について、もうひとつは指先の壊死について。

むろんこんな病気でさえも、突然死は稀。それは肺高血圧の重い場合とか、しかしその他のケースにおいて、聞いてみたかった。

「ああ、典型的なのは結局右心圧ぎりぎりの人で、一応肺高血圧ではないと診断されていた場合、だけど実際には発症していた、そういう時ですね」。ならば、私、肺に来ていないから、ずっと、猫飼えるのか？　ていうか肺高血圧も本当に新薬で無事になってるらしいし。聞きたいのはそこだけだ。しかし、……「じゃあ安心かって？　しかし脳梗塞も心筋梗塞もありますから」、でもそれなら何らかの前兆が？「いや、ないのもありますよ」、ふーん、……でもそんなのなら普通の人と変わらないのかも（本当？）闇雲にはならないに違いないって勝手に結論、でも、まあ、これからは要するに、ギドウ一筋だな、私。

「指、いつ失うんですか」、「それは、……そうなる人もいるという事ですので」、「ならば可逆ですか、具合よければ戻る」、「そうそう、可逆」、一番聞きたいこと聞くのに三年掛かった。聞けばきけたのか？　いや質問て難しい。

壊死で指先が黒くなってもなおってぽろっと取れ、しかも一旦凹んだ肉が戻るケースを、同病の方のブログで読ませていただいた。それで一層納得。ていうかその時点でまったく、私の指先は進行してなかった。指の腹の組織が少し薄くなっていて、でもそれさえも今ではやや、元に戻りつつあった。

心臓エコーの画像は後から、身内の医者に見せた、……左心室大きさ動き正常、心室中隔は右心室側に凸、右心圧高くない。「おお良かった良かった、これなら別に全然普通の心臓じゃないか」。

検査明けという言葉は、この病気になって知った。ステロイドが多くて食欲すごかった時は、小さいホテルのランチバイキングに駆け込んでいた。そこのお子様用カレーが大好きになってたのに、ステロイドが減ったらふいに飽きた。そしてそこから移ったチェーン店の、グリーンアスパラのフライがついたカツをまた、最近急に止めた。カツっても健康指向で薄味、気に入っていたけれど、「メニュー以外の事」で、私は二回しくじったから、……一度は、十一時始まりの店に十一時丁度に入っていった。まだです十一時って書いてあるでしょう、といきなりマニュアルの仮面がとれた怖い声でいわれ、翌月は混雑するけれど十二時に入ろうとして、店内に進み、(順番を記入する方式と思っていたからね)ちょっととっ！　外で行列してください！　ときつく言われた。まあ勝手な個人的見解で「行列店怖い」というのもあったわけで。その後は同じ並びの蕎麦屋さんでカツ丼ざる蕎麦のセットにした。すると、「おや、……これ良いね」。昭和的な古典風味付けのもの。そう言えば前の店のカツ丼は肉が厚くて淡白、カツの上に半なまの玉子と三つ葉が載っていて薄味、それで頼まなかった。一方蕎麦屋さんのは上に何も載ってなくて、肉の味はするけれど肉っぽくない。回りを囲んでいる玉子は火が通っていても、オムレツからバターを抜いたような味、甘く、だしが染みている。それでカツの下にはまた甘辛く煮た、オニオンスープ程色が濃いのに、シャリシャリ感も残ったタマネギがぎっしり敷いてある。蕎麦は手打ちなのでむろんとても良くて、やがて検査明けとて、単品でざると丼、各一人前ずつという流れになっていった。

またその店は店員さんの応対もそれぞれである、バイトの慣れない人、年配の丁寧な人、また混雑時、というのは特になくて、いついっても人が入っている。午前中でもおやつの時間にでもテーブルは埋まってて、人々は蕎麦を食べている、まあ老人が多いね、私も？　そろそろ？

叱られない店がいい、もう失敗したくない、いばりたいわけじゃない、でも食卓は恐怖の場所、たとえ外食のひとり食いであっても。

心臓は正常、……無事と決まって帰り道スーパーに入り、カゴの中に普段買わない食品をどんどん入れてしまう。はしりのホワイトアスパラ、焦げ茶色のプチトマト、大ぶりの生ハム、オレンジの花の匂いのブリオーシュだとか。うかうかと歩いている、荒神様！　荒神様！

Rinnai

32 まあ言わずもがなだけど昭和の栄光の台所史そして「私のいない」テーブルについて

思い出したのはごく平凡、薄い灰色のデコラ張りテーブル。それは故郷の家のダイニングに、洋酒の棚を置く前のもっとも古い記憶、それでもテーブルは床の、半分を占めていた。

隣家の土蔵と藪が見えた台所の小窓、庭は「あんたみたいなもののお家やのにお庭だけはまるで公園みたいやね」と言われる眺め。なにせ、同級生のどの女の子だって、私よりは必ず美しくて小奇麗だったよ。しかし私ったらまったく、価値のない容貌で、成績はともかく行動に問題がある。「王女さんみたいな服やけど服ばっかりがなあ」、私が資産にふさわしくないというだけではない、家はそこに来たばかりのよそものだったからね。家の木の床を、昔はフローリングと言わず板の間といっていた。だけど要するに同じしろものだ。また当時の冷蔵庫は白と決まっていて、テーブルも別に北欧の無垢材のものとかではない。古い日本映画を見れば判るだろうけれど、昔の家庭用家具なんてそんなものだった。

そこは家族の朝食の食卓で、一番古い住所での記憶である。

いつもゴルフや出張でいない父が、妻子と一緒に朝食を食べる稀な一日。蘇るのは小窓から差し込む安心で穏やかな朝の光。青と白の小鉢に緑のネギ、黄身の濃い玉子、お味噌汁は若布、……「ようするに家族が嫌いなんだろう」とアマゾンで☆を減らしていく読者に罵られる私が、かつてマイナス一でいられたごく短い奇跡の一日の、食卓の光、……私の毎日は物心付いてから、十分物質的に恵まれていながらも、既に、苦渋に満ちていた。でもだからといって、奇跡は、ふいにやって来た。え？　普通の毎日？　でもそれ、奇跡だと思うよ。

本当にその一日しか覚えていない。怖くなく辛くなく人間といられた。何も気にせず慎ましく満足で、遠慮もやりすぎもなく、誰にもとがめられず、私は大きい鉢から自分の分の納豆を程よくとって、ご飯に掛けていた。あり得ない平和。確か朝熊山へのピクニックでもそんな一日があったけれど（でもそれ、テーブルなしだし）、多くの食卓においてずっと何か、自分自身が原因の不具合に塗れてて、……気が付くと父はこめかみをひくひくさせ口の端に大皺を立て、母は顔を背けて幼児のようににこにこ笑っていた。でもその日の父はお人形のようで、……言葉もなく頭も微動だにせず、視線はどこにあるか判らず穏やかだった。ごくたまに家に帰ってくる大変頭の大きい、非常におとなしいお人形のような人、それが幼児の頃の私のイメージする父親だった。お父さんはなんでもかなえてくれて絶対怒らず優しい。

母が典型的和食をというか平凡な料理など、作りたくもないのだと私は知っていた。だけど当日の「ほーらこんなのだって見事に出来るんだから」というまんざらでもない顔、……、むろんそんな中でも必ず表明している、一抹の、母のうんざり感。

昔々……彼女の好きなこと？　田舎のもてなしにホットジュースを出して「物議を醸す」、バタークリームケーキの作り方を自分の台所に「生徒」を集め、泡立て器を振り回しながら声嗄らして教える、ちょっとした御馳走作りならば私は助手、例えば半日を掛けて冷蔵庫で数時間寝かせて作る、大量の生豌豆と、ベシャメルソースの入った俵型コロッケ。え？　たかが？　コロッケ？　んなことユったってね、その上になんと、蒸し器で作る、グラタン？　そう、田舎はオーブンとか特になかった、昭和三十年代。

母は農学部農芸化学科の出身なので、家畜の解体から始めてソーセージを作る、蜜柑の缶詰を作る等の授業を体験した。卒論は食料危機対策としての植物蛋白で、顕微鏡を使って酵母か何かの数を数えたとよく言っていた。ただ彼女の食物の知識は理系的なもので、家庭料理を作ったのは結婚してからだ。雑煮と味噌汁は夫婦喧嘩の元、でも百科事典に写真ののっていた伊勢海老のパリジェンヌもローストビーフも、鳥羽国際ホテルでレシピを筆記してきたレムラードソースも、多くの身内や友達が絶賛した。むろん父は必ず何か保留したし、もっと甘くしろとかずっと怒ったけれど。ご近所は料理できない食材があると母の台所を訪問した。時にはこれを作ってくれという指定をして。

で？「鴨のオレンジソース」、と言われて一九五〇年代、神奈川の東芝に半年勤めただけで、あとは三重県に閉じこもりきりの母はどうしたか？　無論ネットのない時代。届いた二羽の、小さい鴨の羽は毟ってあったけど「ほら、少し残ってる」ピンクの肌の上に緑色の羽根。……覚えている？　覚えているとも！　ハムがのっていて、中華風に化けて（オレンジソースはアリで）。

そう、……母の「業績」を覚えているのはもう私だけだ。台所であったことは誰も知らない。それは個人の個人による個人のための「発明」にすぎないから。

「お給料で毎月ハーシーのキスチョコ二袋買って、会社の机のなかに入れて食べていたの、日本のはまずいのよ」。

　父は大学を卒業すると、実姉の夫の経営する会社に入った、そこでまだ十代だった秘書と知り合った。義兄からは結婚祝いとして新築の家を贈られた。本当はジャズが好きな呉服屋の若い番頭がその伯母を望み、伯母も望んでいたのに、しかし、……農地改革に加えて、当主の放蕩による没落、他、……女の跡取りになって養子を取るはずだった一番上の姉も、「家のために行ってくれ」と頼まれて嫁いだ。「かわいそうに、嫁に行ったのよ」、どちらの夫婦仲もあまり良くなかった。

　要するに、予定外の嫁入りってものは困難なものらしい。そう言えば母だって、……もともと、母は親元から、さして、離れたこととてない。ところが気に入った男のため実家に外商の入っていた大きいデパートのある街と別れ、近所のなかなか言葉の通じない八百屋や魚屋と交渉して「お父さんの食べる上等な」材料を、確保するという生活に入った。でも、料理は好きだった。自分自身は食べる事を軽蔑しながら、特別な料理の説明をして、差別成分たっぷりの解説とともに人に食べさせる。本格的でおいしいものを一日数時間かけて作り、すべてを冷笑しながら。「香料もろくにないの、言葉も通じないし」。

　一番過去の記憶？　昭和三十年代、くみ取り便所の隣なのに、いつも、風とおししてあってまったく臭わない引き戸の玄関の、よその家より広いその板の間に座り、母は訪問販売の人を大サービスで、「啓蒙」していた。暇なのではなく、根本、人に何か教えるのが好きだったのだ。それは醤油売りが来たときの事、相手が「奥さん」についつい偉そうにしてしまったら、……。

「あらそうなの？　だけど東芝をやめてから、私サンジルシにいたのよ、で？　あなた自分が売り歩いているそのキッコーマンのお醤油の、アミノ酸含有量説明できる？　半額以下だから纏めて買えって言うけど、そういう品質が工場でいくらでも調整出来るものだって、私は知っているのよ、だって私定量分析の技師もやっていたものだから。さあ、その瓶、ちょっと貸してみて」、当時はガラス瓶。「えらいことですな、奥さん、振ってみて泡の量で判るんですかん」。

「私はね、なんでも作れるの、ここに工場建てて作るほどの事は簡単に出来るのよ、だから今日は買わないわ、もう少し勉強してから、出直しなさい」。

それは国が原発をがんがん建てはじめた、教師からの体罰があたりまえの暗黒時代、訪問販売はいつも、「いやー賢くなりました」といいながら最敬礼して、帰って行く。引っ越しの御挨拶が人形マッチ一箱の時代である。人間は火を使うときにいちいちマッチすって、燃え殻を捨てていた。子供の私は薪で五右衛門風呂を沸かすのがお手伝いで。

……「付け木数本の上にごみを載せて木が燃えてきたら」、イセネン、という棒の燃料を一本半？　いれたっけか……でもあのお醤油売りの人、本当にキッコーマンの工場から来たものだろうか？

ポーラ化粧品のセールスウーマンにも同じことだった、「化粧品？　あなた自分で売っていてどうして作っているか判っているの？」、板の間で化学式を書いていた事もあった。

「ポリエチレンの説明、出来ていませんよ、売っているくせに！　習って帰ることね」。

母のフレーズはきついけれど、外に向かったときの声音や笑顔には愛嬌があった。

たった半世紀前、私達は透明な袋に肉や魚を入れて、それを冷蔵庫に入れるという習慣を持っていなかった。「あらお魚屋さん、今日はちょっとお父さんにふんぱつしましょう、そのイサキを、ポリエチレンに、まあお隣さんからおみかんをいただいたわ、それじゃ乾かぬように、このポリエチレンを（引用？）」と書かれた宣伝パンフレット、なんで包むだけのことを？　いちいち食べ物と関係あるように大層に書くのだ、と思っていた子供。

「タッパーウェアの頒布パーティを開きませんかですって、断ったけど」、母の啓蒙はセールスとは違うものだった、……当時、玉子は子供が乾物屋へお使いに行って買った。新聞紙の袋に入っているからうっかりすると割れた。ちくわは一本二本と数えて売り、魚肉ソーセージはヘルシーなのではなく、貧乏な人が食べるものとされた。「ほら見なさい下宿している学生とは貧乏なものなのよ、ハムを二枚とポテトサラダひとつまみを買っていったわ」、ハム一枚？　五円だったっけか？

売っているコロッケを母は買わなかった。ベシャメルソースを作り、玉ネギをえんえんと炒めて、ミンチと人参と豌豆を別々に茹で、たねを冷蔵して寝かせる数時間の間、私と庭を少し歩き、本を読んでくれる。手に残っている粉からも良い匂いがした。でも、機嫌のいい日はなかった。化学調味料や合成洗剤を母は進歩的なものと思っていたふしがある。野菜に回虫がいる可能性のあった時代。核実験の雨ではげると言っていた頃。

何もかも自分で作るしかなかった時代だから、母の持っている知識は尊重された。最初は大阪弁を笑われたり都会風を苛められたりしていたけれど、カルチャーセンターもない時代、母は、外国の料理法を、というよりむしろその代替品を勧める魔法を起こし、いっときだけれども、「生徒」を増やしていった。

料理だけではなく、廃品のボア布を風呂場で染め、本から起こしたパターンに自分のディテールを加えて、ぬいぐるみを作り、それを周囲に教えた。ひとつのクラスのバザーが母のをまねた作品ばかりになった。

「私喫茶店をやってみたいのよ、珍しい名前を考えたの、デル・ソーレというの」。半世紀以上前、ピザの作り方を、生地を発酵させる事まで母は知っていた。

お正月は普通の漆のお盆の上に銀色のアルミをしいて、年末に漁師さんがくれる伊勢海老を茹でた「きれいな料理だからパリジェンヌというの」籾殻の中で伊勢海老は生きていた。手立てのマヨネーズ。作れば父は食べる、というか、いつから、作るなというようになったのか。「ほら、これは鮭の軟骨よ、氷頭膾、という東北料理をするの」。「要らん！　わからんこと迷惑や」と父は機械のようになって怖い拒絶をする。「胃が悪いから」。どんな少しのことでも変えると、パニックになる父。

生クリームは一週間前に牛乳屋さんに注文してやっと、瓶入りで届く。赤カブさえ正月用に八百屋に特注する。母はそれを一つ一つ違う模様に、クリスタルガラスのカットのように切り目を入れていく。ワインも酒屋さんに特注して、でもそれは今の若い人が普段に飲んでいるものと同じものなのかも。ポテトチップスだって、ポップコーンだって、昭和三十年代はバスにのって、輸入食品店でいちいち買っていた。ポテトを母は自分で、二度あげしていた。一枚ずつ数えるしかない貴重なチップス。父は残す、はねのけて不味いと言う。

「みなさんが私と同じケーキを作りたいというの、でも生クリーム取り寄せが大人数では無理なので、バタークリームにしたの」。十人もが集まって台所で一斉にバターの攪拌、ボールを鳴らす音、台は蒸し器の玉子だけの手だてのもの。そのバタークリームに食紅を混ぜて、母がナイフ一本でバラの花を象ると「生徒」がまねをする。「はい、これ、アンゼリカというの、これがアラザン」、飾りの薔薇の花をさらに飾る、緑と銀。それらも輸入食品店に行かないと買えないもの。「これでクリスマスらしくします」、感心する「生徒」達、うんうん、と妙に皮肉な顔つきで母はさらにアーモンドを機械のような正確さで、「生徒」の分までも薄く刻んでいく。包丁の厳しい音。

母の前でキュウリの薄切りをする事は災難である。けして私でなくとも。後から「あれ、薄切りか？」と言われるだけだから。しかもその後十年に百回は馬鹿にされるから。

普段のおやつにも売っているホットケーキミックスでないものを母は使った。粉ふるいを使うが、タネが柔らかくなり過ぎると、それは卵たっぷりの大餡巻きに化けた。料理に失敗すると母は男のように「ちぃー」っと怒る。台風にあった操縦士のような危機感に満ちて、私に乱暴な命令を飛ばす。だっとフライパンを持ち上げ、タネをフライパンの縁まで広げていくと、ケーキの端が薄く焦げ色に染まり、窓の小さい台所に甘い匂いが満ちる。

「用意？」、「はいっ」と私は走り、どきどきして小豆の缶を切り、宇宙旅行の操縦桿を握る程緊張している。「お父ちゃまと私は男二人なのよ、この家に女は必要ないの」。

でもあの時弟は？　多分台所の外にいたのだった。それでも今彼の方が料理は圧倒的にうまい。母と同じだけ魚がさばけるのは弟の方で、食べ物の味が判るのも弟の方だ。私はただ母の助手。「フライパン使わして、僕も、僕も」と弟は悔しがった。彼は流し台にまだ背が届かない頃から、踏み台に乗って勝手にソーセージを焼いた。

いつだっておやつを食べるとき、父はいない。気がつくと日曜にも平日にもゴルフ。「ようしっ」と母はまた男のように言って、大きいフライパンを持ち上げ薄焼きをくるんと巻く。「ぼやぼやしないいっ」、「はいっ」とお皿を出す。母は、「職場」にいる。

「私なんかね、毎日締め切りだよ、そんな仕事よりずっと厳しいからね」、私の受賞作がベストセラーリストに出ないと言う母に向かい、「地方のだけど出ました」と言い返した時、母はそう言って電話をガチャンと切った。そして近所に私から殴られた（精神的な意味でだと後で言い訳していた）と嘘を流した。ずっと私が稼がないことを責めつづけていた母、でも今度は「金をとっている」女として敵にされていた。「収入のない」母と娘は「仲良かった」のに。「あの人は給料をもろとるよお、あの人は」と母は秘書の事を、嘆きに嘆いて……。

「四日市には大餡巻きの良いところがあるの、これはそこの味よ」、ジャムを煮る時は「農芸化学の授業ではペクチンがね、ペクチン、覚えなさい」。「さあ、ジャムを固めるには？」ここで生まれて消えていくかけがえのない感動、いや、消えない、私が覚えているから、そして周期表も二次方程式も、ロマン・ロランのエピソードも見た事ない古い映画の場面もその粗筋も、台所で習った。

父は野菜と多くの魚が嫌いで、どう調理しても難癖をつけた。「どうやっても胃が悪くなってしまうのよ、お父ちゃまは」、死体を見たような顔つきでおかずが多すぎると怒り、魚の鱗が一枚入っていただけでも、吐いたり怒ったりしてずっと覚えているので、食事は肉中心。外食で食べたのとまったく同じものを作るように求めることが多かった。

何週間も韓国料理の焼き肉が続いた事がある。炭火焼きと同じ味を家のガスで、焼き肉のたれが売ってない時代に近隣の材料だけで。母は毎日ニンニクを潰し、砂糖を変えてみたり、違う、違う、と言われながら、……御馳走のはず、でも子供の口の中で肉はやがて紐のような感触になった。しかしそれで終わるのではなく、また三日程あけて数日続くのだ。ここが違う、これは辛すぎる、と小言を言い、結局続く。味噌汁がまずい漬物がまずい米の炊き方がまずい。汁は赤味噌でどろどろでないとだめ、煮干しはウロコで吐き気を誘発するので鰹節だけ、季節の野菜を実に入れると胃が悪くなる。サラダは全部きつい塩でもんでから一センチ四方に切り刻み大量のマヨネーズをかけておくしかない。母が少しでも工夫や変わったことをすると「あんたはいいかもしれないが家のほうではこういうことはない」と。少しでも変えれば大変な事になる。漬物は出来れば数種類を毎日綺麗に大鉢に盛って、ご飯は飯粒が立ってないとだめ。それは次第に私の食事マナーや顔つきも父の怒りのテーマに入って来た頃。「この家は漬物を馬鹿にしているから」。「この家」、……母はぬか漬けもやっていた。私は家を出てからもしばらく、漬物、味噌汁という言葉がこわくて泣きそうになった。しかし今は好物だ。

手作りは大事？　一度だけ「あんまりおいしそうだったから」と母が出した肉屋さんの焼鳥、

……「俺はこういうものを食物と呼ぶ必要はないと思う、今から元の紙に包んでそっくり店に持っていって、聞いてみたらどうかなあ、これは食べ物のように見えるけれどとてもそうとは思えない、家で捨てるにしてももうどうしていいか判らない、金を返せとは言いません、が、そちらで勝手に処分してくださいと、しかし、……これは食い物かこのひどい臭いは」。父は嗅覚も鋭かった。

私はフォークの背にご飯を載せて食べられなかった。そのために父は鬱になっていた。秘書ならば出来るのだ。醬油ソースマヨネーズ他の瓶を、父に取ってあげるのが私の役目なのだが普通にしているとなかなか出来ない。緊張していてうまくやると、鬼の首を取ったようにと言われ。ライターなら取れそうと素早くやると、「ホステスになりたいか」と冷笑され、聞いた母も高笑いしながらこわい目で睨む。下を向いて食うな食べるのが早い音を立てて食え、舌でぺちゃぺちゃこねまわせ、笑いながら喋れ手で食ってかぶりついてみせろ、父の命令は絶対で食卓でしか接触はない。矛盾した命令は無論いくらでもある、こちらに怒ってくるきっかけは母が望むだけの量、自分の好物をつくってなかった時、「おい、もっとないか、でしょ、何回も聞くのよね毎日のお腹具合まで予想出来ないわ」。

しかし母は父のトイレに行った回数と排泄物の量を全部覚えていた。「おい」と言われれば「三回目です」と。

鍋一杯の枝豆を料亭のように全部端を切って丁寧に下ごしらえする。「いつ帰ってくるか判らないでしょう、それでも毎日麵にしてくれって」、ゆで上った麵の前で二時間長電話を始める父、友達の奥さんの愚痴を聞いてあげて。

会社の人の食事も母はよくやっていた。支社の人が来ると魚屋へ喧嘩腰で出掛けていき魚屋に向かい、「あなたでは駄目だから全部そのままで、さばかないのを、寄越しなさい」と。そして生牡蠣、刺し身数種、アラ煮、全部自分の包丁で作る。その食後はまた、客が「奥さんデザートはないの」と言ってからさっと作る。どんな系統のものを食べたいかを相手に聞いて。

嫌いなものの多い夫がよそでは料理を褒める。家で作らせないシチューを貰ってくる。よそで炊き込みご飯をお代わりして「うちの松茸は中国産ばかり（嘘）」と訴えて帰ってくる。貰ってきたシチューをうまいうまいと食べるのを母は涙目でじっと見ている。外国のコックが来たとき、母は自分で作ったシチューを出していたのだった。コックは日本のホテルのものはまずいのに、と心底驚いたはずで。うん？　そうだよ？　食い物の恨みばかり書いているんだよ？

母の死後、「お母さんのみそしるは不味かった」と父は言った。支社の人は「ほら秘書さんいるからね、あの人なら下手な女房よりよほど信用出来るし」と。母の看病中、母のために弟が買ってきたものさえ、母は父に食べさせようとして自分は食べなかった。父のための料理を作れと言うので、私は応じていた。しかしある時、ふいに何も入ってないインスタントのラーメンを自分の昼飯にしてくれ、それ以外はまったくいらないと父はいい始めた、その昼だけ、……すると父の友達が昼時に来た。「ほーら、これが私の昼食、これだけです」と父は友達に向かって指で示し、……。

昔々、……それはケネディのお葬式が映ってる白黒テレビの前。私はスパゲティが好きで、三歳の頃からもう、喫茶店ではなく近鉄ホテルの、祖母が味を覚えさせたものを好きになっていた。

食卓はすでに、デコラ張りのテーブルではなくなっていた。父の能力と経済成長の力で、家はどんどんお金持ちになっていった。木目模様の鉄板を内蔵した、高級なローテーブルで、一家は座って食事するようになった。絨毯はベージュのふわふわ、でも、父が朝食べなくなってからは、母もまともに朝食を作ることはなくなっていた。ていうかほぼ朝抜き、……テレビの中では、三歳くらいの男の子が父の死を理解出来ないで、葬列に向かって笑いかけていた？ 半世紀近く前？ その姉は今日本の大使になっている。五十過ぎなのか？

普段朝食を食べないその食卓へ、その日私にだけ、母がたった一口だけどスパゲティを運んできてくれて、目の前に置いた。昨日のソースが残ってたって、「あんたスパゲティ好きだからあんただけ」ってひとつまみを、台所でわざわざ茹でてきてくれた。普通姉ってそういうの弟にあげるよね、でも多分、そういう時の私は「女の跡取り」で。

当時はまだ電子レンジもなかったから、残りのソースは母の栄光のフライパンの中で、少し焦げていた。覚えている、透明なタマネギ、ラグーのように煮詰まったソースの中、麺はアルデンテ、金とオレンジにコーティングされて子供の二口分、すっきり纏まっていた。

ラグー、アルデンテ、そんな言葉を母はちゃんと知っていたけれど当時の地方の食材だけで作れば、それはただの昭和ナポリタン？ と呼ばれるもの。「美しい！」二秒見とれていてし損じたね。父が起きてきた。「ほーうまそうな」、私、嬉しかったよ、これ譲れば父に、ついに好かれるからね。この世には私の所有物なんて何一つないというのに、私は父に何か「あげる」事が出来る。「お父さん、どうぞ」、父は、……。

一口で食べおわってぷっ、と皿を押しやった。そして、「いらないというから食べてあげた、いやだったのに、さあお礼をいいなさい」。目が笑っていた（と受け取る小さい女の子）。

……爆泣きとかしなかった。想定内だったから？　ぽろぽろ泣いている私の前で、父はまた人形のように戻っていた。「おい」と命令され母は「慰謝料」のチョコレートを割って二口くれた。言葉は通じない？　子供からかうと可愛いから？　判らん、どうでもいい。「教育だ子供はほしいものをほしいと言うべきだ」、「あの子はなんでも素直に欲しがるのに」、誰が？　弟？

家からなくなった前のテーブルは秘書が使っていた。私の子供の頃の弁当箱も私が四十歳になった時点でも秘書は使っていた。「小さいのに働いてかわいそうに」、「小さいのに」、「うちのお下がりなら、どんなものでもひとつ残らず貰ってくれるからね」、半世紀以上後、……つい最近、父は孫のオムライスをくれ、と言っていきなりスプーンを取ろうとして、抵抗された。「違うスプーンで一口ならと言われたんだよ今の躾けか？」彼は驚いた。とはいえその日のテーブルには、大人の御馳走が沢山用意してあった、はずだ。しかも男の子のお皿から彼は、貰わなかった。歴史は繰り返す？　いや、女性は進歩しているかも？　あまりに、ゆっくりとだけど。

その後の私？　高校に入る迄の事だと思うけれど「ご飯のとき家にお父さんがいると自分の家じゃないみたい」って言ってしまった。母にはもちろん口止めしておいた。ある日珍しく夕食にいて、焼き鳥の時と同じ感じで穏やかに「来た」、まったく知らない人の目つきをして……「ねえ、〇〇さん、あなたはこの家に私がいるとこの家ではないようだとおっしゃる、もしそう思うのならば、顔を合わせないようにいたしますけれど、どういたしましょう」、母はきっと私の言葉を心から「面白い」と思って、そして自分は別に関係ないと思って平気で教えたのだ。

ここにいると、……怖くなく、辛くなく、泣かずに、人の用に使われずに、フロイトで精神分析もされずに、顔つき咎められずに何でも食べられる。たまに体調良ければ、冷凍即席手作り含め、好きな時に好きなものさっと出せる。グリム童話に出てくるテーブルや支度ってこの事かも。おとぎ話のような御馳走はなくとも、でも種類の多い献立を見ただけで疲れて血圧が下がるから、私には台所のテーブルが一番良い。治療で体がよく動く日も多くなってからというもの、朝から赤いスパゲティを作る事が多い。サラダも何も付けない。光が注ぐ中でしっかり食べる。検査あけ数日の限られた快楽だ。

家を出して貰ってからもう三十年以上経つ、三十半ばまでとてもよく、仕送りして貰った。それからはひとりで、筆で食べてきた。

33　……ええと「御無沙汰です」僕若宮にに、そして今は、二〇一五年十二月三十一日、午後十一時五十二分ここは

そうなんですよね、もう一年も終わりでって、え？　ここの語りの時間？　そりゃ行ったり

戻ったりしてはいますがねえ、まあ小説は全体にこのきのとひつじの年をうろついていましたね、TPPと戦前のうさん臭い漂いを、そして、……。

え？　何が言いたいか？　僕？　「さあ今からお正月が来るよ皆さん必死で年とってね」そして、「戦前止めて、TPP流して、なんとしてでも、生き延びてね」って。はいーっ、本日？大晦日だよ！　それ、荒神的にはとても大事なところ、なので僕、今日は一日、ほぼこの「管制塔」に詰めています。

というのも普段の僕って、家中をずーっとうろうろしているんですっ！　例えば始終家の床下も行くし、猫の水入れまでも見回っている。でも、さすがにそろそろ大切な一番大事な、お正月が来るからね。すべて大切な仕切りの日だからね。ここでついに、全体の総仕上げを！

しかし彼女ってば、……ここ二十年以上、正月をひとりで、ていうか猫と過ごしているね。この家はとくに誰も来ないからね、そして正月って別に初詣だお節だって、そんなたかが「日本の伝統」のためにあるわけじゃないのだから。

それは失った感情を取り戻す日なんだね、ぬくぬくと弛緩して安全を舐めきった馬鹿な人間が、傲慢になったり、滅ばないように、心を引き締める日さ。

僕は今日から、しばらくここでこの家の全体を見渡します。そして宇宙を流れている大きい時間の中にいる割に、己の内面の怠惰や見過ごしで、ついつい淀んでしまう人間の毎日を、きれいに致します。元に戻すんだ。寒さに晒して、針のような時間で、目を覚まさせるよ？　しかもまっさらにしながら、けしてリセットはさせない。

リフォームして記憶を残しながら、ただ生命だけを更新してあげる。まだまだ生きられるよと手を引いてあげる。今は生を死に裏返す大切な時なんだ。ただ猫のケアがそのためにちょっと、手薄になってしまう。こっちの方は結局夢で彼女に重々注意しながら、やってくしかないけれど。今は、一年で一番大変な期間なんだから。

故に十一月頃から、僕は台所で食べてばっかり。だって正月食べるひまがないんだもの？　また、丁度蕎麦や蓮根が良くなるあたりだからね。この家、今年の秋はブドウ、蓮根、レモン祭りだった。ここの棚主さんって蓮根が好き、でもついに煮物に飽きてミートソースやスープやスパゲティ、ドライカレーにまで刻んでいれているよ。レモンも同じような目に遭っているけれど。無論どれも国産だ。だってＴＰＰで農業がなくなったら薬漬で運ばれてくる乾いたしなびた食べ物ばかりになると思っているから。今のうちに食べないとって。そして非力な神でしかない僕の方は、せめて猫と彼女が生きて行けるように、食べて行けるように時間をメンテナンスするのがせいいっぱいなので。

まあ結局、普段も台所で、いつも生を死に裏返しているんですよ！　つまり死んだ物を料理にして、食べ物を、生命に変える作業って事。でもだからって、荒神は台所って、決めつけないで。ていうか台所というものを馬鹿にしないの！

ああそうそう、そう言えばここで、ちょっと補足です。モイラとルウルウの残した言葉や思い出について。地味だけど、だからって飼い主にとっては全部大切な猫で。

まず、モイラ？　うん、……若い頃のモイラはギドウとまるで区別が付かなかったよ。並んでいれば大小で判る程度。というかモイラはなんか子猫プラスちょっと、という程の小柄だった……これがまたギドウに輪をかけて言葉の足りない子で。ふたりはまたそっくりの大小で独特に仲良し、モイラは兄ちゃんが大好きで尊敬していたね。その一方でルウルウにやつあたりした兄ちゃんの頭を、モイラはテーブルの上に上がっといて、真正面からばっしーんて叩いたりした。そういう時はしっかりと諫めてたね。雌二匹はまあ、姉妹らしかったよ。来た当初は初期化されちゃってなんか、喧嘩もしたけれど、その後はいつも一緒。モイラはルウルウといるとむしろお姉さんに見えた。体は二回りも小さいのに偉く見えるんだ。しかもギドウよりいつも高いところに居て、猫習性的に言えば、それはボスの特権なはずなのだが……。

それ故に飼い主は家庭内に限り、モイラが一階のボスなんだと、認定していた。ただギドウは当時からジャンプもいまいちだったからね。また、一説にモイラが実はギドウの母親なんじゃないかと、家を訪問してこの帝国に接した人は言ったけれど。

しかしモイラがギドウと違うのは鳴かない、慣れない事。そっくりの二匹でも人間に対する態度は正反対だった。

モイラは最初の頃なんて、ニャーとさえ言わず、ガーッ、とかハーッ、とかすごむだけで、いやそれ以前はなんか猛獣のように黙っていた。無駄な動作とか絶対にしなかった。本物の野生動物？　むろん、家猫なんだけどねえ。山中に捨てられたらすぐ死ぬに決まっている普通の家猫なのに。でも猛々しいというより怖がりだったんだね。

それが次第に慣れてごくたまにでも、そう、気がつくと飼い主の後ろに座っている。リス程小さい子が、顔を合わせてくれる。しかもいつしか友好的に出たりするようになった、ところがそうなると、この子は一面でも、むしろギドウよりソフト、デリケート。まるでそれはなりたての若い編集者が、うんと地味な新人の原稿を実は欲しがっている時の態度というか、まあ結局は親和性を保ちつつ、びびっている状態ね。いかにもなれたふりをして少し上目から、ちょっとてれながら、ものを言ってくる。

そして、モイラは台所が好きだったんだね、人間が台所にいると、妙に安心して、そろっと出てくるんだ。鳴くようになってからは後ろから言うんだよ、ひとこと、素直に太い柔らかい声で、「うぉう?」って。すると聞いた方は……。

振り返ってああ、顔に書いてあるって……この「うぉう?」を「誤解」してしまうわけで。ドーラの心を知らなかった飼い主だもの、まあ判っていないいんだよ。

じゃあ飼い主訳の「うぉう?」、を……「うぉう?、でもね? 笙野さん、あのね、今日はお魚の日でしょ、お出かけするんですね、だったら? ここはひとつやはり、戻り鰹では? あ?」

「うぉう?」、モイラはもうくるっと後ろを向いて立ち去りかけている。するとそこで、「或いは甘海老入りの猫缶? ママ?」て背中に書いてある、とまた飼い主は誤解するんだよな。しかしこれ結局は、「おれごきげん、いま? 暇よ!」ってこと。このヒト野生だから素直なんだよね。なのに飼い主ってば……。

何か与えないと愛されないと思っている人なんだよね。ありがち？　モイラ、うんどっちでもいいんだよ、ただ、その他の「うぉう」だって、「好きよ、でもちょっと不安、ここ快適かも」、とか言いに来ているだけで。むろん「誤解」した飼い主はせっせと駅前のジャスコの鮮魚コーナーに通う。すべて魚は安く新しくて、それは原発事故以前の年。そしてこの「誤解」を？　そりゃ、モイラは歓迎するとも。推奨するべき、良い誤解としてねえ。

ああ、おつかれさま、で？　これは？　メジマグロですね、うん、うん、良かった、こういういいほうに、裏切ってくださって。ねえ、良かったですね、ね、笙野さん。

お魚の包みを見て、たっ、と顔を見て、足先を丸くしたような安心した走り方で、ユルみ切って横切って行く「ちびフクロウ」。三匹は一見同じ緑の瞳だけど、モイラは見上げる時、こころもち水色が勝っていたって。

この緑色の中の水色というのは、猫が年取ると失われるものなんだ。つまり緑の目の猫の完全な緑色は老猫のものってこと。

ギドウの今でも時にはする野良猫走りを、一番先にやめたのはモイラだった。真夜中にひとり隠れてしていたトイレを、いつのまにか作家がいる時にだけするようになった。

「台所を使っていてふと気がつくと、すぐ後ろにちびフクロウのシルエットがあった。でもそれはごくたまで、顔も態度も既に慣れているのに、触らせなかった」。

ペン先尻尾、筋肉質、足が短いのに跳躍力抜群、筋肉の固まりだったけど心臓が弱かった。生まれつき心臓の弱かったせいで、この猫は小心、怖がりだったんだね、猫でさえ心と体が通い合っている。野生ではあっても「攻撃性はない」って医者は保証した。

飼い主はともかく驚かせないようにして、好きなようにさせていた……。

そんなモイラが五歳で突然死した。先天性の原因で心臓になにか起こってしまったせいで、……当日は長編を発表したお祝いの日で、本人は夜の外出なんて滅多にしないのに、都心の有名レストランに連れていってもらい、仕事外の友達も一緒に招かれていて、ずっと絶賛され、今後もと沢山の依頼を受けた。それで人間としては満ち足りていても、猫の留守番はやはり可哀相で、心配して帰ると……。

その朝も元気で跳ね回っていた。前の日はルウルウのカリカリを横取りしていた。その前日は、医者の定期検診を全員で受けていた。体はまだ温かく安らかな顔で、おしっこが膀胱に残っていた。ひどいことに、当日は生協でとった食べ物がどっさり届いた日で、翌日には通信販売で注文した洋服まで配送されて来た。全て手に触れる欲望が拷問道具になって。

ちょうど、モイラを本の表紙にしようと思っていた矢先だった。が、デザイナーに頼んで使うはずの写真を引っ込めた。するとカバーの雲母《きら》引きまでも配慮して消してくれた。それでも悲しかった。

この時から飼い主は衣食の欲望がどん引きしてしまった。良い服やうまいものが後々までずーっと苦痛だった。無論少しずつ回復したけれど、完全に元には戻らないよ。

尻尾が短い猫は命も短いのかって、そう思っているうちに歩けなくなった。道を歩いていて「引っ張られるみたい」に、体がよろけて勝手に、車に寄って行く。またこの病はストレスや疲労も、直に、筋肉関節に来てしまう病気なんだよね。

ルウルウも急だった。八歳になったばかりだった。しかもいろいろ心配しながら歯の治療を終えた直後、食欲も出て若返ってきた矢先、それがまったく別の事で急変したというのに、ホームドクターも飼い主も歯の再燃だと思い込んで、しかし治らない。それは検査でも出てこなかった先天性の腎臓の急変だった、当時見せた大病院でも医師は病名さえ判らず、エコーを見ても、言葉もなかった。飼い主は最近やっとネットで知った。先天性多発性嚢胞腎。千匹に一匹の生まれつきのもの、サイトにある症状とそっくり同じ、典型的なケース。

医療センターではないが、アメリカ仕込みという、田園調布の大病院にタクシーで連れていったんだよ。高価な最先端治療、数値も回復し、退院が決まる。それは、普通そのまま一年ならば生きられるものだった。まあなってしまったら終わりの病だけど。それでも当分はチューブを付けているしかないというので、酸素ボンベを取り寄せ、車も移動時に酸素を使える、ペットタクシーで迎えに行く事にした。しかしその朝、ふいに電話が鳴り心臓が突然……、ドーラを看取った後、今の病院で、高度医療センターとも連絡しながら、治療出来ると判った。もっと早期にここに来ていればと……僕？　当時は神棚との連絡が悪くなっていた。不測の事態があってね、……。

どの子も、それぞれに可愛いし大切だ。しかしルウルウの死はことに、辛かったようだ……飼い主はルウルウを最初ライヤって言う名にしようかと思った程だったんだね。ジャングル大帝の「緑の瞳」にちなんで、というのもギドウの妻だったし。この家にいた茶虎の中では唯一短尾ではなかったから。さして長くはない、先が丸まった中しっぽの小柄。

生後一年も経たない野良時代に、ルウルウは子猫をもう、産んでしまっていた。そもそも歯も、腎臓も、自己免疫も弱かったようだ。

免疫不全でいきなり潰瘍が出来た事もあった。お腹の皮が剝けてね。

ルウルウの思い出？　引っ越した最初の日、みっつの食器を並べて猫缶を入れると、モイラがさっと隠れ、ギドウがまず口を付けた。一方ルウルウはギドウにすっと寄っていって、同じ食器で頭をくっつけて自然に食べ始めた。ひとつの器から仲良く食べる猫を作家は見て、「不思議なものだなあ」って、風景のようだったと。隠れるモイラもそうするルウルウも、自然で可愛かったと。

千葉に来た当初このルウルウは、二階で飼い主がドーラを呼ぶと必ず聞きつけて甘い声で返事した。自分がドーラだと思い込んでいて、というかとって替われるという自信があったみたいで。玩具にも一番執着があったり。食べ物の味もいちばん判っていて。

生前のルウルウは数回台所を「脱走」して、二階にもするっと、上がってきた。しかも普段からおりに触れて長台詞を回すからね。なので一度小説中小説の主人公にした事があった程で。未だにこの飼い主が思い出して泣くようなことばかり言い残していった。ていうかその日だって、そもそも、……。

「ドーラが死んだら私、この、二階のピンクの洗面所貰うわ」って。一階を抜けて階段を上がり、階段脇のそこにすっぽりと入ってね、「ご機嫌」というよりはただ野生の顔をして、……それでも蛇口を見上げて寛いでいたわけで。ちょうど良い猫ベッドと思ったのかもね。

しかしこの子も、やはり、最初は撫でられないほどだった。手術のあとケージから出てこなくなったり、捕縛された状態のままで一メートル飛び上がったりしていた程で、それでも一度触れてしまうと一気になれたんだね。でもそれを飼い主は野生の面従腹背と誤解していたんだ、随分長いことね。モイラが死んでからは一層なついて、ことに死ぬ一年前までは毎日、飼い主に延々と体を撫でさせた。その挙げ句に毎日、こう言っていた。

「ねえ、私今日も生きていてあげたのよ、その他になんの不満があるというの」……。

食べ物には一番うるさかったかも、ピンク色のカツオの筋の多いところが大好物で、歯に引っかかるから程よく手で毟ってあげなくてはいけなかった。そして最後、腎臓が急変し、病院に通った飼い主に向かって。

「こことても快適よ、あなたが来てくれて、ギドウいないんだもの、嬉しい」とね、……気がついたのは案外にルウルウも一匹飼いを望んでいたらしいこと、撫でさせるのがけして戦略ではなく、独占欲だった事、何よりもルウルウがやはり猫にしては頭がよく、飼い主を病院のようなれない場所にいても、認識、識別出来たという、……でもそれって「幸福」な気づきだよ？　無論、知らないほうがよかったのかもしれないけれど。そして、……。

「もう治ったのよ、私、二十三まで生きるわ、最後の猫になるの、あなたの」。今も飼い主は思い出すと叫び泣くよ。命日は一月の二十日という。

人間？　それでもその後も「正月」には若水を汲んでいるよ？　神棚は三十日に掃除している

し、むろん、それ以前に供え物は替えているし。絶対にやめないさ。でも一方、流しは磨いてない、風呂も普段と同じ、パジャマ正月だ、輪飾りだけふんぱつしてたっぷり付けている。まあ僕の神棚さえやってくれればね。

しかも最近では大晦日の最後、二つあるおトイレに密封した小さいお菓子を供え、そして、……トイレで食べるんだ。細菌恐怖症なのに。だからトイレだけは年末に徹底掃除している。理由？　呪術的な年度更新法ってとこですかね。理論？　――「一年の境界はそれ自体魔界である。そこではすべての境界が意味をなくしひっくり返る、というのも秩序が秩序であるのは大変な事だから」って事！　つまり、「なぜ人をころしてはいけないんですか」とかそういうふざけた事を言ってる場合じゃないってのを自覚するためにね。そもそも、トイレは住居内における一番厳格な境界であって、しかも日常において、その内側は外からは「それはなかった事」にされているわけだから。故に、……大晦日だけはそこをスルーせず、つきあう事にするのさ、それは一年のうちで一番厳しい時間なのであって、美と醜、闇と光、貧富、生死までもそこで入れ代える、つまり、それが一年の更新のためなんだね。一年に一度、一発逆転か、或いは全て失うか、そんなきびしさを体感してみる。ここの飼い主は生きる事を舐めていない。そもそも難病だし。何時何が起こるか判らない世界だし。

要はそれこそが人猫一体となって、無事に年を取るための、民俗に法《のっと》った更新儀礼なのさ。だってね、古い一年から前に進まなければ、次の太陽が昇らない、次の朝が来ない、しかも今まで手にしたものを失ってはならない。

生きている間はそれ一番大事でしょ、え？

しかし、……ルウルウが死んだのはそのお正月の、一月二十日だからね、唯一病院で死んでしまった子、一年で一番辛くて落ち込む月なんだそうで、……。

34　さて今年もそろそろ押し詰まってまいりました、そこでまた恒例の民俗年越し儀礼、おトイレの神様にお供えを、えさっきもやっていたって？　は？　じゃなくって、本年既に……

二〇一六年十二月三十一日午後十一時四十八分です、そろそろ夕刻にお供えした、お菓子を頂きます、一階と二階とで違うのを供えてます。昨年は確かそれぞれ、飴細工の小さい宝船と鶴亀か何か、その前の年は紅梅の練りきりと兎に南天をあしらった薯蕷まんじゅう、でもなんか今年は、花園万頭の一口フルーツ羊羹各二個にしてしまった、面倒なのか？　いえいえ、そんなところで食べるの大変だし落とすと困るからって、だって密封出来ているし片手で持ちやすい。は？　楽しんでないかって、いや、ほんと、儀式なんですわ。

そこで大晦日はリビングほったらかしでおトイレの内側だけ天井壁拭きまくり、それでも築十六年、一階の水回りはフローリングが少し剝げてきた。そこで下のトイレだけは床をすっぽり覆う長いトイレマットを速攻敷く。これ生協注文二千六百円よ！　でも二階の新調カバーはＡＥＯＮの見切り品マット蓋カバーセット七百円のです。つまり二階トイレの床はまだ剝がれていない

からね。ふん、ここまでも、ＡＥＯＮが見切るまで待っている私、でももうそろそろトイレ本体だって総とっかえしたいですが、まあ取り替えた翌日に突然死するのではとか思うと、ついつい放置する。ともかく両方とも、輪飾りは取り付けたがね、でも、……ここで毎年この掃除二つをするからこそ、私は翌日にリウマチが出るし、猫だってほっとかれて寂しく、それで体調崩したりするのではないだろうか。しかし、それでも年は取らないとね。ただ、他の作業に省略を求めるべきであろう、というわけで……。

今年こそは煮染めを作らないでおこう、と思っていたはず。が、なんでかふと見ると年末最終の宅配ボックスに、蒲鉾セットと一緒にくわいと蓮根が届いているのだよ、無意識にやったんだな、そして金時人参もある。里芋だけは剝いてあるタイプの、真空パックである。こんにゃくは、先月の検査明けから、ずーっと冷蔵庫で死んでいるやつがいるよ？　どうせ例年正月明けに作るはめになるんだけど。そもそも年賀状なんて節分前駆け込み（それはけして寒中見舞いではない）でも、……。

なんか去年の正月と今年の正月ってずるーっと繫がってないか？　スペースに例えるとほんの数行くらいしか離れていないしな？　つまりそれ程にね、一年が紐のよう。自分の体感ぺっらぺら。なんというか本当に「なにもしてない」という十二ヵ月であった。何も、なかった、年。つまりは、……。

ていうか実生活案外に変化もあったのに、それが空洞化してしまう一年でさ。つまり、怒濤の記憶といえようもの達が、ふりさけみれば、見事、かっらからに、乾いている、なう。残っている「骨」はひたすらＴＰＰ反対！　ＴＰＰ反対！　他はすべて、……。

例えば三月の末に教授職を「畳んだ」、どうせ五年というべきかよくも五年もと言うべきなのか。それは修論の審査終えて研究室の引き払い。各種事務手続き、今まで照れくさくて手が出なかった大学グッズの購買、そして最後の授業はドゥルーズのエッセイ、なのに、これＴＰＰの前にはすでに乾ききったきろくだけ。そしていろんなふうにして自分の体から、教授職が乾いて剝がれていくのを面白く見ていた、自分好き？　いや、なんだって素材、自分は元手、素材、小説で使い切る存在。

さらにまだ大学籍残ってる三月初め、同僚のよく行っている、デモに行ってみた。それは秘密保護法から数えて二度目の「社会参加」。正確にはヘイトスピーチデモへの抗議行動、いわゆる、ヘイトカウンターにお出掛けしたのだった。理由は沢山ありすぎるので省略する。まあその時なかなか作品発表できなかったし。難渋していたよ？　ともかく作品が出せていなかった。理由？無論その時の「自分」全開で、なおかつ、現実スルーなしの設定でやろうとしたための苦労なんだよね。で？　だからデモへ……。

しかし場所はいつもの国会前だの新大久保とかではなくなんと銀座である、また普段のと違いメガホンを使わず、ヘイトに罵られても我慢して静かにするという、がまん闘争と聞いた。要するにそれならば音がしない、場所が近い。じゃあ楽かも？　無論、病気があれなので部分参加だし、なんとしても行きたいと思えばこそ出たのだけれど、しかし一方、決心すれば、……銀座なんて何年ぶりかと、もし体調奇跡の日ならば、食事や買い物も夢じゃないと、うしろめたくもそわそわ、……。

まあ、その日のテーマはＴＰＰと一見無関係だけど、とはいえ、自分にとって経済収奪とレイシズムは表裏一体のものだし、それは個人に対する一番の欺瞞と裏切りだって思ったから。それに学校終わったし、じゃ、銀座の、天丼も？　食べようかな？　……自作プラカードに個人参加と小さく書いといて三月五日。お昼頃だし、万事ＯＫか？

しかしなんというかヒノマルＢ層連中特有のデマによると、こういうカウンターには共産主義国から二万円の日当が（ありえない！）出ているそうだ（アホか？）、理由？「運動にはお金がかかるだろ？　ビラとかプラカード代だけでお高いのでね、ほらあいつらえらく立派なの持っているんだもの」てことらしいよ？　でもうちの手作り豪華巨大プラカなんか窓から外したあったかボードに両面テープで半紙張ったもの、それを墨が飛ばないようにお風呂場へ広げて、大きい筆で書いた。すると、……ボードは使い回しだし紙と墨と筆は「いいもの」使ってても、五百円しない。しかもこれ畳めるし家にあった百円の収納カバーにぴったりと入る。万が一の時の杖と一緒に小わきに抱えたら、軽いし、そんなには嵩張らない。また、今はもし自作にこだわらなければ、まず、コンビニのコピー機から取り出せる百円プラカがある。ただまあそれのデザインをする方は無料奉仕らしい。

さて、京成電鉄上野行きから、乗り換え乗り換えで銀座の混雑、ずっと来てないそこの、おっきい交差点、脇に交番、交番の前の石にプラカ立てて、一応記念撮影。しかし銀座もいろいろで、そう言えば二十年も前からすでに注文シートの寿司屋とかあったような気がする（記憶）、むろん、総理と二大新聞政治部長クラスが会食（参考赤旗引用の新書二冊です、でも資料だと本当は永田町の中華等なんすけどね、**ただしこれは、後書きの注必読！**）しているような高級な場所には多分注文シートなんてないだろうけれどね（まさか、……各自タブレット？）、しかしその時代から時代はさらに下り、……なんというか服装とか雰囲気とかの、銀座らしさは一層減じている。また通る人々もいちいち不機嫌。それでもカウンターは長いデモ道にずらりと並び。お洋服？　普段の恰好とおぼしき人々が主流である。

そう、結局私は、悩んでいた。戦前をどうやって書くか、人喰いＴＰＰを筆で止められるのか。なかなか書けないので、うまく行かないので。それにやはり、なんとなく行ってみたかったのだね。

銀座デモの服装って判らないけれど、帰りにどこかへ寄る事を考えて、薄いクリーム色のバスケット織りの上着を着て、焦げ茶、ペーズリーのベルベットタートル、そして少し考えて「割れるといけないから」、と真珠ではなく、安いシルバーの台で大きいラピスラズリがのっている指輪を中指にして、もう片方もシルバーに。

同僚に会っても挨拶しないつもりでいたけれども、いきなり発見、つい声を掛けた。同じ研究室の西谷修さん、一緒の期間も短いしそんなに交流もなかったけれど、それに「あなたドゥルーズでしょ、彼ルジャンドル研究だから敵なんですよ？」って冗談を人には言われたけれど。そんなに交流なくてもうまく行っていたよ？　それにもう終わりとなると何か懐かしい。私の勤務中に小野正嗣さんは芥川賞を受け、阿部賢一さんは東京大学へ転勤して行った。そしてたちまち、

「かやまですー」と後ろから穏やかな声がして振り返った。香山リカさん、……。

　飼っている猫さん達は公園野良からの保護、目の前の本人はお帽子に小顔、……それはその日が初対面の「同僚」の顔。キャンパスが違うのでこの五年間すれ違う事さえなかったのだが、それでも私がネトウヨにたかられているのを知ると、ずっとメールをくれ励ましてくれた。彼女がレイシストに向かい中指を立てた、というので、ヘイトデマ連中は、中傷を続けていた。しかし他人の尊厳をかばうためにそうしたのだから。

　私は自分の長メールをふと思い出し赤面していた。忙しい人なのに……マスクをかけたまま挨拶だけして、そのまま元の位置に戻る事にした。それは案内に初心者用の場所、と書かれていた交番前。そういう案内も地図も、ネットにあった、……ヘイトがなかなか来ないので伸び上がって見ていた時も、黒ずくめのいかにも銀座風な若い男性が進行を伝えに来て物柔らかに案内してくださるのだった。通行人の殆どは「わかってますとも、ええ、わかってますとも」という感じでゆっくりゆっくり通りすぎて、味方っぽかった。しかし一組だけ、カップルで意地悪を言う人がいた。

　香山さんには指輪を見せなかったが、中指を立てるためにさしてきたつもり。同じことを考える人はいるものであって、……パンク風のきれいな恰好をした若い男の子が、両手に一杯シルバーのをさして、両方の指を立てているのだった。すると？　プラカを支える手で両方を立てるのが「お作法」かもしれないね？

　疲れるといけないので一時間で撤退したが最後はヘイトを追跡して結構歩いてしまった。カラ人出だと商店から憎まれるかもしれないので、お金使ってこう（少しでも）と思って入った、地下の成城石井で、瀬戸内レモンイカ天等好きな菓子を見つけて、袋一杯買った、帰りの電車で具合悪いのが治ってきたので、千葉に入ってから天ぷら蕎麦上等を食べてみると、結局ふらふらしてしまったので相当休んで帰った。

で？　デモは「気晴らし」になったのか？　そこからすぐ、長編の仕上げが終わり四日ほどで、短編ひとつを書いた。長編はうまくいかなかったが、短編の方は……。

自分の小説にとうとう「他人の不幸」を書いてしまった。サイトでもなんでもいい載せてくれと頼んだ。すると担当は雑誌に載せ本にもしてくれた。しかしマスコミの、ことに大新聞政治部の「報道禁止条項」を書いている以上、新聞が取り上げる確率は低く、それではむろん宣伝もかけられない（と思っていたら、案外にごく一部でも新聞、作家、評論家や書き手が助けてくれた）。いつも自分を元手にしてきたはずの私なのに、「他人の不幸」。それは架空の一家がＴＰＰによって全滅するストーリー。しかしそれで不思議と書きたかった事はなんとか収まった。国民が大きい物語に巻き込まれている時、目の前の不幸を描くとしても、もう自分の周辺だけを見ていたらこぼれるものがある。考えてみれば市場経済が、その化け物のぼんやりした輪郭を表しはじめたときから、自分は確かにずっと他者の声を聞いてきたのだった。というかすでに他人の不幸は自分の不幸なのだ。

……出産に結婚、遊廓に商売、流転と移民、これが私？　昔バルザックに似ているて言われた事あった。むろんそんな凄いスケールじゃないけれど、そういうものかもね。私の本を読まない人にでも意図が判るように帯にＴＰＰ反対と三回付けて貰い、本の副題は植民人喰い条約という「一目瞭然（引用内田聖子さん）」のもの。――ＴＰＰは沖縄をまず壊滅させる、そして戦争を連れてくる。原発も環境汚染も他国の企業の欲望だけで決められる事になる。それはＴＰＰにＩＳＤ条項、またはＩＳＤＳ条項というものが付いているからだ。この条項は既にヨーロッパでは総反対され、廃止案が検討されている地獄の釜スイッチであると、訴えて……。

戦争、ＴＰＰ、止まる？　止められるかどうかよりも、止めようともしない方が嫌だったから。

七月には慢性看護学会で講演をした。難病の患者の立場から講演するというのは、その学会では初めての試みだそうだ。すると錚々たる看護学の専門家やそのお弟子さんが何百人も来ているのに、しかも新聞を隅から隅まで読んでいる女性達なのに、ＴＰＰについて何も知らなかった。だって「大きいメディアは報道しない」から。

夏の選挙の直前次の連作を発表した。版元の作品紹介の中で警告もして貰った。速攻で連作を完結して、本の刊行、それは臨時国会の会期中で、審議をしているところになんとか間に合わせた。内田聖子氏は少しあとから気付いて喜んでくれた。面識はないけれど本をお送りしていた。

ＴＰＰのデモは国会前というか議員会館の前でやる事が多く、昼間が多い。なんとか取材として、参加したかった。しかし三月のデモの後、私は副作用を避けるためにステロイドを二回も減量してしまい、次第に体が痛く動きにくくなっていった。それでも減らさないと自分は白内障が悪化する恐れがあった。というか目はちょっと進行してしまったかも、と心配であった。

デモに行けないから「書店デモ」なの？　ふん、なんぼ少数派でも書き手なんだから、ビラを配るよりは有効でしょ？　本の帯もプラカードのように派手にして帯幅も普段の三倍にはなっているはず。書店さんにもデモ代わりに、立てておいてくれと頼んでみた。「どうせ笙野の商売なんだよね」って、うん？　君らが？　言論統制に従い戦争放置するのは？　そりゃまあ、さぞ、「清らかな無償奉仕」なんだろうよねえ？

店内はともかく、ツイッターの画像で帯を立てて出してくれる店がいくつもあった、また電車内で読んでいるとこの帯は他の乗客から見られるというし、プラカード代わりにはなっているのだった。意外にも大新聞の読書欄で取り上げるらしいと、当の読書委員メンバーからのツイートがあったが、結局出なかった。宣伝はきつかったが東京新聞や赤旗等来てくださっていた。でも、まあその直前……。

十一月八日アメリカの大統領選挙があり、金髪碧眼のでぶでぶヒキガエルは選挙に勝っていた。大メディアは予測出来なかったけれど、むろんＴＰＰを注視していた少数の人間には「ひどいけど、ありかも、最悪だけどでも」と思えていた事だった。とはいうものの、……。

日本の地獄はたとえ一瞬でも流れてくれたけれど、まさに皮肉も皮肉、移民の国は死んだ。無論、日本だってこのまますむはずはない。言うまでもなく相手はレイシストだ。

レイシストとは何か、それは経済収奪を隠すために、他者を中傷し、権力の強奪を正当化するものだ。差別と収奪の表裏一体性をコンパクトに具現した、「無駄のない」存在だ。そうそう？ ビル・ゲイツのお金を、世界のエイズの人にあげればいいのである。だって持ちすぎだよ？ 違う？ 貨幣の本質は正当な再配分のための利便性かもね？ 「言い過ぎ」？ でもね、ひどすぎるよなう、これが現状かね、現代かね。

本当に、本当に、そもそも、外資の略奪において、そこに○○人などという国籍はないよ！ 巨大で「偏りなく」隅から隅まで、但し一パーセントの大金持ちを除いて、生きながらのミイラにされるのであるからして！

とはいえレイシスト、トランプは薬価コントロールをやると言いはじめた。無論安くするというのだ。彼自身の意図なのか、でもね、違うだろ（ていうかその後結局日本の薬の値段を下げるなと言ってきた。ふん、やっぱりね）？

だってもしバーニー・サンダースがいなかったとしたら、ネオリベ対ヘイトのこの選挙戦に、民意の持ち込みようなんかなかったはずだもの。ていうかヒラリーがサンダースさんを副大統領に指名していればこの惨状はなかったのに。卑しいねヒラリー、恥ずかしいね。

ヒラリー・クリントンの資金源には医薬複合体がある、世界のエイズ患者から薬を奪ってでも、もうけようという巨大産業が彼女を支えていた。ならば「民主主義」が世界を殺すのか？ レイシストの復讐心がそれを止めるのか？ いや、おそらくはそんなもの一瞬でしかない。

人気取りと復讐、それを人の一番困る、医療というツボをついて自国民にだけ、行うんだよ？ ほんの一瞬だけ、そして後は地獄。どっち行っても地獄。ふん、げべげべげべ、「民主主義」がどれだけ弛緩していたかよなあ。まったくトランプには「無駄がない」わ。ヘイトだって女性差別含みで「一本化」するほどで。そこまでひどい奴に逆らう「民主主義」がいなかったんだね？

はーっはっはっは、なんたって広告が、でかいからね。

トランプはお金持ちのお坊っちゃま。どっちにしろ一パーセントの側。たまたま世界企業からの援助資金なしで選挙に勝った。でもレイシストならば、歴史的に言えば財閥と結ぶ。するとたちまち、「ものわかりよく」まるでヒトラーのように「産業への復讐心を引っ込めて」しまうだろう。ならばその一瞬の間になんとかして虎口を逃れられるか？　歴史的には難しい。でもね、……。

止めようともしない事が「絶対正義」なんかね、そもそも。

トランプがTPPを「流してくれた」？　しかし彼の企画する日米FTAには人喰い条約の本質とも言えるISDまたはISDS条項を付ける事が出来る。ていうか付けるだろう。しかも構造的に見れば、それは二国間FTAと称する、TPPの再交渉に他ならない。また現日本政府はというと、たとえTPPが流れたところで外資に日本を略奪させる体制を進行したいのだ。むろんISDともISDSとも名乗らずとも、名前を変えてでも地獄の条項を付けてくるさ。

隠れTPPと私は呼んでいるけど、関連法案を批准させたのも、「どっちにしろここを植民地にするよ」という進行をやっているわけで。ほーら、制度をがんがん変えている。すると、……。

「さあもうTPPは流れたから安心ですよ、他の条約は恐くありませんよ」って、そろそろ情報はそこだけ「解禁」になってきたよ？　だけどこの他に。

　今やっているＲＣＥＰ（国内で情報開示できるのに神戸とかで隠れてやっている）にもＩＳＤまたはＩＳＤＳが付いているのである。それは政府のホームページにも載っていない。ＴｉＳＡという数十ヵ国でやっている地味に怖いのもあってこれはサービスとかの規制緩和、貧乏の根源。どれもこれも外資に民の生活を喰わせる人喰い植民条約、他、日欧ＥＰＡ、これもひどい(協議中ね）……。

　ていうかアメリカ抜きでも植民やるって、オーストラリアとかのＴＰＰ参加国は言いはじめている、これとても、隠れＴＰＰな（そうだよね桜が消えた夢って一瞬だけだったしねえ）。

「ねえ、作家さん、タケノさん？　ササノさん？　だっけか」、「本屋に本ないよねあんた」、「なんかこの右の段落判りにくいですよ、誹謗中傷ですかねえ」、「そもそも、根拠どこですか」、「こんなの大メディアへの恨みつらみにすぎんね」、「だってこれ文学じゃないでしょう？　文学ってもっとこう絶対に人を責めなくって、中立公正で、両論並立でおおらかなものでしょう？」、「そして僕新聞全部読んでるし朝生もすべて見ているけど何もそんな事言っていないしね（だから怖いんだよ)」、「これさっぱり判らない」、「つまりこの婆さん間違っているんだよ」。

「ねえだったら、こんな無味乾燥など」取ってハ？　取ってハ？「さあもっと猫のこととか楽しい事書きましょう」。

そうか、猫？　猫、楽しいか？

ギドウはこの一年結構心配だった。甲状腺の数値が上がっていて、だからって闇雲に薬を増やせば、腎臓も心配になるという板挟みで、……少しずつ投薬量の加減をして本人も検査増えて、そろそろ覚悟しろって医者は言ったから検査はまた元に戻して楽に過ごさせた。様子見ながら薬を加減していった。

昔は病院で毛繕いしてしまう程大物の余裕猫ちゃんだったギドウだけど、さすがに寄る年波、通院後はくたっとしてしまうので「はいはいやきかつお増量ね」って、でもそれさえがっついた挙句にかぷっと吐いたりもするし。まあ食餌療法は軽く続けているけど、明日死ぬかもしれないのならもっとおいしいものもあげたい気分。ただ彼一番好物の戻りカツオって、甲状腺機能亢進症には悪いはずで、つまりヨードの含有量多い。それでもあげるべきか？　迷ってスーパーの中で涙出て来る。

「心臓の急変も万が一」という事でニトロール貰ってきて引き出しに入れた。これ一瞬でも使い間違えると非常に危険。ただ、今のところそこまでの危機は一応去っている。

元々長生きの猫がなる病気だけど、ギドウは、なるのが比較的早かった。そしてこの年齢でこの病気の子が、ここまで無事なのも凄い事だから、とか病院行くたびに言われる一年、でも、……。

でも、甲状腺の数値の上下が投薬量と関係なく季節的なもので起こっているみたいと次第に判ってきた。ならば、少し調整すれば、急変、心臓発作をまねく事態は避けられるかも。「でもそうは言ってももうこれだけ長生きすると」ってまた医師は牽制する。

ご飯も顎が弱って腎臓用のカリカリが食べにくくなって来たので、私の知るかぎりでは最も薄い.jpのキドニーケアに替えるようにした。しかしこれでもきついらしいので一粒をピルカッターで半分に割って与えている。十日に千粒程、リウマチの手で切る。但しこれだけでは食いつきが悪いため、市販の二十歳用小粒カリカリを結構混ぜている。この品はリンにだけは配慮してあるがタンパク質の量はそのままである。やきかつおも高齢用の柔らかいのを手でほぐしてからビオフェルミンをまぜ（しかしこの汁を一緒にあげるとなぜか尿量が増えるので本体を水洗いした上で与えるのである）、もう一度噛みつきやすい形に形成する。だがそうして台所に手をかけてみても。

もし、TPPが来たら、というか他の人喰い条約が来ても薬価はたちまちに高騰する。韓国の場合は米韓FTA発効一年で倍以上になったという。まあ自分は薬も少しだし頑張ればそんなには困らないだろうし、今だって払っている保険料の方が少々多いかも。ていうか昔ずーっと、いっぱい払っていたよ。しかし猫の薬というのは、もともとから国民保険などない。つまり、これが三倍になれば、私は自分の分を絶ってでもリウマチにのたうち回ってでもギドウの薬代を払うのだろう。ていうかその横でね「にんげんがごろごろしんでゆくよ?」。そんな中、戦争中であれば、また生活保護の方ならば、真先に「処分しろ」と言われるかもしれぬ家族の命を、ともかく、……。

おトイレ儀礼が済むと新年になる。若水を汲んで、一昨年から神棚に供えてある三番叟の鈴を手に取ってみる、デモに持っていこうと思って買ったのだけれどまだ使っていない。

三番叟は新年に踊る事の多い舞だ、疲弊した一年を更新し復元するという祝福の意図がある。黒い面を付けて踊るこの踊り手、翁の正体が、荒神であるという説もある程で、まあうちと「御縁がある」よ？　で？　「戦前を平和に返そうと言う、呪術的意図の元に購入した」のだよ。私、原住民？　そうだよ？　もっと「間抜けな呼び方」でも呼べるものかもね？　上等？

正月がやって来た。ギドウは、十八歳になった。すると猫はソファの上から私を右手で招いて、「来んかい」をするのである。ねえ、ねえ、……。

荒神様！　荒神様！

付記　ギドウはこの五月十八日に天寿を完うした。投薬から六年七ヵ月、直前まで健康な老猫と何ら変わりなかった。自宅で酸素レンタルをして眠るように。今は悲しいけど、写真も記憶も文章も残っているから（ギドウ、ありがとう。きっとまた会おうね）。

ギドウの三十五日、私の病に、新しく希望あるデータが出ているのをネットで見つけ、主治医に聞いてみた。私は、長生きできるようだ。

後書き、と——文学部にも読みやすい資料少し、お勧め

文学は面白ければいいので、と言っている人は、そもそも私の本なんか読まないと思う。そしてそういう人らは、本当は文学なんかどうでもいいのである。つまり彼らにとっての面白さとは、権力の下に固められて、現実を見ないようにして逃避するだけだから。政府の言うとおりに差別や権力を好まされて、悪税取られるのも同然の状態で、ええかげんな本を読んでいるのだから。

というか、私の本を面白いと言っている人は、必要なものこそ面白いと思っているだけだから。私の凄い文章が好きだとか言ってね。つまり凄い文章って私のなんかは、別にそんなに大したものではないの、ただ、全部書くからね。は？　結局は何が言いたいのかって？

実際に軍隊を止めてみろとか言ってた連中はこっちの百倍はふざけているので、戦争になったらその人らから真先に行って死んでくれと言っているのである。

さて、後は資料ですな。ていうかこれ小説ですから、そんなにそのまま使ったものはありませんで。前の『ひょうすべの国』にしてもネオリベの実態や、マスコミのループ言説、自己責任論

者、狂った論壇等を四半世紀にわたり観察した結果をフィクションに仕上げたので。

しかし最近では、十年以上前から私のやって来た事に予言性があったため、今の世相をそのまま書いていると誤解されがちです。が、むしろその「モデルにされた」とか言っている人々の出現を私が昔予測していただけ、という事であります、結局は十年前、時には前世紀に基本部分は出来ていたわけで（ていうかそっくりそのまま旧作を、紙絶版でも電子書籍でお読みくださいませ）。


読んだ資料は一杯あるけれど役に立つネットの情報は刻々と変わる、取り組みはじめて、授業で余談に使ったりした時期は二〇一二年から、当時の本の多くはもう古くなっている。そう、何よりも、「この資料全部読まないと判らないんでしょう、じゃあまず資料から読みます」とか言うのまったく不必要ていうか気の毒ですので。

ただ、古くなっておらず、怖さが具体的に判る、小説読みに向いたものを何冊かだけ紹介しておきます。


1『ルポ　貧困大国アメリカ』堤未果氏（岩波新書）　授業でよく使いました。大災害の後に付け込んだ人喰い、どんな事態となるか。今の日本にあてはめてみてください。

2『ＴＰＰ秘密交渉の正体』山田正彦元農水大臣（竹書房新書）　ずばり何が怖いか先々の心配もその理由も多岐にわたり詳しく書かれています。というか売国する政治家、議会の動きが目に見えそうな。

3『国家戦略特区の正体　外資に売られる日本』郭洋春氏（集英社新書）　売国政治家がなぜ日本を貧乏にするか、どうやって売り渡すかが判りやすいです。節度がありはっきりとした指摘のある論文。

4『自由貿易は私たちを幸せにするのか？』上村雄彦氏・首藤信彦氏・内田聖子氏ほか（コモンズ）　大変ありがたかった内田聖子さんのツイッター情報、しかしその時点では御著書はアマゾンの検索でうまく見付けられませんでした（その後共著発見）、「参考にした」というより、マスコミが「もう決まったで」をやっている時に「いえいえまだまだ」と本当の事を教えてくれるツイートに勇気を貰って、小説を書き続けました。

自由貿易反対と排外主義とは、違うものだという事も含めて、今は最近出たこれをお勧めしておきます。内田さんのところは特に判りやすい。

5『新自由主義の自滅　日本・アメリカ・韓国』菊池英博氏（文春新書）　全部判っているかどうか心もとないのですがやはり役に立つところが多かったので。

ネットは誤情報も多いです。というかむしろわざと「自由貿易、大丈夫、大丈夫」とか騙しにきているようなものも一杯ありました。

そんな中、ＴＰＰ交渉差止・違憲訴訟の会と、ＰＡＲＣ（アジア太平洋資料センター）の会員に私はなりました。

その時々で政府がどんな悪い事してるかがすぐ判るのは（今も）、違憲訴訟の会のツイッターですな。種子問題のPDFなども公開されています。内田聖子さんのツイッターもそこにリツイートされている事が多かったです。私はツイッターをやっていないので検索窓で検索して読んでいます。またTPPテキスト分析チームのツイッターもあり、その方々は当時誰も翻訳していない、秘密にされた大量のTPP条文を翻訳研究し、リークを広め危機をしらせてくださいました。

ネットに出ている、バーニー・サンダース氏の演説もこれらのツイッターから見つけました。ついで「笙野の近作は前作をすべて読まないと判らない」、と広めておられる方、それは誤解です。読める人は初読が『ひょうすべの国』でも一気に判ります。デマとはいいませんが、それは、あなたの主観にすぎないです（でも読んでくれてありがとう）。

本文の注について

雑誌掲載時は『安倍政権のネット戦略』（津田大介氏、香山リカ氏、安田浩一氏ほか、創出版新書）にあった赤旗記事の引用で小説を書きました。しかしその後『安倍官邸とテレビ』（砂川浩慶氏、集英社新書）を読んだところさらに詳しい引用があり、そこで元の「大A新聞」から、「二大新聞」と訂正いたしました。詳しくはこの二冊を、原典は、「赤旗」二〇一三年三月三十一日、四月十一日、五月二十一日の記事ということです。

『ひょうすべの国』の扉に私はこう書いた。

病人殺すな赤ちゃん消すな田畑失くすな奴隷になるな、ＴＰＰ通れば人喰い通る、と。

そしてＴＰＰは流れた。が、人喰いはまた通る。何度でもやり口を変え、騙そうとして。

人喰い通すな、憲法戻せ。

二〇一七年四月十六日

初出「群像」二〇一七年四月号

笙野頼子（しょうの・よりこ）●

一九五六年、三重県生まれ。立命館大学法学部卒業。八一年「極楽」で群像新人文学賞受賞、九一年『なにもしてない』で野間文芸新人賞、九四年『二百回忌』で三島由紀夫賞、同年『タイムスリップ・コンビナート』で芥川賞、二〇〇一年『幽界森娘異聞』で泉鏡花文学賞、二〇〇四年『水晶内制度』でセンス・オブ・ジェンダー賞大賞、二〇〇五年『金毘羅』で伊藤整文学賞、二〇一四年『未闘病記　膠原病、「混合性結合組織病」の』で野間文芸賞を受賞する。他の著書に『増殖商店街』『母の発達』『だいにっほん、おんたこめいわく史』『海底八幡宮』『小説神変理層夢経　猫未来託宣本　猫ダンジョン荒神』『母の発達、永遠に／猫トイレット荒神』『小説神変理層夢経2　猫文学機械品　猫キャンパス荒神』『植民人喰い条約　ひょうすべの国』など多数。二〇一一年から二〇一六年まで立教大学大学院文学研究科（比較文明学）特任教授を務めた。

装幀●ミルキィ・イソベ＋安倍晴美（ステュディオ・パラボリカ）

さあ、文学《ぶんがく》で戦争《せんそう》を止《と》めよう 猫《ねこ》キッチン荒神《こうじん》

2017年7月31日　第1刷発行

著　者● 笙野頼子《しょうのよりこ》

発行者● 鈴木 哲

発行所● 株式会社 講談社

112-8001 東京都文京区音羽 2-12-21

出版● 03-5395-3504

販売● 03-5395-5817

業務● 03-5395-3615

印刷所● 凸版印刷株式会社

製本所● 黒柳製本株式会社

ISBN978-4-06-220661-7